蒋平动画与电影剧本选
凤鸣丛书·创意写作书系
学术支持机构：
浙江传媒学院文学院
浙江传媒学院茅盾研究中心
浙江传媒学院创意写作中心
浙江省桐乡市文化和广电旅游体育局

火凤凰

蒋　平著

浙江工商大学出版社
ZHEJIANG GONGSHANG UNIVERSITY PRESS | 杭州

图书在版编目(CIP)数据

火凤凰 / 蒋平著. — 杭州：浙江工商大学出版社，2019.9

(凤鸣丛书. 创意写作书系)

ISBN 978-7-5178-3415-1

Ⅰ. ①火… Ⅱ. ①蒋… Ⅲ. ①剧本—作品综合集—中国—当代 Ⅳ. ①I230

中国版本图书馆 CIP 数据核字(2019)第 164007 号

火凤凰

HUOFENGHUANG

蒋　平　著

责任编辑　任晓燕
封面设计　林朦朦
责任印制　包建辉
出版发行　浙江工商大学出版社
(杭州市教工路 198 号　邮政编码 310012)
(E-mail:zjgsupress@163.com)
(网址:http://www.zjgsupress.com)
电话:0571-88904970,88831806(传真)
排　　版　杭州朝曦图文设计有限公司
印　　刷　杭州高腾印务有限公司
开　　本　880mm×1230mm　1/32
印　　张　10.875
字　　数　269 千
版 印 次　2019 年 9 月第 1 版　2019 年 9 月第 1 次印刷
书　　号　ISBN 978-7-5178-3415-1
定　　价　48.00 元

浙江工商大学出版社营销部邮购电话　0571-88904970

谱博雅诗篇　迎凤凰涅槃

——凤鸣丛书总序

大雅今朝，凤鸣桐乡。我们的灵魂在倾听：文化创造的源泉在充分涌流，民族文化创造的活力在持续迸发，中华民族文化复兴的脚步，近了！

2016年5月17日，习近平总书记在哲学社会科学工作座谈会上的讲话中指出："坚持和发展中国特色社会主义，统筹推进'五位一体'总体布局和协调推进'四个全面'战略布局，实现'两个一百年'奋斗目标、实现中华民族伟大复兴的中国梦，我国哲学社会科学可以也应该大有作为。"为了迎接中华民族新一轮凤凰涅槃，浙江传媒学院文学院、桐乡市文化广电新闻出版局联袂奉献"凤鸣丛书"，作为我们的献礼！

"凤鸣丛书"作为浙江传媒学院文学院最新学术成果和创作成果，是浙江传媒学院博雅学术在人文积淀厚实的桐乡文化土壤中绽放的文明之花。风雅桐乡，人杰地灵，曾经涌现了朱子学家张履祥、学者吕留良、廉吏严辰、高僧太虚大师、文学巨匠茅盾、艺术巨匠丰子恺、艺术大师木心、摄影大师徐肖冰、篆刻大师钱君匋、漫画大师沈伯尘、编辑家沈苇窗、出版家陆费逵、著名画家吴蓬、著名新闻工作者金仲华等杰出人物。这些文化名人，构成了桐乡的"城市符号"，凝聚成桐乡文化的"魂"。桐乡的优秀文化传统，理所当然地成为浙江传媒学院丰富的学术资源和教育资源,同时,也滋养了浙江传媒学院学子的精神文化肌理。

文学院是浙江传媒学院设立最早、办学历史最久的院部之一,拥有戏剧影视文学、汉语言文学、汉语国际教育、秘书学4个本科专业及戏剧影视文学(编剧与策划)、汉语言文学(涉外文秘)2个本科专业方向。现有浙江省"十一五"重点学科戏剧戏曲学,"十二五"省重点学科戏剧与影视学(戏剧戏曲学方向),"十三五"省一流学科戏剧与影视学(影视艺术理论与批评方向、影视编剧与创作方向);"十二五"校级重点学科中国语言文学(文化与传播),"十三五"校级一流培育学科中国语言文学和艺术学理论。戏剧影视文学是浙江省重点专业和浙江省新兴特色专业。中国语言文学大类是校级重点专业。文学院现拥有省级研究基地"浙江省非物质文化遗产研究基地"。学院学术实力强,科研成果丰富,近年来承担了国家级项目10余项、省部级项目50余项、厅局级项目60余项,各级教改项目20余项;出版学术专著40余部、文学作品10余部。学院教学水平高,育人业绩好。文学院学生近年在柏林华语电影节、威尼斯电影节"青年电影人培养计划"、全球华语大学生短诗大赛等国际赛事以及北京大学生电影节、环保部剧本征集、全国大学生征文大赛等国家级、省部级大赛中获奖30多项。

浙江传媒学院非常重视政产学研合作。近年来,由文学院自主创作的影视剧《明月前身》《盖世武生》《孝女曹娥》《长生殿》《梦寻》《七把枪》等已在中央电视台播出。为了促进政产学研全方位深度合作,文学院成功申报了两个校级研究机构:茅盾研究中心、网络文学研究与创作中心,整合了茅盾研究团队、木心研究团队、网络文学研究与创作团队、张元济影视剧创作团队等力量,开展了大量务实工作。"凤鸣丛书"即是文学院在桐乡文化土壤深耕细作收获的第一批文化作物。第一辑包括《茅盾研究年鉴(2014—2015)》《媒体化语境下新世纪文学的转型研究》《艺术现代性与当代审美话语转型》《百年汉诗史案研究》《汉语饮食词汇研究》《图像、文字文本与灵视诗学》《唐代园林与文学之关系研究》等。茅盾是我国现代文学史上杰出的作家、文艺理论家、文学翻译家，是我国现代进步文化的先驱者、中国革命文艺的奠基人，茅盾研究已经成为中国现当代文学的显学。浙江传媒学院茅盾研究中心作为茅盾研究的重要阵地，编撰的《茅盾研究年鉴》已经连续出版 4 年，今后还会持续出版。木心作为中国当代文学大师、诗人、画家，在台湾地区和纽约华人圈被视为深解中国传统文化的精英和传奇人物，一直是浙江传媒学院和桐乡市学者的用心之处，木心研究成果理所当然将是"凤鸣丛书"持续关注的对象。

2014 年 5 月 4 日，习近平总书记在同北京大学师生座谈时指出："人类社会发展的历史表明，对一个民族、一个国家来说，最持久、最深层的力量是全社会共同认可的核心价值观。核心价值观，承载着一个民族、一个国家的精神追求，体现着一个社会评判是非曲直的价值标准。"习近平总书记还指出："中华文明绵延数千年，有其独特的价值体系。中华优秀传统文化已经成为中华民族的基因，植根在中国人内心，潜移默化影响着中国人的思想方式和行为方式。今天，我们提倡和弘扬社会主义核心价值观，必须从中汲取丰富营养，否则就不会有生命力和影响力。"培育和弘扬社会主义核心价值观，必须立足中华优秀传统文化。"凤鸣丛书"将致力于优秀传统文化的挖掘以及文艺精品的创作，为"中国梦"的实现提供文化自信力。我们将关注昆曲剧本、动画片剧本、张元济影视剧本、杭嘉湖文艺精品等，策划更多创作活动，去讴歌桐乡、讴歌杭嘉湖、讴歌浙江省新世纪新面貌，坚守我们的核心价值体系和核心价值观，利用好中华优秀传统文化蕴含的丰富的思想道德资源，使其成为涵养社会主义核心价值观的重要源泉。

正如木心在《诗经演》里写道"遵彼乌镇/迴其条肆/既见旧里/不

我遐弃。”桐乡文化是常新的，游子木心把她视为自己的精神归宿。同时，桐乡又是中华文明的一个美丽缩影，博大精深的中华文明乃是中国人的安身立命之所。置身于桐乡大地上，我们感同身受，见证着中华文明孕育的新一轮凤凰涅槃。黎明正喷薄而出，我们正跨步在金光大道上！

凤鸣丛书编委会

二〇一九年春

序

沈贻炜

编剧是一份辛苦的工作。目前在我国还没有像好莱坞那样分工细密又集结化的编剧工作坊，大多还是独自埋在书桌前完成剧本的创作，难得有三五同行挚友，借得几分清静，饮着一杯清茶或是咖啡，与你一起商讨剧本结构和细节设计，待到剧本杀青，从导演、演员、制片、发行等各处抛来的意见宛如飓风大浪，会使你晕头转向，如没有良好的定力，便会失去创作的自我。当然，也有很中肯的意见能提升你剧本的品位和意境，激发你十年磨一剑。到了剧本变为镜头语言、完成了对故事的叙述，当面对如剥了蛋壳的鸡蛋般鲜嫩的作品，你兴许会悲喜交集。然后电影的前生有你，电影的后世往往淡化了你的存在。这也是当下很自然的事，你无意于争执，待收拾起一身的疲惫，又进入下一个剧本创作的孤独之中。

蒋平就是这样一位编剧，他在近二十年中写出一个又一个电影剧本，他把其中的四部编成这部集子，而把和他人合作的剧本搁置在外，可以看出他对个人作品的偏爱。《火凤凰》收录了蒋平三个动画片和一个故事片剧本。动画片在我国还没有受到足够的重视，许多人还把它看作是小人书一样放在书架角落里的读物，但是在国外，动画片创作如火如荼，无论数量还是票房都占有很大的比重。也许正是源于这一点，蒋平对动画片创作情有独钟，并十分努力。

动画片剧本创作不同于一般故事片剧本，需要有一颗童心，要从儿童本真的视角去还原他们所认知的世界。这使我想起了漫画大师丰子恺，丰子恺就是一位富有童心的画家，他有一幅画，叫“也给桌脚穿上鞋”，画上一张桌子四个脚都被穿上孩子们的鞋子，我们可以听到画外有声：我们有脚穿着鞋，桌子有脚，也该穿上鞋啊？这样有趣的事在我们周边是可能发生的，有些大人会觉得提出这种想法的孩子是幼稚或无知。但是我们应当这样想，这么可爱的思考和联想出自孩子的那份童真，有脚的都应该穿上鞋，那就是要平等，丰子恺的本意即是如此。动画片就是要用有趣的、会动的画面来讲述纯真无瑕的、没有功利性的人间真谛。蒋平在他的动画片里也这么去做了，至少是尝试着这么去做了，于是他的动画片不只是写给孩子们看的，也是写给大人们看的，有着广阔的视域。

《孝女曹娥》讲述的是发生在浙江的一个民间故事，江河泛滥，父亲被激浪卷走，幼小的曹娥泅水十天寻找父亲，把父亲带回家乡，而自己沉入江底。这是一个讲孝道的故事，怎么在这样一个古老的故事里赋予新的时代内容和民族精华，那是很难的一件工作。蒋平的讲述就是抛开了故事的时间、地点、人物和理念的固有设计，把曹娥对人类世界的情感和理解表述了出来，在曹娥的眼里，人类世界也是自然的世界，人类只有和自然建立起信任和融合的对话，生命才具有更大的价值，这个道理蒋平也是通过孩子们的思考和联想来体现的。曹娥在树林里和动物们的嬉戏和玩耍，和父亲、乡亲们的碰撞和沟通，都带着孩子般的视角和方法，让人看了微微一笑，曹娥美丽善良乃至孝感天下的形象即在轻快的叙述中呼之欲出。片子播出后，在国内外引起了一定的反响。

《孝女曹娥》源于民间故事，带有清新芬芳的草根气息。而《火凤凰》出自一个神话，凤凰浴火重生，它表述的原本是破后而立的意义，但在蒋平的笔下依然充满着人间的烟火。老凤凰把自己的冠羽赠给了青蛙失去了部分神力，青蛙为了自己的爱人而自私地留下了冠羽，老凤凰坠入了神火中，这样的故事带有了许多对人性的思索，自然会引发观众们更多联想。而乌鸦用谎言收留和抚养了小凤凰，带着浓重的喜剧色彩，这样便把一个极其平凡的元素嵌进了神话的殿堂里。小凤凰本该是坚强的继承者和复仇者，在剧本里显得那样胆怯和弱小，这又一次颠覆了原本故事的构架，颠覆了英雄的叙述，直到善良的凤凰岛原始居民们找回了记忆之果，分享了老凤凰留下来的记忆和“道”，小凤凰才在大家的帮助下战胜了万恶的鹫鸟。蒋平这样的设计把一个神话拉回到民间叙述，带有许多现实的意义，故事新颖而具有幽默感，使观众们在轻松的笑声里读到了自己的现在和将来。这可能是蒋平又一个创作动画片的策略。

第三部动画片《基因之门》完全以一个当代科技的视角和想象来讲述一个尚未被证实的假想故事。故事是这么开始的，水电工牛强偶然间通过实验制造出激发沉睡的基因物质，试图开发儿子牛斯坦的智力，不想对儿子牛斯坦毫无效果，却被超市里的母鸡吃掉，使母鸡潜藏的基因被激发，打开了基因之门，成为一只会说话，有思想、有感情，智力超过人类的超级鸡。蒋平的这个假设应该说很荒诞，目前科学无法解释这样的现象。但是并非不可能，在这个假定性的叙述之下，带出来人类、动物和基因之间的矛盾冲突，相依相成又相对抗的连环故事。当然动画片并不是来讨论科学问题，也没有责任来解释这些问题，所以蒋平的这些故事轻松愉快、毫无压力，也似乎毫无责任，但实际上他在努力撬开观众们的想象之门，这也就是这部电影的初衷和期待。

最后来说说《浴火书魂》，这是一部以现代人物张元济为原型的故事片，张元济是我国商务印书馆的支柱人物，他为拯救、保护和发展我国的历史文化和民族文化立下了不可磨灭的功绩。蒋平在创作这个剧本时对张元济的资料进行了大量的阅读、研究和整理。因此剧本写得非常缜密，努力还原张元济这样一位于血火中拯救民族文化的高大形象。这部电影受困于两个方面，一是历史正史的局限，二是事实本身的平淡，但是蒋平凸显了人物的内心，依然把故事写得风生水起，一波三折。在剧本中张元济从苦难中接下商务印书馆的重任，目睹商务印书馆在日寇的炸弹中毁于一旦，巨大的悲剧意义让我们体会到一个民族的精神延续，正是有一批忠诚于国家和民族的学者志士在承受和担当。蒋平的笔下历史氛围力求真实，为人物的塑造提供了有力的依托，本是文化人，就在文化中浴火重生，张元济由此成为我们电影画卷中凸显的一个人物。

蒋平是学语言的，从浙江大学读研后进入大学教书，依然讲授汉语，他的文字功底很深，学养丰富，是一个具有文人气质的编剧作家。他还有甘于寂寞、死守自己一亩三分地的定力和毅力，因此不难预料他会有更好的作品出现，只是他需要拓展题材的范围，亲近当今的生活，为现实的人们讲述更多令人怦然心动的故事。

2019 年 5 月

前　言

我于2001年从浙江大学人文学院研究生毕业，随即来到浙江传媒学院（那时它的前身是浙江广播电视高等专科学校）做大学老师，学的教的都是汉语，而非影视。是沈贻炜老师领我走上影视编剧的道路，感谢他近二十年来的指教和激励！

我原本对动画编剧情有独钟。自20世纪五六十年代的辉煌和七八十年代的闪光之后，中国动画逐渐衰落，而美国动画、日本动画风靡世界，也打入我国市场，很快赢得了中国青少年的青睐甚至痴迷。相比之下，国产动画总体而言制作粗糙，内容薄弱，尤其是编剧水平十分落后，令国人失望。虽然国家一度出巨资出政策大力扶持，依然没明显起色。国产动画之败，我认为，主要原因之一是动画界本身过于封闭，从事编剧和导演的多是学动画技术的业内人，虽有志有才者众多，毕竟思路受限，不够开阔和丰富多元。中国动画界应当放开胸怀，海纳百川，更多地从影视界、文学界引入创作者并赋予主导权，使动画创作，特别是编剧方面更有深度更有创意，多做能吸引广大青少年和成人的精品大作，而不只热衷于技术简单、内容低幼化的产品，让国产动画真正崛起。当初正是抱着为振兴国产动画而出一己之力的志愿，写了若干动画剧本，《孝女曹娥》《火凤凰》《基因之门》是其中的三部。后来《孝女曹娥》被做成十集动画片，在中央电视台播出，《火凤凰》获第八届中国国际动漫节动画剧本金猴奖。（《火凤

凰》《基因之门》尚未投拍）

另一部《浴火书魂》则本是影院片剧本，讲的是民国时代商务印书馆主要创建者和灵魂人物张元济的故事。现在的大众很少有人了解张元济，而在民国时，商务印书馆曾是亚洲第一大出版集团，译介了大量西方人文、科技图书，带来新的思潮，唤醒和启蒙民众，同时致力于收救古籍珍本，并校印传播，以保存中华遗产，传承传统精华。那时的商务印书馆不仅是商业巨头，更是与北京大学一南一北双峰并峙的文化重镇。所以，1932 年，日本进攻上海时用飞机炸毁了商务印书馆和它附属的东方图书馆。日军陆战队司令盐泽幸一说："烧毁闸北几条街，一年半年就可恢复。把商务印书馆这个中国最重要的文化机关焚毁了，它则永远不能恢复！"由于是为真实的历史人物作传，《浴火书魂》剧本不得不受史实的限制，并非是纯粹的剧情片写法。为回应各方意见，剧本历经十多次修改，后改为数字电影剧本，现已拍摄完成，即将播映。数字电影剧本在原剧本的基础上，还融合了导演和另一位编剧的智慧，强化了戏剧性，主题也有所升华，但因片长所限，篇幅大大凝缩，故事线作了删减。现在刊出的是之前的历次修改版中内容最全的一稿，特点是展现了广阔的历史风云，回顾了近代史上中国历经的巨变和种种磨难。

编剧在创作时必须思考如何处理作品主题，这也关联到主题背后总的思想体系和价值观选择。在这方面，我自己更强调民族文化的立场，希望将中国传统文化中有意义的部分与现代连接，转化，焕发生机。这就要求传统文化对自身作痛苦和艰难的改造，正如凤凰浴火方能重生。一个民族一个国家的生存与发展要这样，一个普通人的成长过程不也要这样吗？必经过无数摔打、种种挫折、反复磨砺，意志不堕，梦想不失，这才能够嬗变，能够涅槃，得以闯入另一派天地，达到另一重境界。《孝女曹娥》《火凤凰》《浴火书魂》是我心中这个信念的外化，也是个人生活感悟的折射。

我还有份科幻情结，从小就常常为科幻片中出现的外太空场景激动痴迷，不时浮想科技进步之后人类的未来。对科幻题材的写作也早就跃跃欲试，《基因之门》就是这个情结的产物。其实它并非正宗的科幻片，因为故事所假想的技术基础恐怕是不合科学原理的，不过，它毕竟是动画片，也许可以被允许奇思怪想，开开玩笑。我还喜欢幽默，喜欢以童心看世界。迪士尼动画中那些层出不穷的幽默段子让我会心，很多儿童文学作品纯净而浪漫的风格也让我向往。我以自己在剧本写作中搞出滑稽谐趣为乐，为想象出的奇丽的童幻世界而醉。

这部剧本选的出版要感谢我所在的浙江传媒学院文学院提供的直接支持，以及几位领导的关心和帮助。感谢浙江工商大学出版社编辑老师的辛苦工作。感谢家人的爱和很多领导、同事、朋友的情义。

此书出版后，希望听到专家和读者们的批评指正，希望与看过它的朋友交流探讨。正如沈贻炜老师提醒的那样，这些剧本过于强调文人气质，题材还不够多样。所以，走出故园，走出旧我，走入更广大的人群，开拓新的写作天地，回应当下，反映生活，与更多人的心一起感动，这是我要前行的未来，这也是去实践“火凤凰”这个书名所象征的含义。

目　录 | Contents

1　十集动画片《孝女曹娥》

此片于2009年在央视少儿频道播出。此剧本在沈贻炜老师指导下完成，许淑芬老师也参与了讨论。

主要角色简介

曹　　娥——祭师曹盱之女，出生时母亲因难产而死。活泼，聪明，有个性，男孩性格，有时行事显出几分可爱的莽撞。

曹　　盱——曹娥之父，祭师，为人正直，严厉，有时显得古板。内心疼爱女儿，但习惯用自己的一套观念要求她。

江　　神——凶暴，自负，一心想做东海的海神。

跳 跳 鱼——曹娥的朋友，舜江里一条可爱的鱼，雌性，敏感，机灵，又有母性。

江　　鸟——曹娥的朋友，一只人格化的江鸟。自大，多嘴多舌。

乌　　龟——一只人格化的乌龟，胆小怕事，有几分虚荣心，自称有预言的本领。

明月娘娘——本是南海一只蛙，因偷服了明月神珠，离家出走，成为东海的一个绝色女仙。自恋，尖刻，冷漠，最终受到感化，献出明月神珠。

郡　　守——会稽郡郡守。有几分自私和懦弱。

其他角色若干。

编剧说明

本剧以一段真实的历史故事为依据，以动画剧的形式呈现了一个古代孝女的故事。

孝，是中华民族传统美德，长久以来，发挥了使家庭和睦、社会和谐的作用，至今依然值得提倡。改革开放之后，中国社会发生了很大的变化，人们的思想观念、行为风尚日益受到西方文化的影响，道德领域、精神世界在变化中有更新，也有迷失，传承民族文化不容忽视，因而弘扬以孝为代表的中华传统美德具有现实意义。另一方面，在新的时代，我们又不能照搬古代那种愚忠愚孝的观念，为此我们在剧中力求对古代孝的精神作出与时俱进的现代诠释。孝，不再是子女对父母单向的盲目服从，而是子女在承担尊敬父母，尽力使父母幸福的义务的同时，保留自己的个性、独立意识，两代人平等交流，相互理解，在和谐的关系中享受天伦之乐。

剧中，少女曹娥一开始与父亲缺乏沟通，两人存在隔阂，后来父亲曹盱有了性命之危，曹娥受到极大触动，感受到父爱的珍贵，为自己的任性而愧疚，决心救父。这一部分，孝表现为本能的亲情。曹娥不顾生命危险，历尽艰辛，获取明月神珠，挽救了父亲的生命。孝表现为责任。父女经过磨难，达到心灵交融，相互理解，直至曹娥为父亲的失踪悲痛欲绝，最后在与父亲的并肩战斗中献出生命。这一部分，孝表现为爱。

我们也注意在剧中展现地域文化。曹娥的故事发生在古代会稽上虞一带，现绍兴地区，为了再现故事的地域特色，我们曾到故事的发生地实地考察，在剧中着力营造江南特有的“水”的氛围，龙舟赛、“女儿红”酒等当地风俗更成为情节要素，以竹林、渔船、竹筏、蝴蝶、江鸟等动植物元素营造出优美的地域风情。

本剧是动画电影兼九集动画剧，拟采用高级 flash 动画技术。之所以采用动画的形式，除了有表现故事内容的需要，更考虑到动画片本身也是我国方兴未艾的产业和艺术类型，深受青少年欢迎，是对青少年寓教于乐的重要手段，同时也契合了浙江省要把杭州打造为全国动漫中心这个发展规划的需要。我们在编剧时，注意动画片的特点，突出画面的优美和动作的趣味，如江鸟和江鱼在江中嬉闹，曹娥在龙舟赛上的表演，水淹会稽郡等场面给动画制作部门留下了巨大的创作空间。某些情节还容纳了音乐要素。在整个动画片的生产流程中，文本重在提供文学内容。在制作时，我们的编剧将继续与绘画人员、编曲配音人员配合，把文学形象化为恰当的视觉形象和听觉形象，这个过程还包含新的拓展和再创作，争取最终实现完美的动画影片的艺术效果。

孝女曹娥

（文学本）

1.曹娥庙　日　外

【曹娥庙的外观。

【庙门上方是由于岁月沧桑而有些模糊的题字：曹娥庙。

2.曹娥庙　日　内

【庙里的曹娥像栩栩如生。

【一只解说用的喇叭和一面三角旗被放在桌案上。庙门吱吱哑哑地关上了。

【一只乌龟从角落里钻出来，爬上桌案，操起喇叭和小旗，煞有介事地模仿解说员。

乌　　龟　游客朋友们，我来给大家讲一讲曹娥的故事。那是东汉年间，那时我还很年轻，只有一千六百岁，聪明英俊，那时这里叫会稽郡，这条江叫舜江（依次出现俯瞰会稽郡和舜江的辽阔画面），这里的主宰是神——江神（江浪幻化出江神的形状，升到空中，然后落到江面，化为浪花，发出巨响）……那天是一年一度祭江神的日子（伴随以下画面：舜江上，停泊着不少渔船，船上的人们愁容不展，他们在焦急地等待着什么。江水一波一波地拍打着江岸。江心，有一艘大船。船头设立了一座高台，高台上有一个香炉，一坛会稽老酒，一只猪头，一只烤羊。这些是用于祭礼的，但主持祭礼的人还没有来。会稽郡的郡守在船板上焦躁地走来走去），祭师曹盱的夫人要生孩子，男孩还是女孩？我的预言是……对，故事就从我的预言开始！

【出片头。

3.江上　日　外

【接以上的镜头。

郡　　守　要是还不来，江神会发怒的，后果很严重啊，我好怕……怕百姓遭殃。

年轻渔人　生孩子这种事儿，急也没有用啊。

【船上的百姓们在议论着。

百 姓 甲　盼了二十年了，但愿老天保佑曹祭师的夫人这次能顺利生个孩子。

百 姓 乙　你应该说，生个男——孩子！

年轻渔人　（挺身站起）他会成为英雄，带领我们摆脱江神的欺负，活得痛痛快快的。

【年老渔人，应该是年轻渔人的父亲，他惊慌地捂住儿子的嘴，以目光示意他和大家说话小心一些。

【大家的表情变得凝重了一些。

众　　人　（放低声音）对，一定是儿子。他是我们未来的希望。

【从曹家隐隐传来女人凄惨的呻吟。

【众人眉头紧锁。

4.祭师曹盱家门前　日　外

【江边不远处的曹盱家。门前的一棵桃树枝繁叶茂。

【门关着，看不见屋内的情景，只能从窗子看到模糊的人影，听得见屋内的声音。

曹 夫 人　（画外音）别管我，保住孩子，保住孩子……

【婴儿的啼哭，伴着曹夫人的惨叫。

【门外江边的人们既忧虑又期待的脸。

产　　婆　（画外音）生了，生了！

曹夫人　（虚弱的声音）是男孩吗？

产　　婆　（画外音，犹豫地）呃，……

曹　　盱　（画外音，故意用很肯定的语气）对，对，是个儿子。

曹夫人　哦。

【门开了，祭师曹盱走出来，他一副祭师的打扮，背上背着一个包裹，里面是一把他片刻不离的古琴。

【曹盱满脸忧虑，向桃树走去，他手里握着什么。

【人们期待地望着。

【曹盱的手放开，挂在树枝上的，是一条红丝帛！

【人们的脸上写着失望和同情。

【（穿插一个镜头）红丝帛的特写。

【（接以下的画面）红丝帛的图像映在一根奇怪的珊瑚枝上。珊瑚枝握在江神的手里，看不到江神的脸，只看到他握着珊瑚枝的可怕的手。

江　　神　哼哼，一个没用的丫头。

【转到曹家的屋前。

产　　婆　（画外音）不好了，夫人大出血！

【曹盱表情紧张起来，这时，传来一声巨响，房子在摇晃，曹盱的脸被远远袭来的江水打湿，江水像泪水一样从他脸上流下来。

郡　　守　江神发怒了！曹祭师，快来！

【江上掀起大浪，所有的船只在大浪中颠簸、翻滚，人们惊恐一片，做着各种下意识的自救动作，有的落水，有的紧紧抓住可以抓住的一切东西，郡守是其中最狼狈的一个。

【江水又突然退去，无影无踪，好似正在经历一场旱灾。一瞬间，大江露出布满沙砾和鹅卵石的河床，延伸到远处，鱼、虾、蟹、鳝各种水族惊慌失措地在河床上乱蹦，渔船突然失去水的托载，凭空落下来，有的断成两截，有的摔成一堆木块。大船落在一块突起的石头上，眼看就要倾覆，向渔人们砸来。

【曹盱看到外面危急的情景，向江中奔去。

【他死命托住大船，渔人们在年轻渔人的带领下都来出力，大船终于暂且保住了平衡。

5.江上　日　外

【江水重新从江底涌出来，一切渐渐平静下来。

【经历了风波的百姓们无言地望着曹盱经过那些残破的渔船，踏上位于江心的大船。

【高台上。曹盱把香炉里的香料点燃，放下背上的包裹，取出古琴弹出祭神的曲子，有人击鼓，另两个青年把一面旗子升起，祭礼将开始。

郡　守　（沮丧地对着曹盱）江神又发脾气了，祭礼开始吧。

【曹盱把古琴慢慢擎起，高过头顶。

【他满脸忍耐的表情。

6.江上　日　外

【江水震荡的余波未了，一尾跳跳鱼从江底游到岸边，高高跃出水面，看到了曹盱家门前桃树上挂的红丝帛。

跳跳鱼　红丝帛！真的生了个女孩子！

7.江底　日　外

【江底一处水草丛生之处。

【刚才的那尾跳跳鱼和一些虾、蟹、蚌之类的水族把一只老乌龟簇拥在当中。

小　　虾　刚才你预言江神要发飙，应验了，现在预言曹祭师会生个女儿，又应验了，你真是个预言家哎！

乌　　龟　哦，预言家？

【乌龟乐得简直不知所措。

螃　　蟹　是啊，你说江神要发飙，我赶紧用钳子夹住水草，才没有被水流冲走，不然我一定会被石头和泥沙刮伤的。

【水族们把乌龟抛了起来，以示庆贺。

水 族 们　我们崇拜你！

8.江底深洞　日　内

【镜头转到一处江底的深洞，沿着洞口向下延伸，到达幽深之处，一双恐怖的眼睛出现在镜头里。

【这就是人面蛇身的江神。

【江神听到外面的水族们在恭维乌龟，非常不满。

江　　神　崇拜？！

【江神怪异的身体向洞口升去。

9.江底　日　外

【乌龟在向水族们展示它肚子上的一些八卦形状的图纹。

乌　　龟　我可不是普通的乌龟，因为我的身上有这些——神奇的八卦，我能预知未来。

跳 跳 鱼　我想知道我能不能当上母亲，一生会有多少个孩子。

【乌龟劈劈啪啪地按动它身上的八卦图。

乌　　龟　你会成为五万六千一百三十三尾小跳跳鱼的母亲，就像一场足球赛的观众。

跳 跳 鱼　哦，我将是世上最幸福的女人。

蚌　它们都说我笨，但是我一直有个愿望，抓住一只精明的鹂鸟。

水族们　这绝不可能！

【乌龟又用八卦算了一番。

乌　龟　你做到了。

蚌　啊，难怪人家说看上去越笨的人越是个天才。

【蚌忘乎所以地漂走了。

乌　龟　我还没说预言的后半部分，然后你将和鹂鸟成为渔夫的俘虏。

【乌龟和水族们突然发现他们正面对着江神凶恶的脸，大家都吓得屏住了呼吸。

江　神　听说这里有个预言家？

螃　蟹　是啊，乌龟先生预言你因为曹祭师拖延祭礼而发飙，还预言曹祭师的夫人生的是女孩，全应验了哎，好神哦！

江　神　神？你说神？等等，你知道曹祭师的夫人生了个女儿？

乌　龟　是啊，他就是因为夫人生孩子才没有按时举行祭礼。

江　神　我从来不容许谁找借口拖延祭礼，何况只是为了个女孩儿，这个小东西把我的好日子搅了，真不吉利。

乌　龟　您说不吉利？我可以为您验证一下。

【乌龟做八卦图算了一番。

乌　龟　您说得一点不错，她对您是个凶兆。

江　神　你说什么？

乌　龟　将来，她将搅乱你的祭礼，战胜你，使你失去神位……

【江神被激怒了。

江　神　你来预言，我将用左手还是右手掐住你的脖子。

【乌龟抓起一把石子。

乌　龟　如果是单数，就是左手；如果是双数，就是右手。

【乌龟摊开手掌，七颗石子，单数。

【江神故意用右手掐住乌龟的脖子。

江　　神　你算错了。

【水族们失望地望着挣扎中的乌龟，慢慢游开了。

水 族 们　也许，刚才它只是碰巧猜对了而已。

【乌龟难过地看着它的崇拜者们离去。它放开小指，小指上悄悄夹着一枚小石子，其实它刚才算对了，是双数。

江　　神　最后一个预言，我会得到东海的明月神珠，是吗？

乌　　龟　是，你会。

【江神满意地放开它，又突然抓住它朝一块大石上砸去，乌龟身上的八卦图被撞坏了。

江　　神　我说了，这是最后一个预言。记住，在这一方土地上，只有一个人有资格被人崇拜，那就是我，江神。（摊开手掌，手掌上有两颗石子）有一天，我会得到明月神珠，法力大增，成为更加伟大的——海神！

10. 江底　日　外

【水族们在水草间穿行。

跳 跳 鱼　乌龟好像在说江神会得到明月神珠。

小　　虾　是啊，江神一直都想得到东海明月娘娘的明月神珠，这样他就能法力大增，从江神变成海神。

螃　　蟹　可是没有人能得到它的，它是明月娘娘的眼泪，没人能让明月娘娘流眼泪的。

小　　虾　我真的不相信乌龟了。

11. 江上　日　外

【祭台。曹盱在举行祭神仪式。

【一股白浪直冲云霄，一只飞行的江鸟被浪花打湿，失魂落魄地逃走。

【人面蛇身的江神露出水面。

曹　　盱　江神保佑。

【郡守带领江上所有百姓一起跪倒。

众　　人　(面带愁容地)江神保佑。

【那个年轻渔人执拗地不跪,但他的父亲把他按倒在船上。

【江神把祭台上的祭品——一坛老酒,一个猪头,一只烤羊——卷进嘴里。

江　　神　曹祭师,你让我等了很久。你让一个神等待!(扫视全场)而且场面这么冷清。(举起珊瑚枝,欲施法惩罚百姓)

曹　　盱　(昂起头,张开双臂,坚毅地)是我耽误了祭礼,一切我来承担。

江　　神　一切我来承担——为什么总是这句话?(指指船上的百姓)他们呢?瞧瞧他们那一张张苦瓜脸(镜头从渔人们一张张忧愁的脸庞上扫过),就以这样的脸对待我——你们的保护神?我给了你们风,给了你们雨,还有最重要的东西——太平。(这时,镜头扫过那些残破的船板,以衬托这句话的荒谬)

曹　　盱　有时候,你也拿走了我们更重要的东西……

江　　神　什么?

曹　　盱　尊严。

江　　神　尊严?你向一个神要尊严?你们也需要尊严吗?

【曹盱以异常坚定的目光回答他。

【这时,所有的百姓都昂起头,像曹盱一样表情坚定。

【江神受到震慑。

江　　神　不说废话了。我喜欢大场面。从明年起,我要整个会稽郡的人都来参加祭礼,热热闹闹的,搞个庆典,增加一些娱乐节目。

【曹盱平静地听着。

江　　神　（不怀好意地俯下身，低声地）还有，你生了个女儿？她是个妖孽！妖孽——我命令你，把她放在草筐里，让她顺水漂去，自生自灭，不然的话，她会破坏会稽郡的吉祥。

【江神握紧珊瑚枝，随之一股大浪拍打大船，大浪在曹盱面前落下。

【江神凶狠地盯着曹盱，以示不容置疑。

【听了江神的话，曹盱又惊愕又忧虑。

12. 曹家门前及野外　日　外

【曹家门前的桃树上挂的红丝帛叠化为白色的灵幡在风中飘荡。

【一座新坟，墓碑上写道：曹氏夫人之墓。

13. 江上　日　外

【曹盱撑着一只竹筏顺江而下，刚刚出生的婴儿被置于一只草筐里。

【曹盱忧郁地看着婴儿，一阵冷风吹来，他爱怜地为婴儿掖了掖衣领。婴儿睁大眼睛望着他。曹盱也望着婴儿。婴儿笑了，曹盱也笑了，但是笑容随即收起，变得沉重。

【闪现江神仇恨的面容，“她是个妖孽！妖孽——”的声音在回响。

【曹盱茫然四顾，感情复杂地抱起草筐。曹盱小心地把草筐放在江中。有个破草帽漂来，草筐因破草帽的阻隔，原地打转，曹盱拨开树枝，放稳草筐。曹盱想放开草筐，又舍不得放开。

【竹筏渐渐向外移动。

【婴儿摇晃头部，眼睛被帽子遮住，曹盱探身拨开帽子。婴儿伸出手，抓住曹盱的手指，随着竹筏的惯性，曹盱的手指渐渐脱离婴儿的手。在脱离的瞬间，曹盱紧紧握住婴儿的手，但终于决绝地甩开，把草筐推向江中，望着它顺水漂去，慢慢变小。

【那只乌龟从破草帽下露出头，它看到这个情景，表情惊讶，又沉了下去。

14.江上　日　外

【舜江下游。一只江鸟沿着江岸起起伏伏地飞来，飞到江心。

【一群鱼儿逆流而上，叽叽喳喳地闹个不停。

【领头的那尾跳跳鱼是最活跃的。它们的叫声戛然而止，表情都变得十分恐怖，因为江鸟正流着口水，向它们俯冲下来。

【鱼儿们狂叫一声，潜水逃去。

【群鱼浮出水面，江鸟又追上来。

【江鸟紧追那尾跳跳鱼。

【跳跳鱼号令群鱼出其不意地拍打水面，激起浪花，浪花像倾盆大雨一样把江鸟淹没。

【浪花落尽，只见江鸟浑身湿透，狼狈不堪地单腿站在一块石头上，另一只爪子抓着那只破草帽遮在头上。

江　　鸟　(丧气地)不过是开个玩笑。

15.江上　日　外

【草筐里，婴儿曹娥惊奇地望着外面的一切。

【江浪大了一些，草筐在波浪中起起伏伏。

16.江上　日　外

【跳跳鱼带领群鱼游到一处瀑布处。

【瀑布飞流直下，险峻而又壮观。

【群鱼在跳跳鱼的带领下一齐跳起，跃过瀑布，来到上游。

【群鱼发现水面上漂着一个草筐，都围了过去。

【它们看见草筐里躺着一个婴儿，婴儿也喜悦地望着它们。

跳 跳 鱼　哇，太可爱了，知道吗，将来我也会当妈妈，生出好多可爱的小跳跳鱼。

【跳跳鱼吐出一个大得像气球的气泡给婴儿玩，婴儿好奇地盯着气泡看。

【江浪越来越猛烈，草筐在波涛中大幅度地起伏，险象环生。

17. 江上　日　外

【竹筏上，曹旰撑篙而行，不停地回望。

【江风猛烈，吹乱了曹旰的头发，一股江浪朝竹筏打来，江水似乎突然急了起来。

【曹旰似有所悟，眼神显得非常紧张。他毅然掉转竹筏往回划去。

18. 江上　日　外

【草筐快速向瀑布移动。

群　鱼　呀，不好了！

【群鱼一齐推动草筐，不让它漂向瀑布。水浪越来越急，眼看群鱼就要支撑不住了。

【（穿插镜头）曹旰急速撑篙。

【这时，那只江鸟又飞下来，朝它们冲了过来。

【江鸟也发现了草筐里可爱的婴孩，当群鱼以为自己会成为江鸟的口中食时，江鸟却用嘴帮它们推开草筐，救了婴儿。

【群鱼惊讶地望着江鸟，目光变得友好起来。

江　鸟　喂，它是个小可爱，对吧？

跳跳鱼　没错，看到它，我的心啊，都快融化了。

江　鸟　你们信不信，我小时候比它可爱多了。

【跳跳鱼望望它丑陋粗鲁的样子，与群鱼目光相对，心领神会地转转眼珠，表示不能认同。

江　　鸟　不过，你也蛮可爱的，会游泳。

【跳跳鱼噘着嘴，对它的赞美不领情。

江　　鸟　还会跳。

【跳跳鱼还是不屑地噘着嘴。

江　　鸟　很有女人味。

跳 跳 鱼　（愉快地笑了）哦，谢谢。咱们一起把草筐推上岸吧。

19.沙滩　日　外

【群鱼和江鸟把草筐推到沙滩上。

【焦急的曹盱在竹筏上看到了沙滩上的草筐，从竹筏上跳下来，蹚水奔上沙滩。

【草筐里的小曹娥向父亲露出甜甜的微笑。曹盱把曹娥紧紧搂在怀里。

【曹盱抱着曹娥上岸。

【一支古怪的珊瑚枝插在曹盱面前的沙滩上，江神出现了，面带杀气。

江　　神　你拒不执行我的命令？

【江神把一支古怪的珊瑚枝指向婴儿。

曹　　盱　她只是个孩子。

江　　神　我可是个神。神，没有戏言。

【珊瑚枝放出诡异的光环，曹盱扑倒在地，用身体护住婴儿，光芒笼罩住曹盱，曹盱踉跄地倒在地上，不停地咳嗽。

江　　神　以后可别让我看见她，尤其是在祭礼上。

【江神离去。

【曹盱抱着女儿，爱怜地望着她。

【女儿天真地朝他摇晃着小手。

曹　　盱　哦，我的孩子……爹给你起个名字，叫曹娥吧。

【字幕：十四年后。

20.竹林　日　外

【小猴爬上一棵树，已经十多岁的曹娥也爬上树。

【小猴不服气，叉着腰。曹娥得意地叉着腰。

【小猴从一根树杈跃入旁边的一片竹林。

【曹娥也跃入竹林。

【小猴不见了。曹娥摘下一片竹叶，含在嘴里吹出美妙的声音，眼睛窥视小猴。小猴忍不住探出头听。

【曹娥绕过一棵竹子追逐小猴。

【小猴迅疾地攀上竹子的顶端。

【曹娥弯下一根竹子，突然放开，利用它的弹性跃到空中去抓小猴，小猴吃惊地躲开，巨大的惯性把她送出很远。

21.沙滩　日　外

【曹娥落到江边的沙滩，惊起一摊白色的飞鸟，曹娥在沙滩上滑行了很长的一段路才刹住。

【美丽的舜江。很多小跳跳鱼从江里跳到沙滩上，像曹娥一样在沙上滑行一段，停在曹娥身边，争着与曹娥嬉闹。

【曹娥捡起其中最小的一条，替它拂去身上的沙子，然后像扔石头一样向江中掷去，其他小鱼都欢呼起来。

【鱼儿像石片一样打出一连串漂亮的水漂，最后在水里吐出一颗超大的水泡浮在水面，以示庆贺。

【群鸟绕着曹娥盘旋，曹娥高兴地抚摸它们。

【群鸟飞去。飞鸟飞上天。

【曹娥四处张望，看有没有人。然后她脱去鞋子和袜子，露出光脚丫，提着鞋子在沙滩上跑，江风吹乱了她的头发。

【(虚拟镜头)

曹娥张开双臂，像飞鸟一样飞上蓝天，加入群鸟的行列。

（虚拟结束）

【曹娥站在沙滩上，张着双臂，羡慕地望着飞鸟，想着什么。

江　　鸟　（画外音，恶作剧地叫）这里有个光着脚的姑娘！

【曹娥吓得把脚藏进沙里，回头看到是江鸟，气得用鞋砸它。

【江鸟躲开，鞋砸中了藏在沙子里的那只乌龟。

【曹娥赶紧过去摸摸它的头。

【曹娥看到旁边沙子上有螃蟹横走的痕迹，拨开一堆沙，露出一只螃蟹，螃蟹不好意思地转转眼珠。

【旁边的小水坑里，跳出一只小虾。

小　　虾　它又被你发现了。

螃　　蟹　乌龟想问你一件事……

小　　虾　（抢着问）还是那件事，你爹爹答应你参加祭礼了吗？

【曹娥摇摇头，情绪不高地走开，坐在远处的堤岸上，望着江水。

小　　虾　（向着乌龟，讽刺地）祭师的女儿，搞乱江神的祭礼，哼！

螃　　蟹　你的预言又没成功，他们都说你不会成功的。

乌　　龟　他们的话不一定对，就像他们说你一辈子不会直着走一样。

【螃蟹低头爬走了。

螃　　蟹　太伤自尊了。

【乌龟后悔地捂住嘴。

22.沙滩　日　外

【曹娥做了个沙雕，是她父亲曹盱威严的形象，目光严厉，显得不近人情。

江　　鸟　看上去蛮威武的。

曹　　娥　他是英雄。

【江鸟看着沙雕严厉的样子。

江　　鸟　这个英雄可敬，但不可亲。他不喜欢你。

曹　　娥　才不是。

江　　鸟　你心里是这么想的，所以你给他安了一双好严厉、好严厉的眼睛。

【曹娥不说话了。

江　　鸟　我亲眼看见，你一生下来，他用一个草筐……

【跳跳鱼从水里跃出来，卡在江鸟的嘴里，使它说不出话。江鸟好不容易挣脱跳跳鱼。

跳 跳 鱼　别挡我的飞行路线，你这只白色的乌鸦。

江　　鸟　人人都知道我是货真价实的江鸟。

跳 跳 鱼　却长着一张乌鸦嘴。

【跳跳鱼用眼睛示意江鸟不要说这件事。

曹　　娥　我一生下来，爹爹他怎么样？

江　　鸟　他……藏了一坛女儿红吗？

曹　　娥　女儿红？

江　　鸟　会稽郡的人生了女儿，就藏一坛老酒，等到女儿结婚那一天再拿出来贺喜。你老爹要是把你放在心上，家里就该有一坛女儿红。

曹　　娥　一定有！

江　　鸟　我看没有。

曹　　娥　一定有。

江　　鸟　没有。

曹　　娥　一定有。

跳 跳 鱼　好了，我看会有的。

23. 曹家　日　内

【屋里一片狼藉，衣物从开着的箱子和柜子里露出来。

【曹盱看到这一切，很惊讶。

【地上,一只鞋歪倒着。曹盱把那只鞋捡起来看了看,是曹娥的鞋。曹盱不高兴地皱起眉。

【一抹红色引起他的注意,他拽出来一看,是一匹红帛。

【(闪回)一匹红帛挂在桃树枝上,随风飘荡。

【(叠化)红帛在曹盱手里颤动。曹盱的目光里有微笑,也有苦涩。

24.曹家地窖　日　内

【一队老鼠惊慌失措地跑过去。

【曹娥从一堆蔬菜和坛坛罐罐中钻出来,满脸尘土,十分滑稽。

【曹娥抬起脸,看到父亲严肃的样子。

曹　　盱　你在找什么?

曹　　娥　找……女儿红酒。

【曹娥站起来。曹盱看到曹娥一只脚没有穿鞋子,露出沾满灰尘的袜子,十分不高兴。

【曹盱把那只鞋扔给她。

曹　　盱　荒唐!

曹　　娥　那……就是没有了?我就知道没有。

【曹盱看着她的样子,若有所思。

曹　　盱　有。

曹　　娥　(兴奋地)在哪里?

【曹盱拿出那匹红帛。

【曹娥一脸失望。

曹　　盱　你最该找的应该是它,这是你的女儿红。用它去练习绣花,像真正的女孩一样。

曹　　娥　(懊丧地)真正的女孩子……哦。

【曹娥草草地穿上鞋,拿过红帛,失望地走开。

【曹盱看着她的背影,脸色有几分忧虑。

曹　　盱　(自语)要是她妈妈还在就好了。

25.江上　日　外

江　　鸟　曹娥，曹娥！

【江鸟在江上盘旋。

【江上有一只竹筏，曹娥枕着自己的胳膊躺在竹筏上。

【听到江鸟叫她，她懒懒地举起长篙，让江鸟停在篙头。

曹　　娥　原来是你，江鸟。

跳跳鱼　还有我。

【跳跳鱼从水中纵身一跃，落在竹筏上，曹娥用脚把它撩起。

跳跳鱼　我们知道你不开心。

曹　　娥　我有吗？

江　　鸟　这可瞒不过我，这十几年，我可是看着你长大的。

跳跳鱼　还有我，我已是二万八千二百三十一尾小跳跳鱼的母亲，我懂孩子的心。

【曹娥坐起来。

曹　　娥　可我爹爹不懂。

江　　鸟　他又骂你了？

【曹娥不语。

江　　鸟　而且没有女儿红？

曹　　娥　还不准我参加今年的祭神大典，我真的要疯了。

跳跳鱼　他也许只是怕你太莽撞。

曹　　娥　不是，他就是看我不顺眼，说我坐的姿势也不对，站的姿势也不对，出去玩不对，下水游泳也不对。

【江鸟落到竹筏上。

江　　鸟　我看你老爸是不喜欢你，所以你一生下来，他就用一只草筐……

【跳跳鱼瞪着江鸟。

跳跳鱼　（悄悄地）这事不能说，会让曹娥伤心的。

曹　　娥　我一生下来，他就怎么样？

江　　鸟　你一生下来，他……他……他就没对你笑过。

跳跳鱼　他不过是希望你做一个乖乖女，像所有别的女孩一样。

曹　　娥　我做不到，笑也不能大声笑，走也不能抬头走，整天关在房间，绣几朵无聊的花，哦，太傻了。

【曹娥从袖子里抖落出一片红帛。

曹　　娥　看到它，我一点也不想安安静静地用针在上面戳来戳去，只想把它扔了。

【曹娥把它扔到空中。

【红帛欲落到水中时，曹娥敏捷地探身把它接住，顺势舞了起来。

江　　鸟　太棒了，继续。

【曹娥索性来了一段即兴的帛舞，红帛在她手里上下翻飞，煞是好看。

【以下曹娥边舞边唱一首插曲：

（舞起来）

我喜欢赤着脚走在沙滩

爬上树荡个秋千

（显示画面：江鸟和跳跳鱼看着她跳舞，江鸟惊奇，跳跳鱼惊喜。江里，几只蟹，几只虾，几条鱼分三组依次冒出水面观看。）

如果给我一双翅膀

我要像鸟儿飞上蓝天

（配合画面：生出翅膀的曹娥随着一队鸟在天上飞的虚拟镜头。）

如果给我美人鱼的尾巴

我要顺着江水游到海边

（配合画面：变成美人鱼的曹娥在水里姿态优美地游着。）

爹爹说

好女孩不该疯疯癫癫

（显示画面：几只蟹、几只虾、几条鱼齐声唱："啊，疯疯癫癫，疯疯癫癫，疯疯癫癫"。）

我喜欢立山头望得很远

离开家到处冒险

（配合画面：曹娥立在一座高峰上远眺，风吹着她的头发和衣襟。）

如果给我一双慧眼

我要走天涯寻找神仙

（虚拟镜头：曹娥攀着梯子般的奇妙白云，寻找着什么，然后登上一座白云的高台。一轮巨大的红日升起，染红了云朵和她的脸，曹娥在红日的背景里张开双臂，留下隽爽的剪影。）

如果给我天地大的空间

我要成个传奇全心主演

爹爹说

好女孩不该奇想联翩

（显示画面：几只蟹、几只虾、几条鱼齐声唱："啊，奇想联翩，奇想联翩，奇想联翩。"）

啊，舞起来，没有极限

乖一点不如自由一点

一岁岁一年年

别说我疯癫

（显示画面：几只蟹、几只虾、几条鱼齐声唱："哈哈，就是疯癫，就是疯癫，就是疯癫。"）

是风格明显

啊，舞起来，没有极限

美一点不如可爱一点
一岁岁一年年
别说我简单
(显示画面:几只蟹、几只虾、几条鱼齐声唱:“哦,并不简单,并不简单,并不简单。”)
是心事难言

【跳跳鱼和江鸟起先看着,鼓掌,后来也跟着曹娥起舞。

【舞蹈结束。

跳跳鱼 跳得真美,你真是个特别的女孩子。

曹　娥 也许爹爹就因为这个讨厌我。

江　鸟 是他不懂欣赏,人年纪一大,思想就保守了。

跳跳鱼 换个角度看,他也许是最宠你的……

曹　娥 (怀疑地)宠我?

跳跳鱼 整个会稽郡没有第二家的女孩能像你这么……特别。

曹　娥 没觉得,不然他为什么不让我观看祭神大典,别人家的女孩都可以。

江　鸟 真是太残忍了!你简直想象不到那是多热闹的大场面,全会稽郡的男女老少都来参加,还有赛龙舟、跳祭神舞,很刺激呐。

【江鸟边说,边在竹筏上眉飞色舞地比画着。

跳跳鱼 好了,别火上浇油了。你应该和你父亲多谈谈。

曹　娥 谈谈?他不会听我的。

跳跳鱼 试试吧,不试怎么知道?你也可以试着按父亲的要求调整自己,一开始可能很难,但什么事都是要通过努力才能成功的。

【曹娥面有难色。

跳跳鱼　难道你不想去看看祭神大典吗？

【曹娥调皮地转动眼珠，思忖着。

跳跳鱼　这是你一直以来的愿望，对不对？

曹　娥　不。

跳跳鱼　不？

【竹筏顺水向下，接近了那个瀑布，眼看竹筏就要跌落下去。

跳跳鱼　小心！

【在即将冲下瀑布的一刹那，曹娥用竹篙撑到江底，使竹筏飘然跃过瀑布，稳稳地落在下游的江面，潇洒极了。

曹　娥　是梦想！

26.曹家　日　内

【曹盱的房里响着古琴声。

【曹娥手持一把团扇，正在学习一个淑女走起路来扭扭捏捏的姿态，只是学得颇为生涩，显出几分滑稽的味道。

【一只蝴蝶从窗外飞进来，曹娥兴味盎然地望着它，马上忘了学淑女，像挥一把刀似的，闪电般地挥动团扇，把它拍到手里，玩它美丽的翅膀。

【琴声停了，曹娥一惊，醒悟过来，赶紧放走蝴蝶。

【屋里，祭师曹盱穿着庄严的礼服，在琴座前正襟危坐。他背后的墙上，挂着一把宝剑。

【门外，曹娥蹑手蹑脚地来到门前。她以那不熟悉的步态走路，不小心一个踉跄，撞开门，重重摔到地上。

曹　盱　（严厉地）一个女孩子，行事这么莽撞！

曹　娥　（自语：完了，又不能创造一天不被骂的纪录了。）爹爹，您喝水。

【曹娥从茶壶里倒了一杯水，低眉顺眼、小心翼翼地递给曹盱。

【这时，那只蝴蝶又飞了进来，曹娥忍不住拿眼角的余光悄悄追踪蝴蝶，一走神，茶壶磕在案上，水洒到曹盱身上。

【曹盱不快地挥手让她离开。

曹　娥　爹爹，我想……

【曹盱扔给她一匹红帛，帛上什么也没有，只绣了一张笑脸的轮廓。

曹　盱　不合格，接着练。

曹　娥　爹爹，我……

曹　盱　快去。

曹　娥　我想参加祭神大典……

【曹盱脸色突变。

曹　盱　祭神大典？我说过了，绝对不可以！

曹　娥　为什么？

曹　盱　一个女孩子，重要的是一个"顺"字，顺着大人的话去做就是了，如果要问，不是问"为什么"，而是问"怎么能做得更好？"

曹　娥　可是，为什么？

【曹盱生气地盯着她。

【曹娥把团扇扔在地上。

曹　娥　今年，我一定要去！除非你把我锁起来。

27. 曹家　日　外—内

【"咣当"一声，一把锁被锁上。

【曹盱收起钥匙，表情严肃。

【屋里，曹娥拉门，拉不开。

【曹盱看到门被屋里的曹娥拼命拽着，敲着，皱着眉头想着什么。他突然咳嗽起来，他捂着嘴，不想让曹娥发现他身体虚弱，于是走开了。

【屋内，阳光透过窗棂照进来，曹娥走向窗子，太阳躲进乌云。

【曹娥想拉断窗棂，但窗棂太粗了。

【曹娥愤恨地趴在窗台上，望着天上的云。

【江鸟飞来。

江　　鸟　天哪！真是个小可怜。

28.江边　日　外

【江鸟飞到江边。

【江里，有人把龙舟从岸上推进水里，官差在江上拉起一道红绸，作为到达的标志。

【祭礼的准备工作正在进行。主祭的大船上，曹盱指挥着这些工作，有人在主祭的大船上挂装饰的红帛，有人在二楼搭建的高台上安放香炉和大鼓。一个中年渔民和一个老年渔民抬着一坛会稽老酒放在高台上作为祭品，中年渔民正是十几年前那个血气方刚的年轻渔人，如今他的嘴唇上长出了胡子，而父亲的头发更白了。

中年渔人　这么好的酒，真不想献给这贪得无厌的江神。

【曹盱握住他的手，意味深长地注视着他。

曹　　盱　为了很多人，有时必须要做出牺牲。

【曹盱突然咳嗽起来。中年渔人和老年渔人都上前扶他。

老年渔人　这么多年来，牺牲最多的人是你。

29.江边沙滩　日　外

【乌龟袒着肚皮用泥土把破损的八卦图纹修好，但一阵波浪袭来，修好的部分又被擦去了。乌龟垂头丧气。

【螃蟹在练习直走。沙子上记录了它爬行的轨迹，依然收效甚微。

【小虾在衡量它直行的效果，不停地摇头。

【小虾看了看江上祭礼的准备情况，再次摇头。

【江鸟飞过来。

江　　鸟　这太过分了，这太过分了，祭师把曹娥锁在房里，她成了一个囚犯！

小　　虾　今年她又不能参加祭礼了，我真真真真真真真真真真真真真的再也不相信有预言家这种事了。

【一边小虾不停地说，一边螃蟹用它的脚在计数。

螃　　蟹　（傻傻地）十三个“真”字，去年你说了十二个。

【小虾不高兴地望了一眼乌龟，跳进水里消失了。

【乌龟很难过。

乌　　龟　我们应该把她救出来。为了我……为了我们的友谊。

江　　鸟　只有螃蟹是开锁专家。

【螃蟹无论横走直走都不得其法。

螃　　蟹　可是我不会走路了。

30.曹家　日　外

【乌龟驮着螃蟹慢慢爬到曹娥的房门前。江鸟迫不及待地叼着螃蟹飞到房门边。

【曹娥从窗棂后望见。

曹　　娥　啊，你们是来看望我的吗？

江　　鸟　不，我们是来解救你的。

螃　　蟹　（伸出钳子）看我的了！

【螃蟹伸出钳子切锁。

【锁很硬，螃蟹的钳子流出汁液。它痛苦地瞪着眼珠，继续切锁。

【锁被切断了。螃蟹跌坐在地。

【乌龟和江鸟拉开门。

【曹娥出来，扶起螃蟹。

曹　　娥　谢谢你们。

【曹娥伸开双臂，眯着眼睛，像出了牢笼的小鸟一样，以放飞的心情迎接灿烂阳光。

31. 江边　日　外

【今天阳光灿烂，正是祭神的日子，江边挤满看热闹的人。

【曹娥穿着一身男人的衣服，打扮成一个英俊少年的样子，手持一把扇子，做出几个潇洒的男子动作。

曹　　娥　看我这身打扮怎样？

江　　鸟　英俊少年郎。还是太像了。

曹　　娥　像谁？

江　　鸟　像曹娥。

曹　　娥　啊？

江　　鸟　我是说，千万别让你爹爹发觉，不然你就完了。

乌　　龟　还有江神，更不能让他发觉！（小声嘀咕）天呐，可别连累到我。

【曹娥掏出一缕道具胡髭粘上。

曹　　娥　现在呢？

江　　鸟　（满意地点点头）有沧桑感的英俊少年郎。

【曹娥"咯咯"笑出声，一想不对，赶紧学男人的笑。

曹　　娥　哈哈。

曹　　娥　借光，让一让，让一让。

【人们不想让他。

江　　鸟　让一让，让一让，有鸟屎。

【众人吓得赶紧让开一条道。

【他们挤进人群。

32. 江上　日　外

【曹娥挤进人群，看到江中的景象。

【无数渔船和竹筏停在江上，那艘主船上搭建的祭台高高耸立。

【远处停着一艘装饰华美的画船，船上都是些娇羞的贵族少女，她们以团扇遮面，悄悄向龙舟队的队员们张望。

【领头是丑陋古板的郡守夫人，她正管束着她们，每看到少女们眼光游离，就投以责备的神色。

【渔船和主船之间的水域，数艘龙舟齐头排好，准备竞赛，每艘龙舟上都有八名少年渔夫。

【其中一艘龙舟上少了一名。

33. 江上　日　外

【主船上，一面绿旗舞动，这是表示比赛即将开始。

【满江的人都欢呼起来。

队员一　比赛要开始了，我们的船长还没来，怎么办？

队员二　他在拉肚子。

【江鸟飞越人群和船只，大模大样地巡视整个江面。

江　鸟　你们看，你们看，那条龙舟少了个掌舵的，少了个掌舵的——

【曹娥抬头听见了江鸟的呼喊。

【曹娥拾起一根竹篙来了个优美的撑竿跳，两三下就落在那艘少了一人的龙舟上。

【画船上的女子们都为曹娥矫健的动作失态地欢呼起来。

队员一　你是谁？

曹　娥　（做出一副潇洒样子）会掌舵的人。

【江鸟飞到船上。

江　鸟　他是你们的船长。

队员一　（不信任地）你行吗？

【主船上打出红旗，表示比赛开始。

【鼓号齐鸣。

江　鸟　你们还有别的选择吗？不如赌一下？

【龙舟队员们只得把舵递给曹娥。

【曹娥当仁不让地掌舵。她没有经过训练，动作与其他队员难以协调。曹娥的龙舟很快落后了很多，队员们都以责备的眼光瞪着曹娥。

【江上的人们纷纷为龙舟队员们加油。

江　　鸟　（忧愁地旋转着）玩砸了，怎么办？

【水下，一副有趣的图景：水族们在水下学着龙舟划动的动作。

【曹娥望了一下水下，吹了一声口哨，跳跳鱼跃出水面。

【曹娥示意地指指水下。跳跳鱼点点头，又掉入水中。

【跳跳鱼在水下要求所有的水族都来帮曹娥。水族们纷纷向曹娥的龙舟游去。

【水下，曹娥的龙舟舟尾聚集了无数鱼虾蟹鳝，它们都在推龙舟。

【曹娥的龙舟迅速超越所有的对手，在一片惊诧声中，率先撞断横在江上的红线，成为胜利者。

34. 主船上　日　外

【曹娥带领队员们走上主船的上层，接受人们的欢呼。

【主船被彩帛装饰得异常华美，在它的上层设立了一个祭台，祭台上放着一只硕大的香炉，还有会稽老酒、熟猪头等祭品。青烟袅袅。

【两位壮士在击鼓。

【曹盱主持祭礼，他的面前摆着那把古琴。

曹　　盱　（高喊）按照规定，获胜的龙舟队随我一起，领跳神舞。

曹　　娥　（兴奋地率队出列）是！

【曹盱发现领头的少年很眼熟，曹娥则有意避开曹盱的目光。

曹　　盱　你是？

曹　　娥　（故意模仿男子的嗓子）我是龙舟队队长。

曹　　盱　看着好像在哪见过你。

曹　　娥　大家都这么说，我这个人看着面善。

曹　　盱　（疑惑地）哦？

【曹娥赶紧把古琴托到他面前，挡住自己的脸。

郡　　守　曹祭师，祭神的舞蹈该开始了，要不江神会发怒的。

【曹盱接过琴准备起舞，却突然咳嗽起来，像是要摔倒。

【曹娥赶紧上去扶。

曹　　娥　（下意识地叫出来）爹爹。

【曹盱认出来，果然是女儿曹娥，他的眼睛里流露出震惊和担心。

曹　　盱　是你？快离开。

曹　　娥　我是龙舟赛的得胜队，应该参加祭礼。

曹　　盱　（厉声地）我叫你快离开。

郡　　守　是啊，他应该领舞，曹祭师，为什么不开始？

【曹盱无奈，为了掩饰过去，只得开始演奏。

35. 主船上　日　外

【鼓声响起来。

【曹祭师带领龙舟队的队员跳起庄严的祭神之舞，并按节奏时而拨动琴弦。

【江上的人们也跟着跳。

【祭神之舞深沉苍凉，蕴含着人们的痛苦和无奈。

【渔船和江水随着相应的节奏摇晃。

36. 江上某处　日　外

【江神在水中听着鼓声和琴声，顺着江水的节奏享受着那种轻轻摇荡的感觉。

37. 主船上　日　外

【曹娥没参加过祭礼，不懂这种舞的跳法，老是跳错。

曹　　旴　既然你不会，下去吧。

曹　　娥　没关系，我会学会的。

【曹旴跳了一个大幅度的动作，曹娥学着跳，不小心摔倒了，扯掉了一块装饰的帛，差点掉下船。

【曹旴故意不拉她，眼看她就要掉到水里，曹娥埋怨地望着父亲。

【江鸟过来咬住快要扯断的帛，曹娥终于借势跳上船，断掉的帛条在她手里顺势划出一道优美的弧线，仿佛一个舞蹈动作。

【其他队员受她的影响，不禁一错愕。

【曹娥索性跳起自创的帛舞，热烈奔放，鼓手情不自禁地以鼓声配合，其他队员不自觉地模仿起来。

【那欢快的节奏引得满江的人们和水族也跟着跳起来，乌龟、虾、蟹都跳得各具姿态。原本庄严的神舞完全被改变了。

【曹旴想阻止，但人们已经沉迷在这种欢快的舞蹈中，连画船上的女子也是如此。

郡守夫人想责骂她们，但不自觉的，自己的身体也跟着扭来扭去。

38. 江上　日　外

【在激烈的节奏中，江水突然大幅度地震荡起来，让江神很不适应。

江　　神　（发怒）这是怎么了？这是对我的敬畏吗？不——

【江神踩着水走向大船，行过之处，劈开两行大浪，可怜的乌龟在大浪中滚来滚去。

【人们热烈的舞蹈和自信奔放的表情让他皱起眉头。

【江神巨大的身形出现在大船前。

【曹旴表情严峻。人们都停下动作。只有曹娥还在忘情地跳着。

江　　神　（愤怒地）你们在干什么？这不是我需要的！

【江神打出一缕浪花，浪花化为一根鞭子的形状抽向曹娥。

【躲闪中，曹娥的发髻和胡髭被打散，头发披散下来。

【人们认出了她。

众　　人　曹娥？是曹祭师的女儿。

江　　神　这是你女儿？你让女儿来跳这样的舞蹈，藐视我的尊严？你敢违背对我的承诺？

曹　　盱　啊，这……

【江神凶恶地逼视曹娥。

曹　　盱　（着急地对曹娥）你还不快下去，不听话的丫头！

曹　　娥　不！

江　　神　（大怒）你还敢说“不”？

【江神用珊瑚枝击打曹娥。

【曹娥被打得倒退几步，翻着跟头，向江中落去。

【江鸟和跳跳鱼适时推过一只竹筏，曹娥正好稳稳地落在竹筏上，整个过程犹如现代体操的跳马动作。

【江神掀起大浪，一浪更比一浪高，欲把曹娥的竹筏掀翻。

【曹娥巧妙地用竹篙控制竹筏，随浪头自如地起伏，犹如现代的冲浪运动，引起江边人们的喝彩。

【江神挥舞珊瑚枝，珊瑚枝发出银色的光芒，江水突然冻成一面冰湖，随着浪花的形状，形成各种冰峰和冰谷。

【所有的船只和竹筏都不能动弹，水族被封在水下，好似冷冻食品。

【乌龟的脚被冻在冰里，痛苦地挣扎着。

【曹娥下了竹筏，走上冰面，帮助乌龟，乌龟被曹娥拽了出来。

【江神的大手朝曹娥抓来，曹娥躲闪，滑倒在冰上，重重摔了一跤，鞋和袜子也摔掉了，露出脚丫子。

众　　人　（担心着曹娥）曹娥，小心！曹娥快跑！

【江神的手继续抓来，曹娥接连摔跤。

【江神的手抓到冰面上，冰碴四溅。

【江神得意地看着曹娥摔跤的情景。

江　　鸟　啊！乌龟，她该怎么办？

乌　　龟　她只是需要一双溜冰鞋。

【乌龟把身体从壳里褪出来，把乌龟壳推到曹娥的脚边。

【江神的珊瑚枝向曹娥打来，曹娥抵在一处浪花形成的冰峰跟前，眼看就要击中了，恰在这时，曹娥右脚踏上乌龟壳，猛然用力，惯性使她沿着冰峰的弧线滑行，她被抛到空中。

【珊瑚枝把整个冰峰都削去。

【曹娥落到远处的冰面上，身体急剧摇摆，但她终于掌握了平衡。

【江神再次追击，曹娥在冰峰冰谷间滑行躲闪，顺势做出许多优美的动作，如“三周跳”“燕子飞”……

【人们又惊又喜地观赏这个过程。

【曹娥滑行的轨迹无意中成为一朵牡丹花的形状，让人们惊叹。

江　　鸟　谁说她不喜欢绣花？

【江神恼羞成怒，挥动珊瑚枝，珊瑚枝发出赤色的光芒，冰层开始开裂，江水涌出，水族们又活动开了。

【船上的人们猝不及防，惊慌一片。

【曹娥半身浸到水里，珊瑚枝打来，跳跳鱼带领水族们推动竹筏，曹娥跳到竹筏上，但是浪花扑来，竟化为火苗，曹娥朝火苗泼水，水竟化为更大的火苗，把竹筏烧着了，曹娥处在危险之中。

【曹盱在主船上把彩帛结成长绳，一头绑在桅杆上，一头向竹筏上的曹娥抛去，没有抛中，彩帛又垂落下来。江鸟叼着帛条递给曹娥，曹娥拽着彩帛像荡秋千一样荡上主船，彩帛已经烧着了，把火带到主船上。

【江神也跳上主船。

【一根烧着的桅杆倒下来向曹盱砸去，曹娥把桅杆推向江神，桅杆差点砸到江神的头上，江神的胡子被火烧光了，脸也被烟熏黑了。

【江神眼里露出凶光，高喊着，咆哮着，举起珊瑚枝，珊瑚枝发出光芒，欲置曹娥于死地。

【曹盱抢在江神之前冲到曹娥面前。

曹　　娥　爹爹……

曹　　盱　我不是你爹爹，我没有你这个不听话的女儿……

【曹娥惊讶地望着曹盱。

曹　　盱　走吧，走到我看不见的地方，不要再回来。

曹　　娥　爹爹！

曹　　盱　不要再叫我。走吧。

【江鸟飞到船上。

江　　鸟　她一出生你就把她放在草筐里扔到江里，现在又想赶她走，你太心狠了！

曹　　娥　我讨厌你！

【父女两人目光对视。

曹　　盱　（激动地）你走，你走，快走！

【江神举着珊瑚枝逼近。

【曹盱回头一看，连忙推了曹娥一把，要把她推下船。曹娥的两手攀住船沿，面朝江水，勉强没有落下去。

【江神逼近曹娥，面目狰狞。

【曹盱用脚踩曹娥的手，曹娥大叫一声，从船沿跌落水中。

【主船上。江神目光凶恶。

江　　神　你是在救她？

【江神突然把珊瑚枝逼到曹盱眼前。

曹　　盱　她还是个孩子，她犯的错，我来承担。

江　　神　看来我是该狠狠地惩罚你。

【珊瑚枝发出光芒，重重地打在曹盱身上，曹盱倒地，头探出船沿。

【曹娥看到主船上有什么异样的情况发生。

曹　　娥　爹爹！

【曹盱硬撑着站起来，不让曹娥看到真相。他伸手摸到一块断木，朝曹娥砸去，砸到她的肩膀上。

曹　　盱　（大喊）我不是你爹爹，你别再让我看到你！你快走——走得远远的，远远的……

【曹娥负气地撑起竹筏远去。江鸟和跳跳鱼陪着她同行。

39. 主船上　日　外

【曹盱瘫倒在船板上。

江　神　你该指定一个新祭师和一口棺材。

【江神消失。

【乌龟一手提着它的壳，从角落里探出头来。它看到了刚才的一切。

【曹盱望着曹娥乘筏渐渐远去，目光垂下。

40. 江上　日　外

【曹娥默默地坐在竹筏上，顺水漂流。

跳跳鱼　孩子，别再伤心了。

【曹娥没有说话。

江　鸟　我知道你有许多话憋在心里说不出来，我帮你说吧。曹盱不认你这个女儿，你也不必认他做父亲，他有什么了不起，固执、自私、虚伪、狼心狗肺，一个王八蛋！

【曹娥气得打了江鸟一掌。

曹　娥　你骂我父亲？

【江鸟气愤地从竹筏上爬起来。

江　鸟　狗咬吕洞宾，我们不再是朋友了。

【江鸟飞走了。

【曹娥后悔了。

曹　娥　江鸟！

【江鸟已经消失在空中。

41. 江上　夜　外

【空中挂着圆圆的月亮，月光铺在江水上，波光粼粼。

【曹娥躺在竹筏上仰望着月亮。

跳跳鱼 让我猜猜你的心情,你现在不仅伤心,还多了一份困惑?

曹　娥 是……爹爹不要我了……

跳跳鱼 你看看天上的月亮。

【月亮的特写。

曹　娥 月亮?

跳跳鱼 月亮挂在天上,有时圆有时缺,有时晴有时阴,可是它永远挂在天上,照着江,照着海,照着大地,照着人间。父母和儿女之间也有一种天然的牵挂,就像月亮一样,永远在那里,不会改变。

曹　娥 就像月亮一样?永远?

跳跳鱼 对。这些话我的妈妈跟我说过,我妈妈的妈妈跟我的妈妈说过。我跟我两万个孩子说过。

曹　娥 这话好深奥啊!

跳跳鱼 慢慢你会明白的。

42.江上　日　外

【第二天清晨。江上,朝阳映红了江水,映红了曹娥忧愁的脸庞。

跳跳鱼 你想了一个晚上了,难道真的这么漂到天涯海角吗?

曹　娥 爹爹说不想再看到我。

跳跳鱼 你想再看到他吗?

【曹娥无语。

【乌龟浮出水面,欲言又止。

跳跳鱼 你有什么话要说?

乌　龟 呃,可能……不。

跳跳鱼 有关曹祭师?

乌　龟 他是为了保护你。

曹　　娥　他？

乌　　龟　你爹爹。有些事跟你想的不一样……

曹　　娥　是怎么样呢？

乌　　龟　江神怕你……我的预言……说来话长，听起来荒谬，但是……我也怕祸从口出……

曹　　娥　你在说什么？

乌　　龟　（饶舌地）在船上，你爹爹赶你走是因为他不赶你走，江神就会伤害你；为了不让江神伤害你，你爹爹就得伤害你；伤害你之后，江神就伤害他；江神伤害他，就不会伤害你。我说的，你明白吗？

【由于乌龟说得太含混，曹娥对它的话似懂非懂。

曹　　娥　你再说得清楚些。

【乌龟缩起头。

乌　　龟　我已经说得太多了。

【乌龟游开。

【乌云遮日。江鸟远远飞来。

曹　　娥　（高兴地）江鸟！

江　　鸟　好了，不必向我道歉。出事了，你爹爹被江神打伤，伤得很重。

【曹娥很焦急，掉转竹筏。

曹　　娥　我要回家。我要去找爹爹。

跳跳鱼　回吧，小姑娘，也许你爹也正在想着你。

43. 江上　日　外

【乌龟战战兢兢地游动。

乌　　龟　唉，瞧我这张嘴，冲动真是一个魔鬼。江湖凶险，可别卷进去，可别卷进去。

【一股可怕的旋涡开始形成，越来越大，乌龟惊恐万分。

乌　　龟　真的卷进去了！

【乌龟陷落到旋涡深处。

44.曹家　日　内

【曹娥惊慌地推开门。

【曹盱躺在床上，不停地咳嗽，地下有一摊血。老年渔人和中年渔人陪着他。

【曹娥忧伤地望着父亲憔悴万分的脸。

曹　　娥　爹爹！

【曹盱用力挤出微笑。

爹　　爹　你回来了。

中年渔人　是江神，他因为祭神大典的事，要惩罚曹祭师。

曹　　娥　是我的错。

曹　　盱　是命运，由神主宰的命运。

【中年渔人拿出一包中药，曹娥赶紧接过来。

45.曹家　日　内

【火炉前。炉上的药罐儿冒着蒸汽。

【曹娥向炉膛里添柴，使炉火更加旺盛，并揭开盖子，小心地查看药汁。

【(叠化)曹娥把药罐里的药汁倒进碗里，再端着碗走到床前。

【那只蝴蝶又飞了进来，绕着曹娥飞来飞去，希望引起她的注意，但是曹娥专注地盯着碗，将药送到父亲的嘴边，喂给他喝，完全无视蝴蝶的存在。蝴蝶失望地飞走了。

46.曹家　日　内

【喝完药，曹盱更大声地咳嗽，吐血，血在地上流淌。

曹　　娥　我去找大夫。

【曹盱拉住她的手。

曹　　盱　……不用了。爹爹的日子不多了。

老年渔人　大夫来过了,他说神造成的伤,人的药治不好。

【曹娥悲痛得抑制不住情绪,她冲出门,一路奔跑。

47.竹林　日　外

【曹娥来到屋后一片青青的竹林。她倚在一棵竹子上哭泣,竹子被她压弯了。

【疾风刮起,竹林呼啸,仿佛被曹娥的心情感染。

【那只小猴跳出来,看到曹娥哭,它做鬼脸,逗她笑,但曹娥高兴不起来。

【小猴跳起滑稽的舞蹈(可摘一根竹枝,模拟扭秧歌的动作),但还是没有用。

【小猴泄气了,忧愁地离去。

【一只爪子抚摸着曹娥的肩膀。

【曹娥抬头看,是江鸟,想说点什么。

江　　鸟　你爹爹的伤……我知道了。

【曹娥的眼泪更多地涌出来,落在竹叶上,落在竹竿上,落在地上。

江　　鸟　你别哭了,你哭得这样伤心,我也要伤心的……

【江鸟的眼泪在眼眶里转。

江　　鸟　问题是,流再多的眼泪也没用,又不是明月娘娘的眼泪……

曹　　娥　明月娘娘?明月娘娘的眼泪?

【曹娥的眼里燃起强烈的希望。

江　　鸟　东海明月娘娘的眼泪是明月神珠,它可以让神法力无边,也可以让人去除病痛,起死回生。但是明月娘娘心狠手辣,所有想得到她眼泪的人都被她杀掉了。

曹　　娥　可是我要救我爹爹。

江　　鸟　明月娘娘不会把眼泪给你的。

曹　　娥　没有试过怎么能放弃呢。我这就去东海见明月娘娘，现在！

【曹娥转身就跑，江鸟后悔不迭地跟在后面。

江　　鸟　那不过是个传说，而且太不现实，就当我没说过……

曹　　娥　（边跑边说）不，哪怕是传说也要试试。

江　　鸟　（担心地）我还说过明月娘娘心狠手辣……

曹　　娥　我不怕。

48.江边　日　外

【曹娥匆匆登上竹筏。

江　　鸟　我要阻止你，我要阻止你，不然我就是杀人凶手！

曹　　娥　替我告诉爹爹，让他等我回来。

【曹娥撑着竹筏乘风破浪地远去，江风吹着她倔强的脸。

49.曹家　日　内

【江鸟飞到曹盱床前。

江　　鸟　不好了，曹娥去了东海，向明月娘娘要明月神珠，她……

【曹盱乍听时露出惊讶的神色，但随即平复下来。

曹　　盱　（平静地）知道了。

【江鸟被他的平静搞糊涂了。

江　　鸟　没啦？

【曹盱没有反应。

【江鸟飞去。

江　　鸟　什么人哪！

50. 江上　日　外

【江鸟飞到竹筏上。

江　　鸟　我告诉你老爹了，你猜他怎么着？说“知道了”，就没了下文。

曹　　娥　我知道了。

【曹娥奋力撑篙，无暇回应江鸟。曹娥的平静让江鸟不解。

江　　鸟　我看你真是你老爹的亲生女儿。

51. 曹家　日　内

【曹旴欠身起来。

曹　　旴　（向中年渔人）请帮我准备一条船。

中年渔人　曹先生，你伤成这样……不行的。

曹　　旴　不，我得去，我必须去，要不，我的女儿就完了。

中年渔人　明月娘娘是个凶狠的女人，你去了也要被杀死的。

曹　　旴　（盯着中年渔人，深沉地）她是我女儿，我唯一的女儿。

【曹旴颤抖着从墙上摘下那把剑，拔出剑，身体趔趄，剑跌落在地。

【中年渔人捡起剑给他。曹旴叹了口气，推开了。

【他挣扎着走出门外。

【风吹起他的头发。

【他义无反顾。

52. 江底江神奇异怪幻的洞府　日　内

【江神坐在他的宝座上，拎着一只酒坛喝会稽老酒。

【旁边，乌龟被一根水草系着脖子，吊在石壁上。

【酒力使江神的脸色变成红布色，醉眼乜斜，步履蹒跚。

江　　神　这个祭礼被那个小丫头搞得糟透了，因为你的预言？

【江神的珊瑚枝发出赤色的光芒，慢慢接近乌龟，烫得它脖子发红，乌龟很痛苦。

乌　　龟　不，不，我是信口胡编的。

江　　神　（凶狠地）那么我得到明月神珠的事也是胡编的？

【珊瑚枝烫得乌龟壳爆裂作响，冒出烟来。

乌　　龟　不，这是真的，你一定会得到明月神珠，明月神珠会把你的洞府照得像金碧辉煌的宫殿。

江　　神　哈哈，好吧，那我就不吃生烤乌龟肉了。

【江神欲用珊瑚枝割断水草，最后时刻又改变了主意。

江　　神　不，等你背叛我的时候再吃。

江　　神　明月神珠？对，养精蓄锐这么久，实现自我的时刻到了！

【江神把珊瑚枝高高举起。

江　　神　我是海神！

53. 东海一处凸出海面的礁石堆　夜　外

【月明星稀，月光投射在高高的礁石上，一位绝色女子坐在礁石上，对着一面铜镜，用一把精巧的木梳梳头，她的头发长得惊人，像黑色的瀑布一样一直垂到海面。

【礁石周围的水面，鲨鱼、水母、小丑鱼、章鱼等各种海底动物都把头探出水面，看女子美丽的身姿。

【远处的海面上，悄悄浮现出一只海怪的九个怪异的头颅，每双眼睛都深情地望着女子，又沉了下去。

鲨　　鱼　这种美丽该怎么形容呢？对，有一种震撼灵魂的力量。

章　　鱼　每个人都为她着迷。

鲨　　鱼　（望着九头海怪）尤其是那个九个头的家伙，已经不可救药了。

水　　母　可是她的心又怎么形容？冷若冰霜！

【明月娘娘一回头，动物们都逃之夭夭。

【这时，曹娥的竹筏赶到这里，江鸟和跳跳鱼同行。

跳跳鱼 天哪，难道这就是传说中的明月娘娘！

江　鸟 （着迷地）一个完美女人！

跳跳鱼 （不高兴地）可是我要提醒你，明月娘娘是个没有感情的人。

江　鸟 她要是有感情就保不住明月神珠了。

【江神突然从它们中间冲出来。

江　神 那是因为没有遇上我。看我怎么得到明月神珠吧。

【江神没有发现曹娥，曹娥一闪身躲在海礁后面。

【江神大笑着向明月娘娘走去。

江　神 你好呀，明月娘娘，看到你这么漂亮，我找到我想象力的极限了。

【明月娘娘高傲地不予理会。

江　神 我是舜江的江神，统治大海是我的志愿，给我两颗眼泪吧，作为回报，你可以做我海上的侍女……

明月娘娘 （寒气逼来）放肆！

江　神 别装了！我还怕你吗？

【明月娘娘猛地一甩头发，她那满头乌发变成无数尖利的钢刺向江神打来。

【江神举起珊瑚枝，珊瑚枝发出光芒，笼罩着明月娘娘，海浪震荡。

【水母等都慌乱逃窜。

【礁石崩裂了一块。

【曹娥拼命使劲才稳住自己，她担心地望着明月娘娘。

【明月娘娘把铜镜调转一面，对着江神，珊瑚枝的光芒被反射回去，江神反被伤着，落到海里。

跳跳鱼 原来镜子不是普通的镜子。

【江神从另一方向悄悄爬上礁石，他的身体变得又扁又薄，像苔藓一样蔓延上来。

曹　　娥　（大喊）明月娘娘，小心！

【已经晚了，江神突然用尾巴缠住明月娘娘。明月娘娘挣扎不脱。

江　　神　（狞笑着）你用两滴眼泪就可以换回你的命。

【明月娘娘转过头，鄙视地盯着江神。

【明月娘娘冷艳的面庞一时间让江神神魂摇荡。

【他的尾巴一懈怠，明月娘娘挥舞长袖。

【从明月娘娘的袖子里落下那枚木梳，被曹娥敏捷地接到。

【而江神又箍紧了尾巴。眼看明月娘娘即将香消玉殒。

曹　　娥　你说镜子不是普通的镜子？那么木梳……

江　　鸟　也不是普通的木梳！

【曹娥把木梳朝江神扔去，木梳化为有着锐利锯齿的武器，像一只旋转的飞镖击中江神。

【江神只得放开明月娘娘，落到海里。

【明月娘娘捡起木梳。

江　　鸟　她救了你，你打算怎么谢她？

明月娘娘　我从来不对人心怀感激。

【曹娥急切地从礁石底部跳到礁石顶部，一头撞到明月娘娘怀里，身体的接触让明月娘娘感觉异样，她冷冷地审视着这个女孩。

曹　　娥　明月娘娘，请给我明月神珠！

明月娘娘　哼，你想变漂亮？还是想拥有法力？

曹　　娥　不，为了救我爹爹。我爹爹被那个江神打伤了，命在旦夕。

明月娘娘　这不关我的事。

曹　　娥　我恳求你……

【明月娘娘凶恶地把木梳对准曹娥。

明月娘娘　那么我杀了你。

【曹娥顽强地托住明月娘娘的手，眼睛焦急地望着她。

明月娘娘　你不怕死吗？

曹　　娥　怕！可爹爹死，我更怕。

【望着曹娥童真的眼睛，一种特别的感觉让明月娘娘住手了，木梳从武器还原为普通的梳子。曹娥也松开手。一绺头发滑下来，遮住了明月娘娘的眼睛，曹娥不自觉地替她撩起来。明月娘娘一愣。

54. 礁石上　夜　外

【映衬着又大又圆的月亮，礁石上，曹娥用木梳替明月娘娘梳头。

明月娘娘　别以为我会放过你，不过是让你多活一些时间，算是还情。

曹　　娥　那总比马上就死要好一点，谢谢你。

【明月娘娘气得瞪了她一眼。

55. 礁石上　夜　外

【明月娘娘把头发盘起，曹娥替她用簪子扎好。

明月娘娘　看你的样子，就知道你心很野，不是个规矩女孩。

曹　　娥　大家都这么说，可是这有什么不好呢？难道你是个规矩女孩。

明月娘娘　你看呢？

曹　　娥　我看不是。

明月娘娘　哼，幸亏你说不是，不然我杀了你。你要神珠干什么？

曹　　娥　我跟你说过了，我爹爹被江神打伤了，只有明月神珠能救他。

明月娘娘　你的爹爹……（心里在想着什么，脸色变得奇怪，语气变得更生硬）他很疼你吗？

曹　　娥　（难过地）不，他……不喜欢我，讨厌我。

明月娘娘　因为你不守规矩？

曹　　娥　是的。

明月娘娘　他骂你，打你，管束你？

曹　　娥　是的，还把我锁起来。

明月娘娘　要你做你不喜欢的事？

曹　　娥　是的。

明月娘娘　他们就是这样。

江　　鸟　（不甘寂寞地插嘴）还有更绝的，她生下来没多久，你猜怎么着？她那老爹就把她装进草筐，扔江里去了。

明月娘娘　为什么？

江　　鸟　就因为她是个女孩，赔钱货。

明月娘娘　（气愤地）那你为什么要救他。

曹　　娥　他快死了，我不要他死！

明月娘娘　那又怎么样，人总要死的。他死又不是你死。

曹　　娥　会痛。

明月娘娘　哪儿痛？

【曹娥摸着自己的心口。

曹　　娥　心痛。

【明月面无表情地望着曹娥的眼睛，没有说话。

明月娘娘　你这样做救不了他，自己也会走向死路。明知如此，你还会救他吗？

曹　　娥　（倔强地）会！

明月娘娘　（恼恨地）为什么？

曹　　娥　因为……

【曹娥看到大大的月亮。

曹　　娥　因为月亮。

明月娘娘　什么？

曹　　娥　月亮挂在天上，有时圆有时缺，有时晴有时阴，可是它永远挂在天上，照着江，照着海，照着大地，照着人间。父母和儿女之间也有一种天然的牵挂，就像月亮一样，永远在那里，不会改变。

跳跳鱼 （微笑地）她就是很特别。

明月娘娘 牵挂？我可不喜欢。我要自由，在这海上，自由自在地做我自己。就像风筝，为什么总有一根线来牵挂它，不让它按自己的方向飞？

跳跳鱼 没有牵挂的风筝是断线的风筝，在空中漫无目的地游荡，随时可能跌落，那不是自由，是孤单和迷失。

【明月娘娘想着这番话。

江　　鸟 让我好好看看你的眼睛，哇，太美了，但是不快乐，对，是孤单、迷失。没关系，让我们做你的朋友……

明月娘娘 （变了脸）不要跟我说这些鬼话，都是骗取神珠的诡计！

【明月娘娘挥动长袖，把江鸟打得像纸一样贴在石壁上，又像纸一样剥落下来，飘到地上。

【明月娘娘取出铜镜，用反面对着月亮，反光照到曹娥身上，她被吸进铜镜。

明月娘娘 我说过不会放过你们。

跳跳鱼 这是怎么回事？

江　　鸟 她去了哪里？

明月娘娘 那里是雪域幻境，奇寒之地，即使我进去了，也会失去法力。她会被冻死。

【（穿插镜头）曹娥跌落在茫茫雪原上，一座高高的雪山耸立，一轮圆月挂在峰巅之上。天气极冷，雪积得很厚，悬崖壁上还挂着如刀如剑的冰溜。

江　　鸟　你好狠心！

【明月娘娘不为所动。

江　　鸟　忘恩负义！

【明月娘娘依然不以为意。

江　　鸟　心理变态！嫉妒！死要面子活受罪！父母不疼，兄弟不爱，离家出走的女人！

【明月娘娘被触动了。

明月娘娘　你捕风捉影！

江　　鸟　（自语）歪打正着了，我真是个天才。

江　　鸟　啊哈，那就是有风有影了？以外表的高傲掩饰内心的空虚，孤独折磨着你，像雨打残花一样无情地侵蚀你的美丽，女人啊，你的名字就是弱者。看吧，雀斑和鱼尾纹悄悄爬上了那张曾经完美无缺的脸。

【明月娘娘下意识地照镜子，看它说的是否属实，江鸟飞过去把镜子掉转一面对她。明月娘娘不让。挣扎中，月亮的反光无意中打到他们身上，明月娘娘和江鸟也被吸进铜镜。

56. 奇异的雪山　夜　外

【明月娘娘和江鸟摔倒在曹娥身边。

曹　　娥　啊，你们怎么也来了？

【江鸟跳起来，雪地上留下一只鸟的形迹。

【明月娘娘向峰顶爬，她显得十分娇弱，爬了几步就陷在雪地里。

江　　鸟　上面更冷，笨蛋。

【明月娘娘坚持往上爬，但是山太陡峭，她很快就滚下来，曹娥拉住她。

明月娘娘　山顶的月亮是出去的门，只有爬上峰顶，才能离开幻境。

曹　　娥　我们一起上。

【江鸟向峰顶飞去，但飞到半山腰就折回来。

江　　鸟　天哪，爬上去？

【曹娥想牵着明月娘娘的手一道上去，但明月娘娘冷傲地拒绝了。

【曹娥已经爬到山腰，江鸟每飞一段就停在山上喘会儿气。明月娘娘只爬了很短的路程。这时悬崖上的冰溜落下来，明月娘娘一失足，又滑到山底，她下意识地伸手求援。

【曹娥滑下来帮助明月娘娘。

江　　鸟　不要！你比她更笨！

曹　　娥　我帮你上去，你给我明月神珠？

【明月娘娘犹豫着。

江　　鸟　不然就让你冻死在这里。

【明月娘娘终于点点头。

曹　　娥　（非常兴奋）你答应了？

【那些冰溜给了曹娥灵感，她把尖锐的冰溜依次掷到山上，使它们钉到雪坡上，成为踏脚板。曹娥撕开衣服，做成布条，把两人连在一起，一道往山上攀登。

【她们艰难地爬到峰顶附近，一大片雪突然崩落，明月娘娘滑到一处悬崖边上，连在两个人身上的布条也渐渐拉断，曹娥情急之下拽住明月娘娘的头发，才勉强维持住。

【曹娥拼尽力气，终于拉上明月娘娘，她的手被冰溜刺破了，殷红的血渗进雪地。明月娘娘的手恰好插到那些带血的雪地上，她歉疚地望着曹娥。曹娥拉住她的手。明月娘娘目光复杂地看着曹娥和她握在一起的手。

【她们上了峰顶，手触月亮，月亮像窗子一样洞开，一道奇光投射下来，她们在光的笼罩中消失。

57.礁石上　日　外

【礁石上。旭日东升。

【两个人加上江鸟突然出现，他们看见跳跳鱼蹦到石头上，正在心急火燎地摆弄那个铜镜。

跳 跳 鱼 你们怎么出来的？我都担心得要晕倒了。

江　　鸟 明月娘娘，是你实现诺言的时候了。

明月娘娘 什么诺言？我听不懂。

曹　　娥 （愤怒地）你说过，你懂，不要装着不知道。

【曹娥的目光如火，让明月娘娘吃了一惊。

【明月娘娘取出木梳，它立刻变成可怕的杀人武器。

【江鸟想飞，被她擒住。曹娥想救江鸟，也被她抓住。

【曹娥不相信地望着明月娘娘，明月娘娘的目光有些微妙的变化，但最终她还是凶恶地向曹娥举起木梳。

58. 海上　日　外

【曹盱驾船赶到了，老年渔人和中年渔人帮他划船。他有病在身，再加上长途奔波，显得更加虚弱。

曹　　盱 放过我女儿！

【曹盱连续咳嗽。

【曹盱艰难地攀上礁石。

【曹娥向父亲伸出手，但明月娘娘无情地隔开他们。

曹　　娥 爹爹！

曹　　盱 姑娘，我是个快死的人了，并不需要你的神珠，请你放过我女儿，女儿能好好活着，健康，快乐，这是所有父亲的心愿。

明月娘娘 （冷笑）你不是讨厌她吗？

曹　　盱 姑娘，将来你会明白，世上没有讨厌女儿的父亲。

【曹娥若有所思的表情。

明月娘娘 那个盛放婴儿的草筐会嘲笑这句话。

曹　　盱　那是江神的威逼，我必须在女儿和全郡的百姓之间做选择。

明月娘娘　为了别人，你放弃了自己的女儿。

老年渔人　放弃？（指曹娥）她在这里。

明月娘娘　他良心发现了？

老年渔人　用代价换来的。

【曹盱剧烈地咳嗽。

【这时，江神悄悄地出现了，它潜伏在礁石后面。

【曹盱不断地咳嗽。

老年渔人　这就是代价，向江神付出的代价，而且是两次。出生时，江神认为她是妖孽；在祭神大典上，江神认为她破坏了一切。如果不是曹祭师代替她接受惩罚，曹娥早已被江神杀了。

曹　　娥　爹爹！

明月娘娘　（提醒曹娥）他骂你，打你，管束你，设计你的一切，让你——痛苦。

曹　　盱　你——痛苦？

【曹娥点点头。曹盱露出难过的表情。

曹　　盱　（注视着女儿）我错了！我不是个聪明的父亲。

【在父亲的注视下，曹娥很受触动。

【巨浪一次次砸在礁石上，轰然作响，散成碎片，在浪花的拍击中，曹盱力图向礁石上爬，曹娥伸手去接，两只手终于握到一起。

【望着这一幕，明月娘娘的眼前闪回在雪域幻境的悬崖上，曹娥拉她手救她的情景。

【明月娘娘狠下心，用木梳向曹盱的手剁去。曹娥伸手握住木梳，尖利的锯齿扎得曹娥手上流满鲜血。

【明月娘娘的眼前闪回在雪域幻境，曹娥手上的血洒在雪坡上的情景。

【曹盱终于登上礁石。略一犹豫，曹盱把曹娥搂在怀里。曹娥幸福地享受着父亲的拥抱。

【看到这个情景，江鸟一副不可思议大跌眼镜的表情。跳跳鱼欣慰地笑了。

【曹盱从袖子里取出那匹红帛，上面是曹娥绣的笑脸图案。

曹　娥 我绣得太烂了。

曹　盱 不，很漂亮，没有比这更漂亮的了。

【笑脸图案的特写。明月娘娘看着它，神情复杂。

【礁石后面露出江神凶狠的眼神，它伸出舌头舔了舔。

曹　盱 你出生的时候，我把这块帛挂在门前的桃树上，表示你是个女孩。

曹　娥 所以叫女儿红？

曹　盱 哦，不，真正的女儿红是一坛酒，我送给你的嫁妆。

曹　娥 真的有女儿红酒？

曹　盱 那当然。

中年渔人 十三年前，我亲手酿的，用最好的手艺。

曹　娥 可是我在家里没有找到它，地窖也翻了个遍。

曹　盱 它在墙壁里。

曹　娥 （欢喜地）啊，原来藏在墙里。

曹　盱 到你出嫁的那一天，拿出来，大宴宾客，一定会让所有的人醉倒，不过，你可不能喝，你是新娘。

曹　娥 我要喝，是新娘也喝。

曹　盱 哦，行，那就喝，只要我的女儿高兴。（突然伤感起来）可惜等不到那一天了。

【曹娥更紧地抱住父亲。

曹　盱 要是你不放过我女儿，就让我陪她一道死吧！爹爹总要陪着女儿。

【明月娘娘举起木梳。江鸟吓得闭起眼睛。

【江鸟睁开眼睛，木梳轻轻落下来，曹盱父女平安。明月娘娘的眼角流出两滴眼泪。

江　　鸟　明月神珠！

【眼泪化为两粒晶莹的珠子，江鸟慌忙去接，只接到一颗，另一颗掉到海里。跳跳鱼从海里跃到礁石上，口里衔着另一颗珠子。江鸟捧着两颗珠子，不知道该给明月娘娘还是给曹娥。

【明月娘娘用长发卷着江鸟的爪子，移到曹娥面前。

【曹娥接过珠子，突然给了明月娘娘一个拥抱，让明月娘娘尴尬，羞涩，也快活。

【曹娥给曹盱喂了一颗神珠，正要喂第二颗，江神从海水里跃出来，抢走了它。

【江神把它镶在珊瑚枝上，珊瑚枝的一侧发出耀眼的光芒。

【江神去抓明月娘娘。

江　　神　我将成为海神，你是我最中意的海神夫人。

【明月娘娘投出木梳，木梳被珊瑚枝击碎。

江　　神　（大笑）我得到了神珠，我威力无比！

【珊瑚枝的光芒笼罩着明月娘娘和曹娥他们。

【明月娘娘取出铜镜，光芒穿透了铜镜，铜镜化为一股轻烟消散。

【江神大笑着去抓明月娘娘和曹娥父女。

【这时礁石突然升起来，越来越高，露出九头海怪的身体，原来这堆礁石被九头海怪背在身上。

【九头海怪转过九个头，来咬江神，江神挥出珊瑚枝，一连切断了它的八个头，但最后一个头还是咬住了江神，江神跌落到海里。

江　　神　曹盱，我饶不了你。

【海里，章鱼喷出黑雾，蒙住了他的眼睛，鲨鱼咬断了他的一截尾巴，江神潜水逃脱。

【九头海怪疲惫地低下头，礁石又慢慢下沉，恢复到原来的状况。

【明月娘娘美丽的身体开始发生变化，竟变成了一只青蛙。

青　　蛙　我本是南海的蛙族，妈妈老是管束我，我受不了，偷了神珠、木梳和铜镜三件宝贝，逃到东海，成为东海最美丽的女人。失去神珠，我又恢复自己了。

曹　　娥　对不起！

【青蛙摇摇头。

青　　蛙　你父亲得到一颗神珠，虽能康复，免去性命之忧，但是江神得到另一颗神珠，他的法力会大增。他是更大的灾难。

【曹盱忧虑地皱起眉。

【青蛙跳进海里。

曹　　娥　你去哪里？

青　　蛙　我要回到妈妈的怀抱。

【鲨鱼、水母、章鱼等曾经迷恋明月娘娘的水族们遗憾地目送青蛙向远处游去。青蛙看了一眼九头海怪，远去。

曹　　盱　孩子，我们也该回家了。

【当他们远去时，礁石突然发生移动，接着坍塌，落入海中。海怪慢慢沉下头，消失在海水里。

59.江上　日　外

【渔人父子同乘一船，曹盱父女同乘一筏，逆流而上。曹娥撑篙，父女情绪颇佳。

曹　　娥　快到家了。爹爹，我想亲眼看看那坛女儿红。

曹　　盱　那就把它从墙壁里取出来。

老年渔人　到时候，让乡亲们都来贺喜。

【面前是那个瀑布。

【曹盱接过曹娥手里的篙。

曹　　盱　让我来。

曹　　娥　不，爹爹，你的身体还没好。

曹　　盱　不，全好了，我还觉得浑身充满了力量。

【曹盱一撑竹篙，竹筏不可思议地高高跃起，飞到瀑布的上游。

曹　　娥　爹爹！真不敢相信。

中年渔人　我知道了，这是神珠的力量！

曹　　盱　是啊，要谢谢明月娘娘。

60.曹家　日　内

【曹家门前的桃树枝繁叶茂。

【桃叶幻化为酒坛上的装饰图案——曹盱打开一垛墙，取出一个装饰精美的酒坛。

【曹娥接过酒坛，父女对视，满脸都是幸福。

61.曹家门前　日　外

【桃树。那匹红帛搭在桃枝上，轻轻飘荡。

【桃树下。曹娥高高举起酒坛，然后放在一个案桌上。

曹　　娥　我的女儿红酒，爹爹送我的，十三年了，一定又甜又香。

【镜头转向屋前的空地。满屋的父老乡亲欢呼起来。

老年渔人　今天是大喜的日子，我们的曹祭师得到明月神珠，身体康复了。

中年渔人　而且充满力量。

【众人再次欢呼。

曹　　盱　还有一件喜事。

【众人安静地听着。

【曹盱温和地看了一眼曹娥。

曹　　盱　我的女儿曹娥，长大了，真的长大了！

【百姓中的青年们欢呼起来。

【曹娥得意地笑了，得意中有一丝娇羞。

老年渔人 难道我们不该庆贺吗？

众　　人 对！

【曹盱亲自击起鼓来。

【青年们开始围着曹娥跳起舞来。

【曹娥一开始还有几分羞涩，后来索性从桃树上拽下那匹红帛尽情地舞起来。

【人人都在狂欢。人群中，那坛女儿红更是充满了喜气。

62.江底深洞　日　内

【江神在巨石上蠕动，他身上的伤已经愈合了。

【珊瑚枝的一侧奇光闪耀。奇光在江水中处处闪动，星星点点，魔幻一般。江神哈哈大笑，他的脸在奇光的映衬下十分狰狞。江神举着珊瑚枝。

江　　神 神珠，赐给我力量吧，让这江水涨起来，高高地涨起来，与大海连成一片，让我成为海神！

【珊瑚枝的光芒照亮了这个深洞。

【吊在石壁上的乌龟被光芒照得变了形。

乌　　龟 （又激动又害怕）天哪，我的预言！

63.江上　日　外

【大江发出巨响，江中波涛滚滚，江水沿着沙滩缓缓爬上来，贝壳、砾石相继被卷进波浪里，沙滩上的渔人们开始露出害怕的神色，后退，逃离。

64.曹家屋前　日　外

【人们还沉浸在欢乐中。

【突然大风扑来，江水向村子卷来，淹没了农田和屋舍。

【女儿红酒坛摇晃起来。曹娥赶紧搂住。

【天空出现霹雳闪电，大雨压顶。

【人人惊愕。

曹　　盱　是江神！江神吞吃了明月神珠，威力无比，他要兴风作浪了。

【许多屋子倒塌，牲畜和人都在逃亡。

【（穿插镜头）一只手从墙上取下那把宝剑。是曹盱的手。闪电照亮了曹盱严峻的脸。

【曹盱和曹娥指挥人们逃离。

【一声骇人的霹雳，女儿红被霹雳击碎。酒淌了一地，被雨水盖没。

【雨中曹娥和爹爹搂在一起，愤怒地望着这一切。

65. 会稽城　日　外

【大水卷着浪涛涌来，军民赶紧关上城门，浪涛打在恰好关上的城门上，水位沿着城门上升。

66. 会稽城上　日　外

【江水包围了会稽城，郡守带着城中军民在城垛上惊慌地查看节节上升的水位。

【江水还在缓缓上涨。

郡　　守　曹祭师，这是怎么回事？

曹　　盱　这是江神在作法，他不仅要淹没会稽城，还要把这一带都变成大海，使他成为海上的神。

【曹盱的身上佩着一把宝剑。

郡　　守　快求求他，问他有什么要求，都可以满足他。

曹　　盱　不，他已成为邪神，充满可怕的欲念，任何祈求都是徒劳的。

郡　　守　那怎么办？会稽城完了！

曹　　盱　战斗！现在只有与神战斗，才能拯救我们自己。

【百姓们肃穆地听着曹祭师的话。

郡　　守　谁跟他战斗？那是神！

曹　　盱　我是神的祭师，一切由我来承担。

【曹盱拔出宝剑。

百　　姓　这太危险了。

曹　　盱　这是我的责任。

曹　　娥　（担心地）爹爹……

曹　　盱　（把她搂在怀里）我的孩子，我要去江神的巢穴，结束这场灾难。

曹　　娥　我跟你一起去。

曹　　盱　不，你留下来。你平安，我才有战斗的信心和勇气。

曹　　娥　你要回来！

曹　　盱　我一定会回来。

曹　　娥　（难过地）爹爹——

【曹娥再次扑到父亲怀里，父亲替她梳理一下发髻，曹娥仰脸，满面是泪。

曹　　盱　你要照顾好自己。

【曹娥点点头。

【曹盱一把推开她，跳到船上，飘然而去。

老百姓　（高喊）曹先生，平安回来。

【曹盱回头拱手。船渐渐远去。

曹　　娥　（突然沿着城墙奔跑）爹爹——爹爹——你要回来！

【曹盱朝前划船而去。

【曹盱不回头,一脸悲戚。

曹　　娥　(走到城墙尾,挥手喊着)爹爹,我等你回家。我一定要和你在一起……

【从曹盱袖子里落下那匹红帛。看着曹娥绣的笑脸图案,曹盱面露微笑,他将红帛揣回袖子,坚定地划船向前去。

【船成了一个黑点。

【曹娥焦虑地望着。

67.会稽城　日　外

【一股大浪在城垛上开花,郡守狼狈地跌倒。

【中年渔人用力把一只巨大的麻袋垒到城垛上。

【曹娥帮他把麻袋扶正。

【军民们纷纷奋勇地垒上麻袋阻挡大水,曹盱的行为仿佛给了所有人勇气。

68.洞府　日　内

【曹盱跌落洞底。这是个无水的魔幻空间。

【曹盱循着光源,在主洞中找到江神。

【那只可怜的乌龟还被吊在石壁上。

【江神正在施法。

江　　神　神珠,给我力量吧,让水涨得更猛烈些!

【(穿插镜头)会稽城上已经垒了一层层麻袋。又一股大浪袭来,淹没了防护层。

【江神看到曹盱。

江　　神　背叛我的祭师?

【曹盱拔出宝剑，江神举着珊瑚枝袭击曹盱，曹盱闪避，眼看珊瑚枝向乌龟长长的脖子削去，乌龟恐惧地睁大眼睛。曹盱举剑刺江神，江神撤回珊瑚枝来挡宝剑。宝剑被切成两截，落到地上。

江　　神　哈哈，一个人妄图战胜神。来呀，试试神的伟大。

【曹盱朝江神一掌打去。江神并不躲避，只管以珊瑚枝向曹盱打去。珊瑚枝击中了曹盱，曹盱倒在石壁上。但曹盱的这一掌也产生了神奇的威力，江神被打得倒在地上，珊瑚枝抛出，顺势割断了系在乌龟脖子上的水草，乌龟跌到地上，晕倒。

【（穿插镜头）会稽城上，浪涛从城头退下。军民们松了一口气。

江　　神　（诧异地）对，神珠，是明月神珠的威力。

江　　神　你是我的祭师，为何要背叛我？

曹　　盱　因为你的心已经邪恶。

【曹盱也耗尽了力气，瘫倒在石壁上。

【江神欲击杀曹盱，中途又忍住了。

江　　神　还我神珠！

【曹盱蔑视地看着江神。江神沮丧。

【（穿插镜头）会稽城上，浪涛平静下来，水位下降了不少，露出城垛。军民们面露喜色。

江　　神　只要你流一滴眼泪，交出神珠，我就饶恕你，让你做海神的祭师。

曹　　盱　不！

【江神把珊瑚枝变成锁链，把曹盱的四肢都钉在洞壁上，曹盱呼吸急促，奄奄一息。

江　　神　还我神珠，否则，就去死吧。

【这时乌龟醒过来，悄悄爬离江神的视线，然后以不可思议的速度逃走。

69. 会稽城上　日　外

【江水迅速退去，有鱼类快乐地跃出水面。城上的人都忘乎所以地拥抱、欢呼起来。只有曹娥独自爬上城头，望着父亲离去的方向，风吹着她的头发和衣襟。

郡　　守　看来应该来一场庆祝，不，准确地说，是狂欢。

【江鸟飞到城头。

江　　鸟　更准确地说，还没到时候。

郡　　守　为什么？

【年老渔人同情地看了一眼曹娥的背影。

年老渔人　应当回来的人还没有回来。

70. 江边　夜　外

曹　　娥　（画外音，拖长声音）爹爹！

【曹娥在江边走着，喊着，天上一轮明月。

曹　　娥　爹爹，你回来呀……

71. 江上　黄昏　外

【曹娥撑着竹筏在江上四处观察。

【江鸟沿着水面飞。水中，跳跳鱼一边游，一边寻找。

曹　　娥　爹爹——爹爹——你在哪里呀？

【江鸟飞去，跳跳鱼潜水。

72. 江中　日　外

【曹娥在水中游着，美丽的身影带起水草，她望着四周。

【跳跳鱼们围着她。

跳跳鱼 已经三天了,什么也没有发现。

曹　娥 你们回去吧,我继续找。

跳跳鱼 你又饿又累,你受得了吗?

曹　娥 我……我不会放弃。

【在一处礁石缝中,江鸟发现了躲在里面的乌龟。

江　鸟 你看见祭师了吗?

乌　龟 他……别问我。

【乌龟逃走。江鸟追上去。

江　鸟 为了我们的朋友曹娥。

【乌龟愣了一下,但还是加速逃走。

乌　龟 我只是个小人物,只想马马虎虎活着。

【乌龟突然被什么力量簇拥着,被高高地托出水面,原来是鱼虾蟹鳝之类的水族们。

小　虾 我就知道你是真正的预言家。

螃　蟹 是啊,混乱的祭礼,你说中了。

小　虾 而且从江神洞里成功地逃脱。

水族们 我们崇拜你。

【乌龟得意扬扬。

江　鸟 你一定会把曹祭师在江神洞的事告诉曹娥,对吧?

乌　龟 曹祭师被江神压在石头上,快……死了。

曹　娥 (向乌龟)江神洞在哪里? 我需要你给我引路。

乌　龟 不。

【乌龟溜到石缝里,不出来了。

江　鸟 谁说你是预言家? 你说曹娥将战胜江神,这件事没有实现。

【乌龟从石缝里钻出来,煞有介事地挥挥手,示意跟它走。

73.江上　日　外

江　　鸟　小心,我的小姑娘!

曹　　娥　我会的。

江　　鸟　全会稽郡的人等你回来。

【曹娥点点头。

【乌龟在前带路,曹娥向深处潜游。

74.洞口　日　内

【江神洞的洞口在江水中影影绰绰。

【乌龟爬到洞口,恐惧地朝里指了指。

【曹娥跳进去。

【曹娥落在洞底。乌龟也摔下来。

【乌龟带路进入主洞。江神可怕的脸出现在面前。乌龟吓得回头就跑,蹿出洞去。

75.洞内　日　内

【曹娥看到被困在石壁上奄奄一息的曹盱。

曹　　娥　爹爹!

【江神拦住曹娥。

江　　神　你想救你爹?

曹　　娥　放了他!

【江神抓住曹娥的手。

江　　神　(凶恶地)劝劝这个老顽固,让他流出一滴眼泪,交出那颗神珠,我就放了你们。

【曹娥上前,欲拔出珊瑚枝,拔不出来。

【江神把珊瑚枝拔出来。珊瑚枝恢复原状。

【曹盱突然睁开眼睛，抢过珊瑚枝上的那颗神珠，吞了下去。

【江神目瞪口呆。他举起珊瑚枝朝曹盱打去。曹盱同时向江神打出一掌，两人同时被击中。

【江神晕倒在地。

【曹娥唤醒昏倒的父亲。曹盱又惊又喜。

曹　　盱　你不该来。

曹　　娥　（自豪地）爹爹，我能行！

【从曹盱的袖子里滑出那匹红帛，曹娥把它拉出来。

曹　　娥　你还带着它？

曹　　盱　（微笑地）它让我想起你。

【江神渐渐醒来。醒来的江神已经处于癫狂的状态，他脚步趔趄，眼前的一切都是重影的状态。

曹　　娥　爹爹，我们回家。

【曹娥背起曹盱艰难地朝洞口走去。

【曹娥爬到洞口，就在他们即将离洞的瞬间，江神把他们拉下来。曹娥和父亲跌倒在洞底。

【曹娥扑向江神，被江神打倒在地，江神用珊瑚枝刺向曹娥，曹娥躲开。江神用尾巴缠住曹娥，越缠越紧。

【曹盱欲上来解救，江神收紧尾巴，曹娥命悬一线。

曹　　盱　放过我女儿！

江　　神　你知道该怎么做。

【望着身处绝境的曹娥，曹盱十分难过。

【眼泪从曹盱的眼中流出来。

【眼泪化为两颗神珠，熠熠闪光。

【失去神珠的曹盱身体变得虚弱，剧烈地咳嗽。

【江神放开曹娥，接住神珠把它们镶在珊瑚枝上。

【江神举起珊瑚枝，珊瑚枝又发出光芒。

【曹娥扑上去，欲夺取神珠。神智不清的江神以珊瑚枝向曹娥扫去，曹娥躲开，珊瑚枝打到洞壁，石洞受到巨大的震撼，不少石头落下来。

【曹盱躲到角落，江神持珊瑚枝向他刺去，眼看曹盱在劫难逃。

【曹娥急中生智，抛出红帛，蒙住江神的眼睛。

【江神感到眼前一片混乱的红色，顿时阵阵晕眩，举止迷乱。

【曹娥拿着红帛狂舞，江神的眼前似有无数的曹娥，无数的红帛。

【江神完全迷乱。

【曹娥抛出红帛把珊瑚枝卷了过来。

【曹娥摘下那两颗神珠。

【江神清醒过来，他的魔掌向曹娥打来。曹盱从后面拽住江神，江神回手一掌，打在曹盱身上，曹盱倒在地上。曹娥欲救父亲，江神趁势夺过曹娥的珊瑚枝向她打去，曹娥滚到巨石上，神珠落在巨石上。曹娥去抢神珠。

【看到神珠，江神又变得癫狂，他的珊瑚枝向曹娥落下，曹娥躲开珊瑚枝，珊瑚枝把两颗神珠击碎，神珠失去了光泽，化为一团白雾消散。江神惊愣，疯狂。

【江神的珊瑚枝打过来，曹娥扑到曹盱的怀里，护住曹盱，自己被打中。几块巨石落下来，砸在江神身上。

【曹盱已是弥留之际。曹盱拣起那匹红帛，望着曹娥绣的那个可爱的笑脸，微笑着，他试图抚摸曹娥的脸，但手无力地落下来，闭上眼睛。

曹　　娥　爹爹！

【江神从巨石中爬出来，举起珊瑚枝。

【这时乌龟从洞口落下来，接着跳跳鱼也落下来，那只蟹和虾也落下来。接着涌现无数的蟹虾鱼鳝之类的水族。

【江神举着珊瑚枝的手被一只蟹钳住，接着又来了无数的蟹。水族们一拥而上，把江神淹没。

【更多巨石落下来，整个石洞正在坍塌。

【水族们赶紧向洞口逃脱。

【曹娥背着曹盱向洞口爬去。

【身后红帛飞舞旋转，石壁迸裂，江神叫喊起来。

【曹娥费劲地背着父亲，不时被石头击中，绊倒在地。

【曹娥嘴角流血。

曹　　盱　（着急地）女儿，放下我快走，离开这个洞窟。

【曹娥咬着牙还是继续背着父亲走。

【江神也在后面爬出来。

乌　　龟　（着急地）快，快……

【曹娥背着曹盱刚离开洞窟，江神以最后的力量挥动珊瑚枝，欲打曹娥，却打在石壁上，石洞彻底崩塌了，江神葬身巨石堆中。

【红帛飘出来。

【曹娥架着父亲游出去。

曹　　娥　爹爹，我们胜利了，我们回家。

【父亲微笑着合上眼睛。

【曹娥把父亲的身体托向水面，自己慢慢沉入水底。

（画外音，包含江鸟的声音，跳跳鱼的声音，水族们的声音，渔人们的声音）曹娥，曹娥！……

【伴着这画外音，曹娥不见了，那片红帛在水中优美地漂动。

【江水滔滔，叠印着曹娥碑和曹娥庙的画面。同时回到乌龟的叙述。

乌　　龟　（画外音）从此，人们把舜江改为曹娥江，建了曹娥庙，立了曹娥碑来纪念她。

【乌龟慢慢放下话筒和旗子，眼睛里噙满泪水。

乌　　龟　（掩饰地）哦，这里的风真大，还有沙子。这个故事讲得不赖，对吧？眼泪？不，我可不是多愁善感的人。这个故事的主题是：我是真正的预言家，哈哈。好了，再见，也许我该考个导游证。

【乌龟爬下案桌抹着眼泪走了，地上的眼泪简直成了一条小溪。

【栩栩如生的曹娥像的特写。

【（虚拟镜头）曹娥像好像活了，她笑起来，接过一片红帛跳舞。

【出字幕。剧终。

2　动画电影《火凤凰》

此剧本获 2012 年第八届中国国际动漫节动画剧本金猴奖。

主要人物简介

凤　　凰——天地之灵孕育的一只神鸟，把凤凰岛建成众鸟兽幸福的家园。由于年老力衰，被鹫鸟之王用“道”之神火烧死。

小　　凡——凤凰被烧死后结晶为凤凰蛋，孵出一只小凤凰，误被当作乌鸦，起初天真、胆怯、甘于平凡，后重新发现自我。

霄　　皇——一只与凤凰一样有“道”之神力的鹫鸟，是鹫鸟之王，邪恶的象征，修炼成“道”之神火，烧毁了凤凰岛，建起鹫鸟王国。

小　　雪——一只雌乌鸦，唐突冒失，常因巧合而一语成谶，有“乌鸦嘴”的恶名。误把小凤凰当作自己的孩子，有母性的一面。

阿　　墨——雌乌鸦的丈夫，与雌乌鸦性格对立，比较稳重忠厚，有深沉的父爱。

阿　　伦——原为青蛙，善跳舞。为追求红顶天鹅，得到老凤凰的冠羽变成绿天鹅。因软弱臣服于鹫鸟之王，后完成自我救赎。

阿　　朱——美丽温柔，舞艺高超的红顶天鹅，绿天鹅阿伦的妻子。

纤　　纤——红顶天鹅的母亲，有几分势利，高傲，长得胖，颇以自己的天鹅身份自负。但敢于维护尊严，不畏强暴。

红　　莲——绿天鹅与红顶天鹅的女儿，漂亮、活泼、大胆的小女孩，思想新潮，有点骄傲，经历风险艰难后，有所成长。

童　　颜——一只很老的独脚鹤，熟悉凤凰岛的故旧，小事糊涂，大事智慧。在一定程度上，是小凤凰的精神导师和技术指导。

波　　波——一只偶尔热血其实懦弱的山猪，有点笨，这场传奇的引发者，因参与其中，也成了英雄之一。

鹫 鸟 翮——由鹫鸟之王霄皇的羽毛化出的鹫鸟，众鹫鸟的领头者，霄皇的爪牙。后率众鹫鸟背叛霄皇，成为真正的鸟。

闪　　电——凤凰岛护卫队队长，忠心、勇敢，在与鹫鸟之王的搏斗中牺牲。

其他角色：鹫鸟甲、众鹫鸟等。

编剧说明

一、本片选取中外共有的凤凰传说为题材，讲述一只浴火重生的凤凰战胜邪恶的鹫鸟，夺回家园的故事，既有民族性，也有世界性。

二、本片核心主题是勇气与成长，小凤凰、绿天鹅等面对种种艰难和风险，经过内心的矛盾冲突和外在行动的努力，终于完成了使命，这是对勇气的礼赞，小凤凰、小天鹅都在这样的过程中获得成长。暗含的主题还有平等的理念，凤凰是王，最终通过分享的方式放弃自己的独尊，甘于平凡，符合人人平等的现代精神。同时，人性善恶、阴阳流转的传统哲学也隐约可见。

三、故事和人物重在情感表达和内心世界的刻画，同时兼具幽默和童趣，力求避免概念化、低幼化、弱智化的弊病。叙事方面采取一条主线多条副线的立体结构，主线是凤凰重生，发现自我，战胜鹫鸟；副线之一是青蛙成天鹅，因冠羽事件而承载罪错，经过战斗，救赎成功，回归青蛙本色；副线之二是雌乌鸦因错被凤凰罚出岛，又回岛援助凤凰，与后者关系从母亲变成臣民，再由臣民再成母亲。其他如众鹫鸟从羽变鸟等，也试图编织一个完整的过程，并与主题契合。

四、凤凰形象、建筑、花草等元素体现出中国民族文化，鲜明的中国风格是本剧的风格追求。而一些局部，如天鹅舞的部分则吸收了西方芭蕾舞的某些意趣。

火凤凰

（文学本）

序　幕

1.天空—虚化的背景　日　外

【（画外音）五百年前，天地之灵钟毓于黑白两块圆石，从中诞生两只鸟，一只为凤凰，一只为鹫鸟。他们都先天拥有极高的神力——“道”。

【（画外音伴随以下画面）天上的七彩云朵涌动，继而缠绕盘旋，形成一个旋涡，向大地灌注。画面达到极亮以至全白。

【画面上出现一黑一白两块圆形的石头，背景虚化。

【两石同时破裂，从中出来两只雏鸟，分别有光环笼罩。他们瞬间长大，白石中出来的是五彩羽毛的雌鸟——凤凰，头顶有孔雀似的美丽冠羽。黑石中出来的是灰首黑身嘴爪尖锐的雄鹫鸟。与普通鹫鸟不同的是，他头顶也有一枚灰黄的冠羽。二鸟怒目对视。

【（画外音继续）凤凰在一个海岛上培育万物，滋润生灵，建立了一个幸福家园，成为鸟兽之王。

【（画外音伴随以下画面）众仙鹤飞过。两只小鹿在林间悠然鸣叫。凤凰在一片花丛中舞动，四周环绕的动物——喜鹊、松鼠、鹰、山羊、山猪等——愉悦地伴舞。

【（画外音继续）鹫鸟以羽毛新生繁殖，形成鹫鸟家族，五百年来，一代一代发动对凤凰的战争，试图取代凤凰统治万物，均告失败。而凤凰也渐渐衰老。

【（画外音伴随以下画面）鹫鸟身上的羽毛飞离身体，化为无数小鹫鸟，在大鹫鸟的带领下向凤凰俯冲。凤凰挥动翅膀，放出一道红光，大鹫鸟也挥动翅膀，放出一道紫光，两光交错布满画面。大鹫鸟与众鹫鸟仰头坠落。只余一只鹫鸟目光愤恨，展翅飞去。新的大鹫鸟率领众小鹫鸟从高处冲下。凤凰再挥翅膀，无数梨花花瓣随之飞旋，变成漫天大雪，笼罩了鹫鸟群。大雪形成一座雪山，一只小鹫鸟艰难地从雪地中钻出头。凤凰在空中展翅，傲然下视。但她的羽毛已黯淡，翅膀的动作显得迟缓沉重。

【（画外音继续）这一天，是凤凰诞生五百年的日子……

【渐黑场。

【出片头：火凤凰

（叠化）

正　片

2. 海上　晨　外

【清晨，海上，红日初升。朝霞满天。天地逐渐亮了。

3. 群山　晨　外

【一片雄壮秀美的群山峡谷，峡谷中是片花果林。花木繁盛，梅花、梨花、菊花、桃花竞放，完全打破了季节的限制。旭日之光投射进来，光影奇丽。

4. 花果林　晨　外

【这片花果林中的深处有株桃树，枝叶间点缀着无数小花蕾。

【一只雌乌鸦停在桃枝之上，目光忧郁。她的名字叫小雪，是一只处于青春期的雌乌鸦。

小　雪　（对着桃花感叹）看到你，我就好像看到自己，我的青春和你的生命都是那么短暂，此时含苞欲放，转瞬之间，花朵盛开……

【随着小雪的这句话，朵朵桃花蕾慢慢打开，成为粉红的桃花，缀满枝头。

小　　雪　再过一会儿，就是花落随风，绿肥红瘦……

【随着小雪的这句话，朵朵桃花开始飘落，如同大雪纷飞，花瓣堆积在地，只有花蕊留在枝头。

小　　雪　再过一会儿，就是果实累累，走向成熟……

【随着小雪的这句话，花蕊结籽，慢慢变大，最后成为颗颗鲜红欲滴的仙桃。

【此时小雪的目光突然变得贪婪，嘴里流出了口水，一副急不可耐的馋嘴形象取代了刚才假惺惺的诗人形象。

小　　雪　颗颗又大又红，吃起来香甜脆酥，还有美容益寿的功效。

【小雪朝枝头最大的一颗仙桃伸出手去。

【小雪狼吞虎咽吃掉了仙桃，还未吐核，就把手伸向另一颗仙桃。

【小雪的手被一张长长的嘴夹住，夹她的是一只独脚仙鹤。小雪痛得大叫。仙鹤童颜放开小雪的手。小雪不停地甩手。

童　　颜　你催熟了记忆树的果子，还想偷吃！

小　　雪　（嘴里有果核，所以说话腔调有点怪）我不是有意的，许多人诬蔑我，说我一说话就会带来麻烦，就算是对一棵树说话都是这样。我不服气，想试试，所以……

童　　颜　你对凤凰岛所有的树说话都可以，只有这一棵树太敏感，听到伤感的话会早熟。它不是普通的树，是记忆之树，我们的王——凤凰——亲手培育的。

小　　雪　呵，早点结出仙桃也好啊，反正是分给大家吃的。

童　　颜　那得我们的王——凤凰——亲自来分，因为其中一只仙桃是不能随便吃的，它是凤凰岛的记忆之果，记载着五百年的历史。只有她知道是哪一只。

小　　雪　今天是凤凰诞生五百年的纪念日，凤凰岛正在举行庆祝大典，所有的鸟都去了，你怎么不去？

童　　颜　你不也没去？

小　　雪　他们不让我去，说里面的人手正好够了，让我留在外面巡查。哼，我才不稀罕，一个个节目都很烂，留在外面正合我意。

童　　颜　那你快去巡查吧，别打仙桃的主意。你没吃吧？

【小雪张嘴，吐舌，摇头。童颜松了口气。童颜一转脸，小雪的舌头下露出吃剩的桃核。

童　　颜　幸亏我来得及时。三千六百四十二个花蕾，应该是三千六百四十二个桃子。再数一遍。

【童颜数桃子的数量。

童　　颜　哦，越数越糊涂，我得再数一遍。

【小雪飞去，悄悄把那枚桃核从口中取出，藏到怀里。

5.海上　日　外

【海上，一只鸟在空中飞行，以主观视角呈现。画面中不断推移的是波光粼粼的辽阔海面。

【红日悬在东方的天空。海天之际似乎有一座海岛。

【一只鸟的影子在海天之间移动，因为是远景，故这只鸟显得很小，就像一只黑色的海鸥。

6.海上　日　外

【海上。那只鸟继续向前飞。镜头推进，小鸟的身形越来越大，原来这是一只大型鹫鸟，它长长的影子在海面上掠过，它的尖嘴和利爪由于放大而更显可怖。

7.海上　日　外

【海上。大鸟出现在镜头中，它正在向前飞行，时而冲入高空，时而掠过水面，翅膀激起巨浪。他的头部像猫头鹰，目光凶狠，身上的羽毛浓密，头上飘动着的一支羽毛则轻柔细小，样子极似一片枯黄的叶子。

【巨浪中跃出一条鲸鱼，朝大鸟示威，大鸟伸出利爪，生生地把鲸鱼抓住，提到高空，转瞬之间，鲸鱼的身体消失了，鲸鱼庞大的鱼刺落了下来，被海浪淹没。

8.海上　日　外

【海上。天际的海岛越来越近，也越来越显得高大，这是一座巍峨险峻的岛山。

【大鸟飞近高山。高山的表面是陡峭的岩石，壁立千仞，它的边沿反射着鲜红的日光。

【大鸟沿着陡壁向上直飞。他的头顶突然出现一块突出的巨石，大鸟并不在意，直向上冲，岩石被撞飞，落到海里。

【大鸟绕山盘旋上升，一条清澈宽阔的瀑布仿佛从天而降。大鸟冲到瀑布里，依然急速上升，从外可透过透明的瀑水看到大鸟向上冲的庞大身影。

【大鸟升到山顶，继而越过山顶，山谷里花木华美。

【大鸟的尾部开始隐没，然后是腰部，最后全身都消失不见了，只余头上的那枚树叶似的羽毛在空中飘动。大鸟使用隐身术把自己隐形了。

【那枚“树叶”向群山峡谷中飘去。

9.峡谷入口　日　外

【这是另一处峡谷的入口。乌鸦飞来。从峡谷里传来此起彼伏的喧闹声，是众鸟在为即将开始的典礼排练节目。

【那枚“树叶”悄悄跟随小雪在空中飘移。

【小雪欲进入口，飞来两只雄鹰，拦住了她。两只雄鹰都背着一张弓。

雄鹰甲 你想干什么？

小　雪 我正在……巡查。

【雄鹰乙晃晃身上的弓。

雄鹰乙 巡查是我们的工作。防止闲杂人等进入典礼现场，制造不安定因素。

【雄鹰甲和乙拦住小雪的去路。

小　雪 别搞错！我是奉雄鹰护卫队队长闪电之命。

【雄鹰甲和乙严厉地盯着她。小雪怯了。

小　雪 哦，也许，他派的是一个团队。我们选一个组长，怎么样？好，我义不容辞来当组长吧……要么，抓阄决定。

【小雪在一颗果树上啄下三只野果，分别是红、绿、蓝三种颜色。这颗果树上结满了这三种颜色的果子。

【小雪把三颗果子握在手中。装模作样地在两手交换两次之后，伸出右拳。

小　雪 猜一猜，猜中颜色的做组长。你们猜不中，我做组长。

雄鹰甲 你握住的是报警用的信号弹。

小　雪 信号弹？别胡说了，它们只是一年产生一种新味道的百味甜果。

雄鹰甲 对，其他都是百味甜果，你抓住的三只正好是信号弹。不过已经一百年没用过了。别握得太紧。

小　雪 我就握得紧，怎么样，难道会爆炸！

【小雪左手握着的三颗果子爆炸，炸出红绿蓝三种颜色的浆液，把小雪的脸染得一塌糊涂。她的右手是空的。雄鹰甲、乙大笑。

雄鹰甲 你那张嘴果然厉害。我们就是奉队长之命来看住你的。

你那张乌鸦嘴乱说话，而且好事说得不灵，坏事一说就灵，不能让你给典礼添乱。

小　　雪　这不公平。我偏要进去。

【小雪飞近一颗奇怪的树，树上结的果实像两口大钟，树梢顶着一个扇形的肉茎，肉茎在缓慢地三百六十度旋转。

雄鹰甲、乙　别碰那棵树。

小　　雪　树有什么特别，不过是每隔一个时辰敲钟的报时树。

雄 鹰 甲　其实它同时还是安全树，任何鸟兽飞进峡谷，树梢的那块搜索扇都能感觉到，然后自动敲警钟。这是我们的王——凤凰——为了对付鹫鸟的隐形术培育出来的。

小　　雪　鹫鸟在一百年前就已经死了。

雄 鹰 乙　所以在今天这样特别的日子才让这个扇子转起来，以防万一。

【乌鸦抚摸着顶着扇形肉茎的细枝。

小　　雪　这么细的树枝顶着这么大的扇子，会不会断？

【那枚“树叶”接近扇子——隐形的鹫鸟来了。安全树在颤动。

雄 鹰 甲　别说不吉利的话！手拿开。

【“啪”的一声，细枝被隐形鹫鸟折断，扇形肉茎轰然坠落。

雄 鹰 乙　天呐！你折断了安全树！

雄 鹰 甲　是她那张嘴说断的。你留下来继续巡查，我押着她去见我们的凤凰王。

【雄鹰甲以利爪抓住乌鸦，挟着她飞入峡谷。

小　　雪　不，这纯属偶然。放开我，让我自己飞。

【那枚“树叶”也悄悄追随他们飞进峡谷。

10.峡谷中　日　外

【峡谷的中心地带。不同的鸟类和兽类正在彩排庆贺典礼的表演项目。

【数只黄鹂在树枝上排队练合唱，每只黄鹂依次唱一个音符，如此组成一个旋律。一只老画眉正手持一根树枝当作指挥棒，煞有介事地指挥。

【山坡上，一群山猪在打树皮鼓，由一头头顶有花纹的叫“波波”的山猪带领，它们一副嬉皮士的打扮，十分滑稽，看起来是在练摇滚乐。

【草地上，一群小鹿手持花篮，把篮中各色花朵的花瓣朝空中抛洒，形成美丽的花之雨和一道道由花朵组成的彩虹。另一些小鹿正在采花。而指挥者是一个年老的母鹿——橙子。

【一处瀑布前。一群大雁正在由一只名叫“初一”的头雁指挥着，准备起飞，进行飞行表演。

初　　一　最后一遍练习。预备！飞行开始！接受我们凤凰王的检阅。

【头雁率先起飞，绕着瀑布划出一道螺旋线，然后漂亮地冲向空中。其他大雁也随之起飞，循着头雁的路线绕行一圈，然后飞去。

【两个山头之间横着两根藤蔓，藤蔓之间只留出狭窄的空隙，头雁带领群雁准确地从空隙中穿过。

【空中，大雁们摆出各种造型，有一字形、人字形等等。

【大雁们翩然落下，它们的身上落下朵朵白色小绒毛，犹如伞兵跳伞。

【看到这些场景的小雪惊叹不已。

小　　雪　哇哦。

【雄鹰甲催她快飞，越过一座山林。那枚“树叶”追随着他们。

【雄鹰甲遇到另一只巡查的雄鹰丙。

雄 鹰 甲　凤凰王和闪电队长在哪？

雄 鹰 丙　梧桐谷。

【那枚“树叶”突然加速，向前方飞去。

11.梧桐谷　日　外

【“树叶”飞到峡谷深处一处山脚下，这里有一棵巨树，高耸入云。树干苍老，离地三米处有一个古怪的节疤。远处的山峰上矗立着一棵梧桐树，梧桐树伸出长长的树枝，形成一个天然的平台，那将是凤凰宣布典礼开始的地方。近处有一个瀑布，水流经过一大片植物园，流向远方的湖。瀑布旁，一株奇怪的植物，长着一个开口的囊，还有三只葫芦瓢似的器官，像水车一样转动，依次从溪中舀出水来，倒进自己的囊中。它的身体伸出无数管状的须，在周围的花木上盘绕延伸，一直通向植物园中。园中各种奇异的花木丛生。这里是凤凰王培育植物的花圃。

12.花圃　日　外

【花圃中，那些延伸过来的管状须正在自动打结，结成各种形状，越来越复杂。有两只手正在耐心地解开这些结，然后把它们对准一株株含苞欲放的花朵，管状须便淌出细细的水流，为花浇水。旧结打开，新结又打上，解结的过程一遍又一遍。解结的正是凤凰岛的百鸟之王——凤凰。凤凰已经衰老，她身上的毛色有些暗淡，容颜苍老，但依然显出高贵的气质。一只英武的雄鹰陪侍着她。他是护卫队队长，绰号“闪电”。

闪　电　好了，你们不要再闹了。王，典礼要开始了，你该离开了。

【这时，那些花不高兴了，它们的长叶像缠绑带一样把雄鹰的两腿缠住，让他寸步难行。从一棵树上掉下无数饺子形状的果实，在地上弹跳着，越弹越高，纷纷跳到雄鹰的身上，骚扰他，有的还堵住他的嘴。闪电哭笑不得。凤凰微笑。

凤　凰　好了，你们别淘气了。我真的要走了。

【听到凤凰的话，那些饺子形状的果实都放过雄鹰，聚集到凤凰脚下。花的长叶和花蕊、那些管状须都轻轻碰触凤凰，似乎依依不舍。

闪　　电　它们都不喜欢我，但是都喜欢你。

凤　　凰　这些花、这些树都是有心灵的，也很脆弱，只有用爱它们的心来培育，它们才会长成善良的花和树。

【闪电的眼睛转向远处一棵粗壮的树，它叫包菜树，树枝上结着一个个巨型包菜似的东西。

闪　　电　那么那些包菜树储存的恶种呢，为什么不把它们毁掉？

【凤凰听了，似有所思，她飞到包菜树的跟前，雄鹰队长跟上。包菜树立刻摇晃起来，似对他们表示欢迎。

凤　　凰　包菜树，让我们看看你手中的种子。

【包菜树的一棵棵“包菜”逐层分开包裹的叶片，分开无数层之后，露出里面包裹着的东西，那是一些草籽和树的果实。

【凤凰轻轻抚弄着这些草籽和果实。

凤　　凰　这是牡丹花的种子，它是最艳丽的花朵，这个会结出很多大南瓜，还有一只我最喜欢的小南瓜。还有这个，魔幻树的种子，可能长得比它的父亲还要高，它的一些神秘之处，我也没有搞懂。

【凤凰说着，指了指远处那棵巨树。

闪　　电　可是它们身上也蕴藏着邪恶，如果被激发出来，后果非常可怕。

凤　　凰　所以我要细心地培育它们，用善心来改造它们，一代一代地改造，直到它们变得完美。

闪　　电　我只怕万一……凤凰岛已经和平了一百年，但是说不清为什么，最近我总是有一些担心。不如毁了它们，这样就没有那个万一。

凤　　凰　有我在，你就不必担心。我已经拥有五百年的经验，而且这些经验在一天天地增加，对不对？

【闪电看着凤凰黯淡的羽毛，勉强笑了一笑，却难掩忧虑。

凤　　凰　它们都是可贵的生命，我必须给它们繁衍自己和完善自己的机会。

闪　　电　可是那个万一？

凤　　凰　包菜树负责消除这个万一。现在包好这些种子吧，除了我不要让任何人得到它们。

【包菜树立刻迅速收起层层叶片，紧紧包住那些种子，树干也挺得笔直。一根粗枝与树干的结合处有块黑斑。

闪　　电　只是黑斑是它的弱点，用"道"之神力按那个黑斑，会让它发笑，不由自主地松开叶片。

凤　　凰　那需要最高级的"道"，只有鹫鸟可以，但他死了。

【镜头切到旁边的树林，那片"树叶"附在一根树枝上。隐形的鹫鸟已经听到刚才的一切。

13. 一片树林　日　外

【凤凰和闪电飞去，经过那片树林。

闪　　电　你为凤凰岛做得太多了。他们准备了不少节目，以表达对你的感激。

【树林中有枝叶在颤动。那枚"树叶"在一棵桦树的树枝间出现。

闪　　电　（警惕地）好像有谁穿过树林。

【凤凰警觉地朝树林看去。

【闪电看见一只乌鸦的翅膀露在树叶间。那枚"树叶"已经不见了。

闪　　电　一只翅膀。

凤　　凰　（放松下来）是吗，我可没看见什么翅膀。

【闪电又看见雄鹰甲飞过来，他放心了。

闪　　电　也许是我们的人。

凤　　凰　呵，我还以为你说是鹫鸟呢，不过，一百年前他们就被我用梨花之雪埋葬了。

【闪电凝聚他的鹰眼，目光锐利地穿透树叶，清晰地发现了小雪和雄鹰甲的身影。

闪　　电　王，你没有看见什么吗？

凤　　凰　我只看见树叶和空气。

【小雪和雄鹰甲已从枝叶丛中露出头来。

凤　　凰　（微笑地）我可是凤凰，你怀疑我的神眼吗？

【闪电悲哀地望着凤凰已经苍老的面容，显然，她的目光如今已经变得迟钝了。但为了照顾凤凰的心理，闪电假装迎合凤凰。

【闪电飞近树林，与雄鹰甲和小雪见面。

闪　　电　啊……我看错了，只是风吹树叶。

凤　　凰　你是护卫队队长，我知道你对典礼的安全很紧张。这说明你的尽职。好了，我们去看看蓝湖里那些跳舞的天鹅吧。哦，对，肯定还有一只痴情的青蛙。

闪　　电　（也笑了）痴情又可怜的青蛙。王，没想到你对这样的小事也了解。

凤　　凰　我希望凤凰岛里每个生命都过得幸福，否则，我就会为此心里不安。

雄 鹰 甲　（悄声地）队长，王的眼力下降了？

闪　　电　王老了。

雄 鹰 甲　这只乌鸦干了件坏事。

凤　　凰　你在跟谁说话？

【闪电示意雄鹰甲不要再说。

闪　　电　哦，不，没有。（悄声地）到天鹅湖那儿找我们。别告诉王她没发现你们。不然她会沮丧。

【雄鹰甲与小雪飞去。

14. 天鹅湖　日　外

【小雪与雄鹰甲飞到另一处峡谷，峡谷中有一个湖泊。

【这是个长形的蓝蓝的湖，云影、山影倒映其中，荷叶青青，点缀着若干红莲花。两岸有一些木宅，那是鸟兽们的家。湖上有座石拱桥。有几只兔子、松鼠坐在栏杆上看湖中。

【湖中，一群年轻的雌天鹅正在演练舞蹈，她们动作一致，优美又充满诗意。领头指挥的是一只胖得不像话的老天鹅，她名叫"纤纤"。纤纤在水面上的一片厚实的木块上做动作示范，木块的沉浮体现出她着实不轻的分量。她的动作也显得笨拙可笑。但她却表情高傲，颇以自己的舞技自负。

纤　　纤　记住，天鹅舞的关键，关键的关键，关键的关键的关键，就是两个字——轻盈。

【胖天鹅纤纤在前做示范动作，镜头往后移，我们可以发现，年轻的雌天鹅们其实都在随领头的一只红顶天鹅练习，她们踮脚踩在小小的荷叶上，动作才是真正的轻盈而流畅，与纤纤的示范动作其实完全无关。

【纤纤做了个回头动作，却发现年轻天鹅们的动作与她不一样，很生气。

纤　　纤　错了！看我，仔细看我。

【领头的红顶天鹅阿朱朝其他天鹅眨眨眼，她们心领神会，都调整动作，假装模仿胖天鹅的舞姿。

纤　　纤　嗯，这就对了。唉，在我的艺术生涯里，今天的运动量绝对是空前的。我得歇会儿。

【纤纤下了木块朝岸边游去。木块立刻浮起了一大截。

纤　　纤　你们接着练，好好领会我刚才教你们的，记住，天鹅舞是最高贵的舞蹈，只献给万鸟之王凤凰，你们不能辱没了这份荣耀。

【纤纤一走，年轻天鹅们在红顶天鹅阿朱的带领下舞得更加自由浪漫。这时，荷叶丛中响起一种奇特的音乐伴奏声，像小号，像贝斯，像钢琴。阿朱微笑着，随着这伴奏舞动，在荷叶上旋转、起伏，其他天鹅朝荷叶丛中瞧了一眼，然后诡秘地相视一笑，都停下来观看阿朱的表演。

【一会儿，从荷叶丛中跳出一只青蛙，这只青蛙身形挺拔，样子不俊但颇为潇洒，眼睛灵动有神。他的嘴巴在一鼓一鼓地做动作，原来，刚才的伴奏声就是他模拟出来的。这只青蛙叫阿伦。

【阿伦像个绅士一般朝阿朱行了一个礼，然后牵起她的手跳上一个高高的荷叶，在荷叶顶上跳起双人舞。

【青蛙与红顶天鹅的舞蹈配合默契，动作富于想象，有时还利用荷叶和荷花做道具来摆出造型。荷叶上的露珠也随着他们的动作时圆时方，时而跳起时而落下地产生有趣的变幻。

【其他天鹅们也来到荷叶丛中为他们伴舞。

【舞到高潮处，阿伦的手中出现一只粉红的莲花，他单膝跪在荷叶上，把莲花献给阿朱，以亲切的目光盯着她的眼睛。阿朱红了脸，又羞又喜地看着莲花。

阿　　朱　你这是做什么？

【阿伦的另一只手握住阿朱的一只翅膀。

阿　　伦　我一直在鼓起勇气向你表白，却总是以日子不好为借口，让自己退缩，今天是五百年来最好的良辰吉日，我再也没有理由逃避了。让这朵红莲花代表我的心意，嫁给我好吗？

【众天鹅躲在荷叶下偷看这一幕。

天 鹅 一　她会答应吗？

天 鹅 二　我看她想答应。

天 鹅 三　但这事可能吗？青蛙与天鹅？

【红莲花被人一把夺去。荷叶上站着一脸怒气的胖天鹅纤纤。

纤　　纤　就凭你，一只青蛙，想打我女儿的主意？找面镜子照照，看看自己长什么样！

【阿伦从荷叶上一颗露珠当中看到自己扭曲的影子，变得很沮丧，很自卑。阿朱看到阿伦难过的样子，很是同情。

阿　　朱　妈妈，你何必伤害他的自尊心。

纤　　纤　那不该怪我，是他缺乏自知之明。

阿　　伦　但是我爱她，世界上没有任何人比我更爱她。

纤　　纤　世界上任何人都看得出来你配不上她。

【纤纤看见湖边的那只乌鸦。

纤　　纤　比如……这只乌鸦。你说，他有资格爱我的女儿吗？

小　　雪　他没有资格。

纤　　纤　对！

小　　雪　不过，世事难料啊，有时候你越不愿意一件事，它越是会发生，比如说，他们结婚。

纤　　纤　这绝不可能。你这张乌鸦嘴。

【凤凰与闪电飞来。众鸟与阿伦都向他致敬。

凤　　凰　年轻人之间的事，你也该问问你女儿的意思。你爱他吗？——这只青蛙？

【阿伦渴望地看着阿朱。

阿　　朱　我……可是我妈妈不同意。我也不想让妈妈难过。

阿　　伦　（对纤纤）请你成全我们。

纤　　纤　哼，成全你？好啊。只要你……

阿　　伦　你要我怎样？我都可以答应。

纤　　纤　只要你像我们天鹅一样生出一对翅膀，能在天上飞。否则，休想。

阿　　伦　可我是一只青蛙。

纤　　纤　哈哈，你终于认识到这一点，我很高兴。

【阿伦低下头。

纤　　纤　(得意地对雌乌鸦小雪)听说你最善于说让人丧气的话,让所有人对你避而远之。不过这回你的话对我可不起作用了。

【小雪听了纤纤的话有点不高兴。

小　　雪　世事难料啊。青蛙要是向凤凰请求赐他神羽,就能变成天鹅。

【闪电听到小雪的话,目光锐利地朝小雪一瞪,小雪吓得一哆嗦。

【众人听到小雪这话,都很震惊。

纤　　纤　真是痴人说梦。

【阿伦听到小雪的话,脸上露出希望的光彩。

【阿伦来到凤凰的面前,他看着凤凰头上的那枚羽毛。

【闪电在凤凰身后悄悄伸出翅膀做动作,示意阿伦不要向凤凰请求。

阿　　伦　王,你已给我们每个人那么多恩赐,任何额外的请求都是贪婪和无礼……(说到这里,他低下头,然后又抬起头,目光热切)但是,爱情附在我身上,就像一个梦魇,让我要说出不该说的话:请求您赐我神羽,它能带给我爱情和一生的幸福。

【全场都大惊。闪电又惊又怒。

阿　　伦　我知道你不会答应的,但我还是要说出来,这样我就一生无悔。

闪　　电　放肆!神羽是凤凰王的象征,也是她神力的源泉,你怎么敢提出这样非分的要求!

【闪电怒得浑身羽毛竖起。

【阿伦惭愧地低下头,然后扭头悲哀地望着阿朱,阿朱也表情凄婉。

【凤凰没有说话,她急升到高空,俯视整个凤凰岛,内心在思索。

【凤凰落下来,停在一株高高的荷叶上。

【凤凰缓缓伸手，从头顶取下那枚五彩的羽毛。

【众鸟兽看见了，都不相信似的睁大眼睛，发出惊呼。

闪　　电　(焦急地)不，王，它只能属于您。

凤　　凰　凤凰岛的每个生命都过得幸福，我才是名副其实的王。

闪　　电　可失去它，将削弱你的神力，这不仅不利于您，也不利于凤凰岛的安全。

【凤凰微笑无语。凤凰朝那枚羽毛吹了一口气，然后递给阿伦。阿伦激动地接过神羽。

阿　　伦　我无法表达我的感谢！

【神羽自动飘到阿伦头上，立刻化出一道奇光笼罩了阿伦的全身，阿伦化作一只英俊的绿天鹅，头顶上那枚神羽飘动。

【失去神羽的凤凰身上的毛色立刻变得更加暗淡，闪电看在眼里，更加伤感。

【阿伦牵着阿朱的手，飞到空中，跳起空中双人舞，舞蹈结束时，双双朝凤凰致礼。凤凰含笑。

【阿伦牵着阿朱的手去拜见纤纤，纤纤无奈地扭过头，看上去默认了他们的关系。

15. 林中的湖　日　外

雄 鹰 甲　乌鸦折断了安全树。哦，也许是她的嘴那么一说，安全树上的搜索扇就掉了下来。

童　　颜　她还催熟了记忆果。

【众鸟大惊。

童　　颜　不过，还算好，她应该还没有偷吃果实。我数了三十遍，花的数量和果实的数量吻合。(低声自语)也许我该数三十一遍。

【那枚桃核差点从小雪怀里掉出来，小雪赶紧抓住，藏回。

闪　　电　按照规定，应该把乌鸦永远逐出凤凰岛。

小　雪　这也太不公平了。为什么不让我参加典礼，用巡查的借口打发到峡谷外面？

闪　电　因为你的嘴总是给凤凰岛带来噩运。

凤　凰　闪电，这是不应有的歧视。

闪　电　我也是为了典礼的安全。可这不是她可以犯错的理由。

【由青蛙变成绿天鹅的阿伦飞到小雪面前。

阿　伦　我对你心怀感激。（转而对凤凰）王，她还只是一只未成年的雌乌鸦，请求您减轻对她的处罚。

凤　凰　（对乌鸦）你确实犯了不该犯的错。念你还年轻，三年之后，如果你愿意回来，我将代表凤凰岛第一个迎接你。

闪　电　这已是你莫大的幸运。快走吧，现在就走。

【小雪一脸沮丧。

【小雪飞上天空。

小　雪　（自语）哼，有什么了不起。这是个烂地方，根本不值得留恋。（装作满不在乎的样子，哼着小调）“轻轻地我走了，不带走一片云彩。”

【小雪强颜欢笑，眼里却已是满含泪水。

【从小雪的怀里掉下那枚桃核。小雪欲扔，又改变主意，藏好。

小　雪　凤凰岛，我还会回来的。

16.海上　日　外

【小雪飞离了凤凰岛，来到海上，她朝远离凤凰岛的大陆方向飞去。她恋恋不舍地朝凤凰岛的方向回望了一眼。

17.峡谷中梧桐树的平台前　日　外

【凤凰站到了梧桐树的平台上准备说话。万千鸟兽安静下来，充满期待地听凤凰讲话。

凤　　凰　五百年很漫长，一路上有那么多的危机和辛劳；五百年又很短暂，已过去的美好多么让人留恋。今天，不该只属于我一个人，它属于我、你，还有他，我们每个人，它是我们共同的节日，纪念我们曾经的努力，庆贺现在的成功。来吧，庆典开始吧，让我们尽情享受欢乐！

【凤凰讲话的同时，镜头切到附近一带树林，林中出现一枚怪异的树叶。

【闪电注意到这片树叶，产生警惕。

【众鸟兽欢呼。

【闪电凝聚眼神，发现树叶形状古怪。

闪　　电　有危险！

【这片树叶突然发生变形，成为一只巨型鹫鸟，他是鹫鸟之王霄皇。

霄　　皇　（语气邪恶地）等一等再开始，你们不打算欢迎一下不远万里而来的嘉宾吗？

闪　　电　护卫队进入最高戒备！

【一批鹰隼飞到一些重要的树枝的位置上。一批猛兽如狮、虎、豹、狼占据了峰顶、巨石等重要的地面位置。

【凤凰神情严峻。

凤　　凰　你还活着？

霄　　皇　很意外吧？你是不是一直很得意，那是一场多么完美的雪崩，鹫鸟家族被永远埋葬了。可惜，只有一点点瑕疵，还有最后一只鹫鸟活了下来，那就是我。

凤　　凰　你想做什么？

霄　　皇　哈哈，我想做什么？五百年了，鹫鸟家族从来只有一个梦想，每一代鹫鸟为了这个梦想与你战斗，你却问我想做什么？换成我的位置想象一下，常年在冰冷寂寞的穷山恶水漂泊，缺乏食物，缺乏世人的尊重。而你，一只又老又衰的凤凰，却在这个天堂般的地方享受前呼后拥、君临万物的荣耀，长达五百年。作为同样具有神力，同样具有自尊的鸟，你说我最想做什么？

凤　　凰 占领凤凰岛，做万鸟之王。

霄　　皇 对，我就说嘛，你一定在装傻。

凤　　凰 可这里的每一只鸟兽，每一株草，每一朵花都反对你，他们看穿了你内心的邪念，那全是自私和贪欲，你不会给凤凰岛带来吉祥安乐，只会毁掉它。

霄　　皇 得了，不要再空费唇舌。胜王败寇，只要我赢了你，他们会发现我比你更优秀，更有资格做王，他们会真心实意地崇拜我。让我们开始吧。

【鹫鸟之王霄皇向凤凰俯冲，发动袭击。他身上的羽毛纷纷落下，化为一只只鹫鸟。

【众鹫鸟也对其他鸟兽展开攻击，他们的利爪、尖嘴和宽大的翅膀是厉害的武器。闪电立刻命令猛禽和猛兽组成护卫队，反击。

【霄皇的大翅膀向凤凰扇去，翅膀上的长羽立刻变成成排的尖刀，向凤凰刺去。凤凰奋力闪避，鹫鸟的长羽把梧桐树削成一根长长的树枝。

【战斗惨烈地进行。众鸟兽团结一致，与强悍凶狠的鹫鸟群拼搏。那些幼鸟则被妈妈搂在怀里，避开危险。形势胶着，双方打得不分上下。

【霄皇召令鹫鸟们停止缠斗，撤退，飞去。

众 鸟 兽 哈哈，他们逃走了。

【霄皇伸展双翼，放射出数道黑色光芒，与金光对抗，不相上下。金光最终还是占了上风。霄皇吹了声尖利的口哨，所有鹫鸟都飞到了上空。

霄　　皇 我很伤心，这就是你们对待客人的方式吗？不过，我不介意，来，接受我的贺礼。

【霄皇从口中吐出一粒树籽似的东西，落在林中的草地上。

【然后每只鹫鸟也从嘴里吐了一颗不知是什么的东西，落到山林的各处。

众鸟兽　那是什么？

【霄皇吹口气，嘴里念着什么咒语。他是在施邪力。

鹫鸟之一　风之“道”！

【一阵微风起，枝叶拂动，芦苇飘扬。那些籽儿开始绽开，瞬间胀大，开放，成为一朵朵艳丽的牡丹花！

霄　　皇　知道吗？我最喜欢花了，尤其是牡丹。

【鸟兽们看着这些牡丹花不明所以，倒觉得它们很娇艳。

【霄皇指挥鹫鸟一齐扇动翅膀，一阵狂风起，每一朵牡丹花突然都变成一团火，点燃了山林草木。

凤　　凰　快救火！

【众鸟兽踩踏那些火苗，芭蕉等树木自动滴下露珠来灭火，但于事无补，火势渐猛。

【鹫鸟趁机抢夺鸟巢和鸟蛋，鸟兽们不能兼顾。火势蔓延开来。一些鸟巢和鸟蛋坠落火中。

【霄皇施展神力，一道光罩住包菜树，火苗被挡住，不能接近包菜树。

【凤凰指挥鸟兽们把鸟巢和鸟蛋安放到各处峰顶洞处的安全地带，其他鸟兽也向高处的岩石转移。

【凤凰拔掉翅膀上的羽毛，羽毛化为五色土，形成一道墙，挡住火势，使受困的鸟兽有了喘息之机，向高处转移。

【但是凤凰的翅膀变得沉重，飞行困难。

【霄皇扑向凤凰，凤凰落到火海中一块高出的岩石上，形势危急。

霄　　皇　这么不堪一击？真让我失望。你的那些神力去哪儿了？

【闪电率领众鹰隼拔去翅膀上的羽毛，羽毛化为利箭，向霄皇射去。霄皇挡开箭雨，但也不得不放缓对凤凰的攻击。

【失去羽毛的群鹰难以飞行，有的被鹫鸟攻击，坠落，牺牲。

【闪电看到远处变成绿天鹅的阿伦。

闪　　电　（对阿伦）把你头上的神羽还给凤凰，那是她最后的神力！

【阿伦拔下头上的那枚冠羽，身体立刻开始变形，向青蛙的形状转变。阿伦赶紧又把冠羽戴到头上，恢复天鹅的身体。

【火海中另一处岩石，阿朱架着她的母亲纤纤的翅膀，想飞到安全地带，但她母亲实在太胖，飞不动。眼看火苗就要吞噬她们。

纤　　纤　（对阿伦）女婿，来救我！

【阿伦飞过去，与阿朱一道架起纤纤的身体，帮她飞到安全地带的峰顶。

【阿伦回头朝凤凰飞去。

【岩石上，凤凰已精疲力竭。她两爪攀住岩石，欲跃上来。这时，阿伦赶到，他正要拔头上的冠羽给凤凰，霄皇的利嘴却啄向阿伦的脖子。眼看阿伦性命不保，凤凰一把推开阿伦，自己却被霄皇啄到，支撑不住，掉入火海，化为青烟……

【众鸟兽目睹了这一幕，他们都目瞪口呆！阿伦惶恐地望着岩石下的火海。

阿　　伦　王！……

【火海中，凤凰全身着火，最终化为一个小火球，翻滚，坠落。

霄　　皇　（邪恶地）你们的王，她死了！

【（以下一组蒙太奇画面）闪电带领鹰隼与鹫鸟战斗，被击败，全部牺牲。狮、虎、豹、熊等猛兽或被鹫鸟杀死，或被火烧死。所有护卫队成员阵亡。

18. 凤凰岛傍晚　外

【天空昏暗。凤凰岛一片惨淡的景象，火还在燃烧，大树纷纷倒下，鸟兽尸骨遍地。活下来的鸟兽集中在高处的峰顶、岩石。

【霄皇飞到残破的梧桐树的高台上，映着火光的背景，他的表情凶恶、傲慢、得意。

霄　　皇　从现在起，我是你们的王！

【众鸟兽沉默，面色激愤。

【霄皇把鸟兽群中的阿朱拉出来。阿伦扑上去欲救阿朱，霄皇一手掐住阿朱的脖子，另一手拔掉阿伦头上的冠羽，阿伦开始变成一只青蛙。

【纤纤也上来救女儿，被霄皇一脚踢翻在地，脸上被利爪抓出血痕。

霄　　皇　我本可以杀掉你，还有你的新娘子以及肥猪丈母娘，不过，也可以不杀，甚至这根可爱的羽毛也让你保留。只要你承认我是你们的新王。

【阿朱的脖子被愈掐愈紧，命悬一线。

【阿伦含着眼泪，点点头。霄皇放开阿朱，并从头上把冠羽取下来，还给阿伦，阿伦戴上冠羽，又变成了绿天鹅。

霄　　皇　很好。听说你们的天鹅之舞珠联璧合，是举世无双的绝技……

纤　　纤　我们有个条件。

霄　　皇　哦，胖肥鹅，说说看。

纤　　纤　你永远不能逼迫我们为你跳天鹅之舞。即使杀了我。

霄　　皇　为什么？

纤　　纤　（傲然地）天鹅之舞是世界上最高贵的艺术，只献给真正的万鸟之王——凤凰。

【阿朱激动地与母亲相拥，阿伦也搂住阿朱。

【霄皇大怒，朝三只天鹅伸出利爪，利爪变成三把尖刀。

【三只天鹅毫无畏惧，脸色平静地直视霄皇。

【霄皇收回利爪。

霄　　皇　我可以答应你们，不过，只有三年时间。相信到那时候，你们已经对我心悦诚服。不然的话……

【霄皇眼中射出威胁的凶光。霄皇转身面对众鸟兽。

霄　　皇　好了，作为你们新的王，我将接管一切。哦，我知道，你们不服气，还在留恋那只死鸟。没关系，我会让你们忘掉过去，尽情地享受新生活，还有，崇拜我！

【霄皇以爪指向包菜树的枝与树干分叉处的黑斑，施"道"之神力，包菜树发出笑声，它的包菜纷纷展开，邪恶种子滚落下来，都自动飞到霄皇的手中。

【黑场。

【字幕：三年之后

【黑场亮。

19.海上，空中　日　外

【远处的空中，两个小黑点在移动。前方是凤凰岛。

【（画外音）凤凰岛，那就是凤凰岛。

【镜头拉近，两只小黑点是两只乌鸦，一雄一雌，说话的是雌乌鸦小雪，正是三年前被赶走的那只乌鸦。

小　雪　（语气夸张地）亲爱的，我的心跳得好厉害。

阿　墨　（语气平淡地）你不舒服？

小　雪　不，傻瓜，是因为终于回来了，心情激动。

【小雪从怀里掏出一枚桃核。

小　雪　这是凤凰岛的仙桃留下的核，我一直舍不得扔，为了留作纪念。

阿　墨　哦。还不如种在家门口，多吃几颗桃子。

小　雪　亲爱的，我知道要你来我的故乡落户是委屈了你，可三年了，我每天晚上都做梦。每次都梦见我回到凤凰岛，每次回去，凤凰，那著名的百鸟之王，在峰顶朝我招手。是她派我出去的，为的是让我考察外面的世界，为凤凰岛的发展做参考，这寄托了她很大的期望。她说，当我回来时，她会第一个迎接我。我相信她的话，只不过，她一定很惊呀，我还带了一个俊小伙。

阿　　墨　这话你说过一万多次了。

小　　雪　哦，亲爱的，别不耐烦。马上你看到凤凰岛的样子，就理解我的心情了。那里到处是鲜花、高大的树木，美丽的鸟儿唱着动听的歌，各种走兽在奔跑游戏，那是世界上最美的地方。

【两只乌鸦飞临凤凰岛，沿着崖壁上升，到达崖顶。

小　　雪　亲爱的，你闭上眼睛，闭上。

【雄乌鸦阿墨勉强闭上眼睛。

【他们越过崖顶。

小　　雪　亲爱的，现在你睁开眼睛，见证奇迹的时刻到了，欢迎来到世界上最美的地方……

【阿墨睁开眼睛。

【她们看到的景象却是：枯败倒伏的死树，光秃秃的山石，干涸的湖泊，一些死去的动物的尸骨……没有绿色，没有生命，一片惨淡和恐怖。

阿　　墨　（讽刺地）这里确实美到极点。

【小雪惊愕。

小　　雪　这是怎么回事？

阿　　墨　（愤怒地）这说明你是个撒谎精，把无聊当有趣。

小　　雪　哦，不，我没骗你，我离开时跟现在不一样，一定发生了什么事情。

【阿墨掉头欲飞走。

小　　雪　亲爱的，你要去哪？

阿　　墨　我受够你了，谎言，大话，懒惰，贪吃，自私自利……我的忍耐已到极限。我们还是各走各的路吧。

小　　雪　别走，亲爱的，你误解我了。

【小雪狡黠地转转眼珠，开始酝酿情绪，然后做出一副很幽怨的表情。阿墨警觉地看着她的表情。

阿　　墨　又想编什么瞎话了吧？

小　　雪　我们快有孩子了。

阿　　墨　毫无创新。你说这话说了两年了，但是到今天一个蛋也没下过。

小　　雪　这次是真的。完全不同的感觉。我的预产期也许就是几秒钟之后。快给我找个窝。

【小雪发现旁边山上有颗接近圆形的石头，便悄悄把石头抓过来，藏在身下。

阿　　墨　得了，我不会再受你的愚弄。

【小雪发现一棵枯死的树上挂着一个早已废弃的鸟巢，便跳进去。

【小雪把藏起来的石头放进巢里。

小　　雪　哦，真的下蛋了，好奇妙的感觉。

【阿墨已经径直飞去。小雪悄悄瞄了一眼他的背影。

小　　雪　（装出很冷很坚定的语气）走就走吧。别指望我还会求你。将来孩子问起父亲，我就说，在你生出来的那一天，你的父亲就死了。

【小雪假装泪流满面，发出哭声。

【阿墨头也不回地飞远。

【听到哭声的阿墨最终还是折回。

【小雪露出一丝微笑。

【阿墨看到小雪的身下有一个圆圆的东西。

阿　　墨　真是一个蛋？我要证实一下。

小　　雪　信不信是你的事。不过，孵出来要一个月的时间。

阿　　墨　不用一个月，马上就知道。如果是蛋，会比较轻，如果是石头，会很重。我可以试试吗？

【阿墨伸出手，要求小雪把那枚石头递给他。

【小雪有些心虚、慌乱。

小　　雪　别……别碰我的孩子！

【阿墨直盯着小雪的眼睛。

阿　　墨　（意味深长地）只要你说一次真话，告诉我是不是又在撒谎？不狡辩，不逃避，坦率地承认，就一次。

【小雪看着阿墨的眼睛，被他打动了，她流出了眼泪，这次是真的流泪。

小　　雪　（真诚地）是，我在骗你，这只是块石头。因为我不想失去你。

【说完，小雪像等待宣判一样望着阿墨。阿墨沉默半晌，轻轻地搂住小雪。

阿　　墨　没关系。你说真话，我很高兴。你用不着说那些大话，我对你要求并不高。

【小雪紧紧抱住他。

小　　雪　我真傻，我是个傻女人。

【镜头切到另一面的山上，岩石缝中，有一颗圆圆的石头般的东西，这是凤凰浴火之后变成的一只凤凰蛋。

【小雪把那块假蛋取出，奋力扔去。

小　　雪　把它扔得远远的。

【假蛋砸到山石上，反弹回来砸中小雪，又弹出去，砸中那枚圆圆的石头般的东西上，这枚“圆石”阴差阳错落到巢里。

【小雪被砸晕。阿墨去揉她的头，小雪醒来。

小　　雪　我被砸中了，这是我应得的惩罚。

【小雪发现巢里的“圆石”。

小　　雪　咦，它又回来了。我再扔。

阿　　墨　等等。它真的是石头？

小　　雪　绝对是石头。

阿　　墨　真的很像蛋。

小　　雪　哦，亲爱的，你不相信我已成习惯了。它千真万确是石头，就是再孵一万年也孵不出鸟儿来。

【话音刚落，“圆石”动了一下，然后里面发出一个声音，像小鸡啄蛋壳的声音。很快，蛋壳被啄破，一只雏鸟从中跳出来。她是重生的小凤凰。此时还处于雏鸟的阶段，从外表还看不出她是凤凰。

【阿墨愤怒地盯着小雪。

阿　　墨　你觉得这样有意思吗？

小　　雪　我真的不知道该怎么解释。我心里好乱，所以刚才说话词不达意。可孩子是无辜的。（举起雏鸟）她确实是我们的孩子，看她长得多像你。

【镜头切到小凤凰的特写，她的样子明显与阿墨不大一样。

阿　　墨　哼！看不出来。

小　　雪　那是因为她刚出生，当她长出乌黑羽毛，尖翘的尾巴，你就能看出来了。

【这时，小凤凰突然长大了一圈，生出几根嫩黄的羽毛，样子更不像乌鸦。雌乌鸦被吓了一跳。

小　　雪　长得好快！

阿　　墨　也许，她真正的父亲确实已不在人世。我现在与你告别，我们不用再见面了，过去的事都忘掉吧，对不起。

【这一次，小雪没有发出哭声，没有阻拦他，也没有流泪，只是神情落寞地低下头。

【阿墨坚决地飞走了。

【小凤凰睁大眼睛看着小雪，还轻轻地啄着小雪的手。

【小雪看着这只可爱的雏鸟，慢慢绽出笑容。

小　　雪　我是你的妈妈，你是我的孩子。我当妈妈了。

【小雪搂住小凤凰，泪如雨下。

【小雪的泪水落到地下厚厚的黑灰之上，黑灰化成墨汁般的糊状液体。小雪用手捞起一抹“黑糊”，若有所思。

20. 崖顶附近　日　外

【阿墨飞近崖顶，即将离开凤凰岛的时候，停在一棵枯树上，回头看了一眼凤凰岛。

【这时，飞来一队鹫鸟，个个样子凶恶蛮横。领头的是鹫鸟翮和鹫鸟甲。阿墨赶紧隐藏起来。

鹫 鸟 翮　刚才好像有两只鸟朝这个方向飞过来。

鹫 鸟 甲　格杀勿论！大王就是这样交代的。任何人不得怀念凤凰岛的过去。

鹫 鸟 翮　杀不杀我说了算，我是队长。

鹫 鸟 甲　可这是大王的命令。（悄声地）大王对你老是自作主张已经有所不满了。

鹫 鸟 翮　（放低声）傻瓜，大王不在这里，我们就是王。

鹫 鸟 甲　你的意思是？

鹫 鸟 翮　格杀勿论！我们去梧桐树那边搜查搜查。

【阿墨一听，大惊。

鹫 鸟 甲　（对众鹫鸟）每一个角落都不要放过，只要发现任何一只鸟存在，就地正法。

【众鹫鸟朝凤凰岛的深处飞去。

21. 凤凰岛中心地带　日　外

【枯树上的废鸟巢里，小雪抱着小凤凰，小凤凰头伸出巢外，睁大眼睛新奇地四望，稚声一叫，扑腾翅膀。翅膀带出一阵风，拂动两边枯枝的残枝，残枝摇晃。

【空中，众鹫鸟飞过来。

鹫 鸟 翮　有鸟叫声，在那！

【一只鸟的翅膀猛扑过来，把巢里的小雪与小凤凰按倒。

【镜头拉开，原来是阿墨按住了她俩。

【众鹫鸟飞向枯树。

鹫 鸟 翮 声音是从鸟巢发出的。

【众鹫鸟扑向鸟巢。

【鸟巢却是空的。

【镜头下移，可以看到，阿墨、小雪搂着小凤凰惊惶地蜷在枯树附近的岩石缝里，气都不敢出。

鹫 鸟 翮 那边的石头缝好像有动静。

【鹫鸟翮朝岩石缝飞过来。

【这时，传来一声尖利的口哨声。

鹫 鸟 甲 大王在呼我们回去。

【鹫鸟翮沮丧。

鹫 鸟 翮 （低声自语）真讨厌做一只鸟的羽毛。

【众鹫鸟立刻化为若干片羽毛迅疾地向远处天空飞去。

22.岩石上　日　外

【两只乌鸦和小凤凰都松了一口气，立于岩石上。小凤凰已被小雪用黑灰涂过，现在浑身漆黑。

小　　雪 我就知道你会回来。不然，我一个人带孩子有多难。鹫鸟是敌人，怎么在凤凰岛？我们快去报告凤凰王。

阿　　墨 我……还是打算离开。

【小雪收起笑容。

小　　雪 就算你不管我，也得考虑考虑孩子，她可是你亲生的，看，长得和你一样黑。

【这时，小雪发现小凤凰身上的黑灰刚才已被蹭了一些在自己和阿墨的脸上，露出一角彩色的羽毛，她赶紧悄悄抹掉自己脸上的黑灰，再涂到那些彩羽上以进行掩盖。阿墨把这些看在眼里，他抹掉自己脸上的一抹黑灰，叹了口气，还是低着头走开。

小　　雪　（朝阿墨的背影叫）孩子是无辜的。

【阿墨还是起飞。

小凤凰　（纯真的声音叫）妈妈！

【小雪惊喜。

小　　雪　哦，小宝贝，你学说话真快。

小凤凰　爸爸！

【空中飞行的阿墨一愣。小凤凰朝阿墨飞去。

小　　雪　哦，学飞也学得快。

【小凤凰飞到阿墨身边，拉住他的翅膀。

小凤凰　爸爸！

【小凤凰无邪的眼神望着阿墨。阿墨被打动了。

【小凤凰牵着阿墨转身往回飞。

【小雪飞上来伴随他俩。小凤凰朝阿墨傻傻地笑。阿墨的目光也变得柔和。

小　　雪　还没起名字呢。不如叫小凤吧，像凤凰一样出色。

阿　　墨　做一只平凡的鸟才踏实，不如叫小凡。

小　　雪　哈哈，这算什么名字……（正欲讥讽，又意识到不妥，装温顺）老公，这次我听你的。

【他们三人一齐飞过一道山梁。

23.另一带山谷　日　外

【过了山梁，到另一带的山谷。果然别有洞天。

【迎面立着一个拱门，看起来是两棵树自然弯成，树藤在门楣处扭曲成几个汉字：鹫鸟帝国。树枝则在门拱上方塑成展翅欲飞的胥皇的雕像。

小　　雪　鹫鸟帝国？

他们穿过拱门，看到的是一个全新的景象。

【这里是天鹅湖一带，长长的湖水依然碧绿，荷叶茂密，荷花点点。偶有青蛙跳到荷叶上。两边的岸上、树上，建起了一些木宅，形成一个水边小镇的模样。湖水尽头处立着一个辉煌的宫殿。

【一些木宅的窗子里，有动物的身影晃过。

【天上有一些鸟飞过。湖边，一只母鹿匆匆行走。

小　　雪　喂，各位，我是小雪，我回来了。

【一个木宅打开一扇窗，一只刺猬露出头。

小　　雪　嗯，你是刺猬圈圈，还记得我吗？凤凰王在哪？

【刺猬圈圈一言不发，“啪”地把窗子关上。

【小雪看见湖边行走的母鹿。

小　　雪　喂，你是母鹿橙子？我是小雪，我回到凤凰岛了。凤凰王在哪？

【母鹿看了一眼小雪，惊慌逃去。

【一只大雁飞过来。

小　　雪　你是大雁初一。

初　　一　（低声地）现在这里是鹫鸟统治，千万别提凤凰两个字。

小　　雪　为什么？

【大雁初一已经掉头欲飞。

小　　雪　为什么只有你一个，你那些兄弟呢？

初　　一　（低沉的声音）都死了。

【大雁初一飞远。

24.天鹅酒家　日　外

【左边的一个木宅，两边挂着红灯笼，大门上有匾额，写着“天鹅酒家”。时有动物进入。

【门口，一个样子很活泼的白色雌性小天鹅在迎客，她叫红莲。

【有动物欲进，小天鹅红莲转了身，像跳芭蕾舞一样做了个优美的邀请姿势。

红　　莲　欢迎光临。

25.天鹅酒家　日　内

【镜头转入酒家内。这是一个传统式酒家，雕花木窗、一张张四方木桌。一些顾客如山羊、黄鹂、松鼠、画眉鸟等动物在吃菜喝酒。动物们都面露忧郁，没什么喜色。

【一头山猪在角落里的一张方桌边自斟自饮，已喝得满面通红，醉醺醺的样子。桌上摆着几个酒坛。

【柜台里，那头胖天鹅如今更胖了，自命不凡地端坐着，眼睛左转右转，巡视全场。

【那只看守记忆果之树的老仙鹤成了酒家的账房先生，正趴在柜台上算账。

童　　颜　二十八加七十六等于……等于……

【阿朱一手捧一盘热腾腾的菜从厨房里出来。

阿　　朱　（接童颜的话）一百〇四。

童　　颜　哦，对对，我竟然也有头脑偶尔短路的时候。

松　　鼠　（正吃着菜，悄声自语）他从来就没有清醒过。

阿　　朱　清炖木耳汤。

【阿朱把一盆汤递给某桌的山羊。

阿　　朱　爆炒小青虫。

【阿朱又把一盘菜递给另一桌的黄鹂。她身姿轻盈，动作敏捷，面带微笑。

【经过山猪波波那一桌时，阿朱注意到山猪波波的醉态。

阿　　朱　（关切地）少喝点。

【阿朱轻轻地把酒坛从波波手里拿下来。波波脸色悲戚。

26.天鹅酒家的厨房　日　内

【阿伦系着围裙，正在熟练地掌勺烧菜。

【铁锅腾起热气，几缕蒸气袅袅上升，在阿伦眼里幻化成这样的场景：当年的天鹅湖，阿伦与阿朱在荷叶上共舞，凤凰与众动物欢欣地观赏。

阿　朱　老公，该起锅了。

【阿朱进来了。

【阿伦清醒。赶紧移开锅，倒菜入盘。

阿　朱　你在想什么？

阿　伦　没什么。在想三年前的凤凰岛，我们那么幸福。

【阿朱一把捂住阿伦的嘴巴。

阿　朱　（紧张地，低声）不要说“凤凰”两个字。今天的日子很敏感，鸷鸟……

【阿伦握住她的手，两人四目相对，尽在不言中。

27. 天鹅酒家门口　日　外

【两只乌鸦和小凤凰小凡飞近天鹅酒家。

【小天鹅红莲抬起头来时，看见了与小雪、阿墨一道飞来的小凡。两只鸟目光对上，小凡傻傻地一笑，红莲也快乐地一笑。

【红莲朝小凡招手，示意她进来。

【小凡看看妈妈，小雪点头。

小　雪　好的，小宝贝，看起来是个不错的地方。

【小雪、阿墨与小凡停在酒家门口。

【红莲高兴地做了个芭蕾舞式的邀请动作。

【小雪、阿墨与小凡朝门里走。

【红莲拉了拉小凡，把嘴凑到她耳边说话。

红　莲　我会跳天鹅之舞，想看吗？

【小凡点头。

红　莲　等一下我会溜进去。

【小凡笑了，然后跟父母进了门。

28.天鹅酒家　日　内

【小雪一行进入酒家。

小　　雪　你们看,我是谁?

【动物们抬起头看她。

小　　雪　对,我是小雪,三年前离开凤凰岛……去考察。我们的凤凰王说,当我回来时,她会第一个迎接我。但是我没看见她,也许她太忙……凤凰岛发生了一场火灾?这里跟以前不一样了。

【动物们都惊慌地低下头。

【胖天鹅纤纤满怀热情地一把抱住她。小雪被抱得喘不过气来,连连咳嗽。

小　　雪　胖天鹅,你比以前更胖了。

【阿墨为她讲话不得体而面露难堪之色。

纤　　纤　你的乌鸦嘴也没变。不过,幸亏你的乌鸦嘴,我有了个世界上最好的女婿。

小　　雪　所以,我是伟大的预言家。

【阿朱从厨房出来,看见了小雪,一脸惊喜,立刻迎过来。

阿　　朱　是你,小雪,你回来了,真是太好了!

小　　雪　不光是我,还有我亲爱的老公。

【小雪说着倒在阿墨怀里秀恩爱,阿墨很尴尬地朝阿朱和纤纤点头。

小　　雪　还有宝贝女儿。

【小雪拉过小凤凰。

【阿朱看着小凤凰,小凤凰也忽闪着纯真无邪的眼睛看她。小凤凰的眼神触动了阿朱,让她有种特别的感觉,露出若有所思的表情。

【阿朱温柔地望着她。

阿　　朱　不知怎么的，这孩子，我看第一眼就喜欢她，好像以前就相处过一样。

【仙鹤童颜也蹒跚地走过来。

小　　雪　啊，童颜，你越来越老了。

童　　颜　是你这只小乌鸦，我到今天还老是在想，你那天有没有偷吃仙桃，虽然我数了很多遍，数字是对的。

【小雪尴尬，下意识地摸出怀里的那枚桃核，又悄悄放回去。

【红莲跑进来，拉小凡的手。

红　　莲　妈妈，我们是朋友。（对小凤凰）对吗？

【小凡傻笑，点头。

红　　莲　我现在就表演天鹅之舞给你看——我自创的。

【红莲飞到半空，跳起舞来，动作稚嫩。

【众动物抬头看她。纤纤一脸欣赏的表情。

【阿朱蹙着眉头看着，既喜且忧，表情复杂。

阿　　朱　好了，别忘了你爸禁止你学跳舞。

【这时，一只青蛙从外面跳进窗子，停到桌上观看红莲跳舞。

【红莲一转身看见青蛙，吓得脸变色。

红　　莲　啊！

【红莲从空中跌落，将山猪波波桌上的空酒坛朝青蛙踢去，青蛙被砸中，惨叫一声跳出窗。

【空酒坛正要跌落在地，阿伦出现，一伸手接住空酒坛，动作轻快精准。

阿　　伦　（面色严厉）你跳舞，还伤害那只青蛙！

红　　莲　它太难看了，我最讨厌青蛙，它是世界上最恶心的动物。

阿　　伦　（愤怒地）不许侮辱青蛙。

【阿伦打了红莲一巴掌，红莲痛哭，跑到旁边的房间。

【纤纤和阿朱赶紧追上去。

波　　波　（不满地）打孩子的父亲一定不是好父亲。

【山猪波波一边说，一边从酒坛倒酒，一滴未倒出，他也浑然不觉，仰脖来喝。

【阿伦也露出懊丧的神色。

小　雪　对，父亲应该慈爱。向你们介绍我的老公，他是好丈夫，也是好父亲。

【阿墨勉强朝众人点头。

小　雪　现在隆重介绍我最美丽最聪明的女儿——小凡。

【小凡朝众人傻笑。

【小凡的笑容和纯真的眼神触动了每个动物，他们都一时呆住。

29.旁边房间　日　内

【红莲扑到床上哭。纤纤和阿朱搂着她，安慰她。

阿　朱　宝贝，你爸爸只是一时性急，现在一定很后悔。

纤　纤　（威严地）放心，我一定会批评他的。

【红莲坐起来，注意听外面大人的对话。

30.酒家内　日　内

【山猪波波睁大醉眼，眼前恍惚出现这样的画面：凤凰目光明澈地望着他。

【山猪波波从恍惚中醒来，又看了看小凡。

波　波　这孩子的眼睛真亮。你们猜猜看，看到她，我想到了谁？凤凰，我们的王。

【众动物大惊失色。

31.旁边房间　日　内

红　莲　凤凰是谁？

纤　纤　她是我们真正的王，永远都是。

红　　莲　那鹫鸟之王霄皇呢？

阿　　朱　他是最大的邪恶。

32.酒家　日　内

波　　波　可惜她死了，就是三年前的今天。

小　　雪　凤凰死了？不，她是不死鸟！

【众动物都无言，表情悲伤。

小　　雪　她怎么死的？

波　　波　鹫鸟施“道”之神火，烧光了凤凰岛，还有我们的王。现在这里是鹫鸟帝国。

【波波打开一扇窗，指向窗外远处。那里是个华丽的宫殿，塔形的木结构房子，屋顶却是一个大树的树冠。

波　　波　那是他豪华的宫殿，也是用一棵邪恶之树建造的可怕监狱。许多兄弟死在那里。他是个恶魔！

【众动物吓得纷纷离桌，拥到服务台。

松　　鼠　买单。

黄　　鹂　我也是。

画眉、山羊　我也买单。

【童颜手忙脚乱。

【松鼠、黄鹂、画眉、山羊溜出门。

阿　　伦　你该知道，在店里，这些话是禁语。

波　　波　懦夫！你们都是懦夫！

【阿伦与正溜走的众动物惭愧地垂下头。

【酒客中只剩下波波。

波　　波　（泄气地）我也是。要靠酒来壮胆。

【波波也深深垂下头。

波　　波　真正的勇士已经死了。三年前的今天，红狐天赤，大雁初一的八个兄弟，雄鹰队长闪电和整个雄鹰护卫队，还有我的两个弟弟，还有许多人的爸爸、妈妈、兄弟都死在那场战斗当中。可活着的我们，屈服了。最大的罪人是你，阿伦。

【阿伦震惊、自惭。

波　　波　你出于自私，没有及时把冠羽还给凤凰，使她失去神力，葬身火海。你还第一个向鹫鸟投降，让我们都失去了反抗的勇气。

【阿伦悲哀又惭愧，浑身颤抖。

33.旁边房间　日　内

【房间里的三只天鹅都听到了这番话，纤纤和阿朱脸色沉重，红莲则失望得近乎崩溃。

红　　莲　他不配做爸爸！

【红莲推开后门，跑到后院里。

【纤纤赶紧追上。

【阿朱欲追红莲，犹豫了一下，还是进了外面的大厅。

34.酒家　日　内

【阿朱来到阿伦身边，拥抱他，以示支持。

童　　颜　也不全怪阿伦，大家看见凤凰死去，都垮了。

波　　波　我们还可以反抗，我们可以联合起来战胜他，摧毁那棵罪恶之树，重兴凤凰岛。

松　　鼠　除非凤凰还活着。

【众动物都沮丧、无言。

35.后院　日　外

【一盆花草前，纤纤搂着红莲的肩膀。

纤　　纤　你爸爸是为了救我才没有及时把冠羽给凤凰。

红　　莲　真的吗?

纤　　纤　告诉你一个秘密。你的爸爸妈妈还有我,都会跳天鹅之舞,跳起舞来,你爸爸和妈妈就像王子和公主,这世界上最高贵的舞蹈只献给真正的王——凤凰。鹫鸟代表邪恶,他想欣赏,但我们一直拒绝,这是我们天鹅家族的底线。你的父母不让你学,是为了保护你。

红　　莲　天鹅之舞,这可真酷! 我想学。

纤　　纤　好吧,我教你几个基本动作。

36.酒家　日　内

【阿朱端来一碗汤。

阿　　朱　喝一碗醒酒汤。

【阿朱把碗递给波波。波波喝下。

【波波打了个激灵,酒醒了,立刻害怕起来,露出胆小怕事的本性。

波　　波　天哪,我都说了什么? 你们不会传出去吧? 我刚才都是说着玩的,哈哈。

小　　雪　只怕隔墙有耳,鹫鸟已经听到了,随时会闯进来。

【正说到这,窗子被一扇扇撞开,众鹫鸟闯进来。领头的是鹫鸟翮和鹫鸟甲。他们打翻碗碟等物件,占据了所有的桌子。

【童颜吓得躲到柜台底下,屁股却高高撅起。

【红莲和纤纤悄悄把门开条缝,窥视外面的情景。

【霄皇从窗子飞进来,巨大的身躯站在最中间的桌子上。

霄　　皇　(对小雪)你的预言真的很准。——除了好事。

【小雪尴尬。

【鹫鸟翮和鹫鸟甲抓住山猪的两腿,把它倒提起来。

霄　　皇　你想造反? 一头低贱的山猪。

波　　波　不，我喝了酒，说的是醉话。

霄　　皇　有一个地方适合醒酒，那里住过你的一些老朋友，也许晚上他们的灵魂会乘着月光来找你聊聊。

【霄皇挥手示意，出来两只鹫鸟接过波波飞出去，波波惨叫。

波　　波　不，饶了我吧！

【小凡看到这样的场景，同情地望着波波，表情很难过。

霄　　皇　还有人要战胜我，摧毁树之宫殿吗？

【全场静默。

【霄皇看小雪。

霄　　皇　你呢？笨乌鸦。你回到凤凰岛是要悼念那只死鸟吗？

【众鹫鸟面露凶光。

小　　雪　不，不，实际上我是被她赶走的。

霄　　皇　我想想，此话属实。

小　　雪　（肉麻地恭维）所以我恨死她了。真是大快人心！你才是够格的王！

霄　　皇　你很识时务，有前途。

【霄皇注意到小雪怀里的雏鸟。

霄　　皇　这个小东西是谁？

小　　雪　是我们的孩子。看，她多像我老公。

【霄皇与小凡四目相对，霄皇眼前恍惚出现这样的画面：凤凰威严的目光望着他。

【霄皇从恍惚中醒来，又看了看小凡。小凡目光露怯。

【霄皇突然以利爪抓住小凡的翅膀，小凡疼得浑身颤抖。阿墨上前欲护住小凡，被霄皇打了一掌，倒地。

小　　雪　老公！

小　　凡　爸爸！

【小雪和小凡去看阿墨。

【霄皇的目光转向阿伦和阿朱。

霄　　皇　你纵容客人违反我的禁令，应该得到惩罚。

【霄皇亮出手掌，手掌上生出光波，光波引起整个酒店的震颤。光波向两只天鹅移近。

【躲在门边的红莲大惊，欲出去，被纤纤捂着嘴巴拉回来。

【在光波就要到达两只天鹅身上的时候，霄皇突然停在中途。

霄　　皇　我们也可以做笔交易。只要你们向我献上一段天鹅之舞，我就会忘掉你的罪。

阿　　伦　不，当初我们有约定在先，你不能强迫我们跳舞。

霄　　皇　约定的时限是三年，现在已经到了。

阿　　伦　不，我们不会给你跳天鹅之舞。

【阿朱与阿伦拥抱，坚毅地盯着鹫鸟之王。

【霄皇的光波向两只天鹅袭去，整个酒家摇摇欲坠。两只天鹅闭眼等死。

【房门边的红莲瞪大眼睛，挣扎着欲去救父母，被纤纤死死拉住。

【在最后时刻，霄皇停住。

霄　　皇　抓到监狱，直到他们想通。

【鹫鸟翩和鹫鸟甲上前揪住两只天鹅。

霄　　皇　我决定，三天之后举行一场庆祝鹫鸟帝国三周年纪念日的典礼，两只天鹅献上举世无双的天鹅之舞。

【红莲冲出来。

红　　莲　爸爸，妈妈！（朝霄皇）放了他们。

【纤纤赶紧上前拉回红莲。

【霄皇蔑视地看了她们一眼。

【霄皇指着小雪一家三口。

霄　　皇　你们，擅闯禁地，死罪。

【鹫鸟扬起翅膀，翅膀开始发出光波，向乌鸦三口笼罩。

小　　雪　哦，不，我……我做典礼的导演！

【霄皇收回光波。

小　　雪　我会说服天鹅夫妇，她们的婚姻，我是红娘。我还建议增加节目，黄鹂会唱歌，松鼠会杂技，仙鹤做制片，而我老公、女儿和我搭档，我们是团队。将是一个完美的盛会！

霄　　皇　哈哈，在这些蠢货当中，你是最聪明的一个。我可以给你们机会，到一个花草繁盛环境优美的地方去聚一聚，直到把两只天鹅说通。（环顾四周，轻蔑地看看小凡、红莲、纤纤和躲在柜台底下露出高高屁股的仙鹤童颜）老人、小孩留下。看到了吧，我很人性化。

【众鹫鸟欲抓两只乌鸦。

【小雪挣脱鹫鸟跑到小凡面前，悄悄把怀里的果核塞到小凡的手里。

小　　雪　（悄声地）这是妈妈最珍贵的收藏，送给你。

【两只鹫鸟过来拖走小雪。

阿　　墨　（对小凡）做一只平凡的鸟，好好活着。

【小凡与阿墨、小雪悲伤地对望。

【霄皇飞出窗外，众鹫鸟也押着天鹅夫妇和乌鸦夫妇耀武扬威地迅速飞离。

37.天鹅酒家　日　内

【红莲挣脱纤纤的手跑出来。

红　　莲　我要去救爸爸妈妈。

纤　　纤　不，回来，我失去了你父母，不能再失去你。

红　　莲　我们可以联合起来战胜鹫鸟，摧毁那棵罪恶之树，重兴凤凰岛。

童　　颜　那里是鹫鸟宫，最可怕的地狱，三年来，被抓去的动物没有一个活着出来。

【红莲飞出窗子。

【纤纤欲起飞去拉她，由于太胖，肚子被窗台挡住，掉了下来。

【童颜和小凡赶紧去扶。

【小凡望着飞去的红莲。

38.小镇上空　日　外

【红莲在小镇上空朝鹫鸟宫飞去。

【小凡在空中追上红莲。红莲惊喜。

红　　莲　你也来了？

小　　凡　其实我没你那么勇敢，我犹豫了一会儿呢。

【红莲突然一把抱住小凡。小凡吓了一跳。

红　　莲　这是朋友的拥抱。

【红莲挽着小凡的一只翅膀，比翼而飞。

小　　凡　这也是朋友的飞行吗？

红　　莲　不，这是夫妻的飞行。

【小凡惊住。

小　　凡　啊？我也是女的。

红　　莲　哈哈，这是外婆教我的双人舞动作。告诉你一个秘密。我的爸爸、妈妈都会跳世界上最美的天鹅之舞，可他们一直瞒着我，让我以为他们只是厨师和端菜工。

小　　凡　真酷！

红　　莲　我将来也会像他们一样。

小　　凡　那很了不起。

红　　莲　也许有一天你也会成为了不起的鸟。

小　　凡　不，我爸爸说我们乌鸦永远只是平凡的鸟。

红　　莲　你遗憾吗？

小　　凡　不，做平凡的鸟最心安。

【红莲和小凡的神色突然变得紧张，因为前面已到高高的鹫鸟宫。

39.鹫鸟宫　日　外

【红莲和小凡停在一株小树的树枝上偷窥鹫鸟宫。

【鹫鸟宫看似一个木塔形的宫殿，其实是一棵巨树，由鹫鸟之王霄皇运用“草木道”使它自然形成。

【每一层的屋檐上都有几只鹫鸟巡回监视。

【红莲和小凡在鹫鸟巡逻的间隙飞近鹫鸟宫。

【四只巡逻的鹫鸟飞过来。两只雏鸟赶紧闪避，躲到第二层宫殿的屋檐上。屋檐上垂下一个葫芦形的果子，小凡匆忙中撞上去。葫芦像铃铛一样发出巨大的响声。几层屋檐上的鹫鸟立刻在鹫鸟翮、鹫鸟甲的带领下向两只雏鸟所在的位置扑去。

【这时空中飞来一只胖鸟，正是小天鹅的外婆纤纤。

【纤纤看了一眼躲在屋檐上的两只雏鸟，眨眼示意。然后直向上冲。众鹫鸟转而扑向胖天鹅，把她按倒。

纤　纤　哦，你们这帮混蛋！

红　莲　（难过地）啊，外婆！

鹫鸟翮　她这是打掩护，第二层还有潜入者。

【鹫鸟翮向小凡和红莲的位置飞过来。

【这时，又一只鸟飞来，张开翅膀遮住小凡和红莲，原来是仙鹤童颜。

鹫鸟翮　原来是那只独脚鹤。

【童颜以翅膀裹住鹫鸟翮的头，不让他看见两只雏鸟。

【童颜和鹫鸟翮翻滚到下一层的屋檐。

鹫鸟翮　把这老东西抓起来。

【两只雏鸟露出难过的神色。

【两只雏鸟推开身边的一扇木窗，进入。木窗迅速自动关上。

40.鹫鸟宫某室　日　内

【这是一个奇怪的房间，四周是窗，中间是根粗大的木柱，但木柱上有树皮、嫩叶，看来是根活着的树干。仔细看，天花板、窗子、门都是由树干伸展出的枝叶自然构成的。

【红莲推开唯一的一扇门，奇怪的是，门外竟是茫茫雪山！雪地上有些动物的尸骨。红莲赶紧把门关起来。

【红莲推开一扇窗，窗外却是一望无际的沙漠，沙漠上也有一些动物的尸骨。

红　　莲　好怪的房间！

小　　凡　那些尸骨好可怕。

红　　莲　一定是以前被抓到这里来的动物，他们想逃跑，可是……

小　　凡　我们该怎么办？

【小凡看到木质天花板开始四处发芽，长大，成为小花苞，既而变成一朵朵艳丽的花朵，中间那一朵大如脸盆。

小　　凡　真漂亮！

【小凡伸手，其中一朵花的茎伸长，渐渐降下来。

红　　莲　别碰那些花，鹫鸟帝国的花都是邪恶的。

【正说着，那朵花突然变大，像猛兽的大口一样朝两只鸟扑去，把她们裹在花瓣中，外层花瓣立刻逐层增厚，眼看就要将她们吞没。

【两只鸟拼命挣扎，直到拽断花茎，使它落下来，摔到地上。

【花朵落地，花瓣立刻枯萎，松开，两只鸟从花朵中跳出来，因憋气而咳嗽。

【这时天花板开始摇撼，花瓣纷纷飘落，花蕊迅速结成一个个大大小小的南瓜，顶部伸出两根触须，灵活地摆动。突然，这些南瓜一个个地砸下来，两只鸟赶紧躲避，但还是被砸中脚，疼得龇牙咧嘴。转瞬之间，她俩都被埋在果子堆里，拼命挣扎。

【好不容易挣脱出来，突然发出“砰”的一声巨响，这些巨型果实爆炸了！

【当一切平静下来时，两只雏鸟已是全身涂满黄色浆液，无比狼狈。

【角落里，一只拳头大的小南瓜没有爆炸，它镇定自若地停在地上。

红　　莲　啊，还有一个，躲开它。

小　　凡　可是它看起来很可爱呢。

【小凡慢慢走过去，小南瓜后退，触须变硬，似在警戒。

小　　凡　我们是朋友。

【小凡伸手去碰它的触须。

【小南瓜犹豫片刻，然后快速摆动触须。这时，两只鸟身上喷涂的浆液开始自动消失，直到无影无踪。

小凡、红莲　（惊异地）咦？！

【小南瓜突然像个皮球一样跳起来，落到小凡怀里，还用触须抚弄她的脸庞。

红　　莲　啊，真的很可爱。

【红莲伸出手去，小南瓜把触须伸到红莲手里，似与她握手。

小　　凡　我们去找爸爸妈妈，你能帮我们吗？

【小南瓜的触须朝窗子的方向伸去，其中一扇窗自动打开，小南瓜的触须指向开着的窗子。

小凡、红莲　啊，谢谢。

【小南瓜跳到小凡的背上，小凡载着小南瓜，与红莲飞出窗。

红　　莲　你也许是个了不起的鸟。

小　　凡　不，我永远都是平凡的鸟。我们走吧。

41. 走廊　日　内

【她们飞出窗，进入一个长长的走廊。

【走廊两边，长着高大的植物，叶子形如螃蟹，都生着长长的钳子。

【当她们在走廊上方飞行时，那些叶子都脱离植物，飞到空中，围住她们，伸出钳子攻击。红莲和小凡左右闪避，却不及钳子迅疾，眼看就要被伤害。

【小南瓜跳到空中，顶开最前面的钳子，然后快速摆动触须，似在威胁它们。钳子们呆住，然后慢慢退下，又回到植物上去。

小　　凡　谢谢你！

【小南瓜蜷起触须遮住身体，似害羞。

【沿着走廊飞了一段，前面又是一个房间，有无数的窗子。

【小南瓜摆动触须，其中一个窗子自动打开，她们飞入。

42. 走廊　日　内

【她们飞出窗，进入又一个长长的走廊，沿着走廊飞了一段，前面又是一个房间，有无数的窗子。

【其中一个窗子自动打开，她们飞入。

43. 囚室　日　内

【他们落地时，发现已进入另一个房间。

【这个房间里植物遍布。她们发现了雌雄乌鸦、天鹅夫妇和胖天鹅纤纤、仙鹤童颜、山猪波波。

【波波被一个大吸盘似的仙人掌吸住悬在半空。下面则垫着一块长满尖刺的仙人掌。

【童颜被一种橡皮筋似的植物肉茎粘住。

【纤纤陷在一个沙发似的大叶里，怎么也起不来。

【雌雄乌鸦、天鹅夫妇都被一根细藤卷住脚。众多细藤从中央的木柱延伸下来。

【天鹅夫妇和乌鸦夫妇看到了红莲与小凡，都激动地把她们搂在怀里。

【波波、童颜向两只小鸟招手。

阿　　伦　你们被抓进来的？

红　　莲　不，我们是闯进来的。

童　　颜　你们能到达这里？这绝对是个奇迹。

红　　莲　是小凡，她和这只南瓜成了朋友。南瓜带领我们来到这儿。

小　　雪　是真的吗？天才，这绝对是遗传了我。

【童颜惊讶，若有所思。

红　　莲　你们怎么了？

童　　颜　霄皇把“草木道”施加到魔幻之树上，建造了这座鹫鸟宫，他还用邪力培育了许多植物种子，现在我们被这些邪恶植物困在这里。

波　　波　看到了吧，无法逃脱，只有等死。

【波波哭泣。

纤　　纤　（语气昂扬地）不要那么没出息，越是危急的时候越能衡量一个人的勇气。

【纤纤挣扎着试图坐起，反而陷得更深。

纤　　纤　（泄气地）只是这样的处境会让人说，天鹅纤纤是胖死的，实在让我尴尬。

小　　凡　小南瓜，你能帮我们吗？

【小南瓜点点触须，然后跳到木柱前，用触须碰触那些细藤，众细藤悄悄收回，众鸟自由。

【小南瓜又跳到仙人掌的肉茎上，使劲用身子跺它，肉茎弯下，几欲使波波碰到下面的肉刺，波波惊叫。

【小南瓜再跺，肉茎放开波波，波波落下，一瞬间，下面的带刺仙人掌自动翻了个身，波波正好落在它松软的一面。

【小南瓜再撞粘住童颜的肉茎，肉茎放开童颜。

【小南瓜得意地跳回小凡的肩上，摆动触须。

【童颜意味深长地盯着小凡。

童　　颜　一只小乌鸦，感化了邪恶果实，这是“草木道”的神力。可是，从来没有一只乌鸦会获得真正的这么高等级的“道”。这事太奇怪了。

阿　　墨　也许，她……并不是我们的孩子。

小　　雪　你在胡说什么？你是她亲生父亲，别在孩子面前说这些。

【小雪拉过小凡来搂她。

童　　颜　孩子，你非同一般。

小　　凡　不，我是乌鸦，是一只平凡的鸟。

童　　颜　这事关重大。你真确定她来自你下的蛋？

小　　雪　哦，这个……当时在梧桐树旁，我拿了一块石头，假装它是蛋，后来扔掉这个假蛋，但后来真的来了一只蛋……

童　　颜　这就说明它不是你的蛋。而这枚不是你的蛋的蛋孵出了她。

小　　雪　哦，是……也许。

小　　凡　（伤心地）我不是你们的女儿？

小　　雪　不，我只是在说一种可能性，极小的可能。

【小雪试图搂紧小凡以示安慰，但小凡挣脱。

小　　凡　我是谁？

【童颜困惑地思考。

阿　　伦　我认为当务之急是赶紧逃离这里。

阿　　朱　我同意。

波　　波　可是，开哪扇窗是正确的？

小　　凡　小南瓜，请给我们指路。

【小南瓜摇动触须正要指明窗户。

【突然，大门及所有的窗子被撞开，众鹫鸟凶神恶煞地闯进来，把他们团团围住。

【鹫鸟翮一把揪下小南瓜的触须扔到地上踩碎。

【小南瓜立刻软弱无力地摔到地上。

鹫 鸟 翮　你背叛了大王。

小　　凡　（悲伤地）小南瓜！

【小凡欲弯腰抚摸小南瓜，鹫鸟翮伸脚把小凡的手踩到地上。小凡疼痛难忍。

【阿墨扑过来欲救小凡，鹫鸟翮伸利爪一拂，阿墨立刻摔出很远，脸上出现几道血痕。

【红莲咬了鹫鸟甲一口，鹫鸟甲以身上的羽毛之剑刺向红莲，阿伦上来抢夺他的剑，被鹫鸟甲打击背部，阿伦死死拖住他不松开，阿朱趁机上前抱回红莲。

【波波向鹫鸟翩猛冲过去，鹫鸟翩轻轻闪避，波波一头插进木板墙，四脚乱蹬地挣扎。

【各鸟兽试图反抗众鹫鸟，却反被打伤，倒在木柱旁。

【鹫鸟翩以羽毛为剑，欲刺死茫然无措的小凡。

童　　颜　你可以反击，也许你身上有“道”的力量。

小　　凡　怎么做？

【童颜也不懂，硬着头皮做了个挥掌的动作。

【小凡模仿童颜的样子，朝鹫鸟甲挥了一掌，这一掌发挥出很大的威力，把他打飞，撞到波波身上，波波趁势把头从木板墙上脱离出来。

童　　颜　这就是“道”！

44. 鹫鸟宫的大殿　日　内

【小凡的一掌造成鹫鸟宫微微摇晃，正在大殿里的霄皇猛转过身来。

霄　　皇　（愤恨地）“道”！

45. 囚室　日　内

【众鹫鸟向众动物投出由羽毛化成的利剑。

【童颜以手掌画了个圈，给小凡做示范，小凡照做，一股无形的气流产生，把那些剑都吹起来，像环流一样在空中旋转。

【鹫鸟翩挥动翅膀，那些剑脱离小凡的掌风，自动回到众鹫鸟的手中。

【众鹫鸟由鹫鸟翩领头，站成一列，同时向小凡放剑。

【小凡推出手掌挡住，第一支剑似遇到疾风，停滞不前。后面的剑与第一支剑追尾，其后的剑也是如此，剑力加倍，小凡渐渐抵挡不住。

童　颜　“道”无常形，要善于变化。

小　凡　该怎么变化？

【童颜挥手乱折腾，找不到要领，也泄了气。

童　颜　我也不知道，需要你自己领悟。

小　凡　怎么领悟？

【小凡似将被击败。

【这时，躺在地上的那只南瓜用最后的力气跳起来，悬到小凡和鹫鸟掌风的交接处，所有的剑立刻戳到小南瓜的身上。

【小南瓜突然爆炸，浆液炸到众鹫鸟身上，众鹫鸟倒地，再起来准备卷土重来。

波　波　这种情况下，我认为应该逃跑。

纤　纤　可往哪里跑？

小　雪　根据我的预言，如果走这扇窗，会带来好运。

【小雪犹豫地指向第三扇窗。

【纤纤奋力飞到空中，撞开那扇窗。

【众动物依次迅速出窗。

【小凡留在最后，她出去后关上窗子，正好把已整理好队伍准备发动新一轮攻击的鹫鸟们挡在窗内。

46.鹫鸟宫大殿　日　内

【小凡他们发现进入了一个宽阔的大殿，中间是那根由巨树树干形成的木柱，上方的天花板离地颇高。

【地面上两侧摆着不少花盆，花盆中是各种奇异花草。中间是宽阔的空地。

【正面是一个高台，几级台阶通上去，高台中央有一朵大如桌面的牡丹花，却是座椅的形状。座椅后的墙上，有一个黑色木门，形状像树的节疤。一枚羽毛贴在门框上。

波　　波　这是什么地方？

小　　雪　根据我的预言，是个好地方。

童　　颜　你的预言只对坏事准确，所以……我们快撤。

【一片树叶在空中飘荡，突然变成鹫鸟之王霄皇，落在高台上的牡丹花宝座上。众动物大惊。

霄　　皇　欢迎来我的大殿做客。

【四周窗子纷纷打开，鹫鸟翩与鹫鸟甲带领众鹫鸟飞入，包围众鸟兽。

【鹫鸟翩落到鹫鸟之王面前。

鹫 鸟 翩　这帮蠢货自投罗网，真是太好笑了。

【霄皇打了他一耳光。

霄　　皇　最蠢的是你。竟让他们逃走。待在你应该待的位置。最好低调一点，不要妄想我早点死，然后你做大。也许我会永生，而你永远是我的一根羽毛。

【鹫鸟翩捂着脸退回到宝座后的节疤门旁边，沮丧地站立。

霄　　皇　你们该想着怎么向我求饶，幻想着我一时慈悲放了你们。

红　　莲　哼，我们永远不会求饶的，该求饶的是你。她很厉害，也会“道”。

【红莲把小凡推到前面。小凤凰茫然无措。

霄　　皇　（讽刺地）哦，我好怕。

【童颜热切地望着小凡。

童　　颜　现在你是大家的希望。

【小凡神色紧张，不自信。

【童颜摆动翅膀，以做示范。

童　　颜　相信你的潜力，激发出你身体里的“道”。

【小凡迟疑着。

【霄皇以手指小凡，一道旋风似的气流向小凡袭来。小凡被击倒。

阿　　墨　小心。

【小凡挣扎着起来。挥动翅膀试图反击，霄皇噘起嘴，吹起口哨，那些花盆里的植物都立刻开出鲜艳的花朵，花瓣脱离花朵，四处飞扬，把小凡裹在当中，小凡扇动翅膀，花瓣反而更多，形成一道花柱。

【霄皇吹了口气，那些花瓣都落下来，化为乌有。小凡瘫在地上。

红　　莲　小凡，你快起来，再来一次啊。

小　　凡　不，我不行。

小　　雪　你一定行的，你是我小雪的女儿，所以一定是个天才。

小　　凡　我不是你女儿。

【小雪沮丧。

阿　　墨　不要逼她了。也许，她只是一只平凡的鸟。

童　　颜　她不是乌鸦，所以一定非凡，超出我们的意料。

【霄皇微动手指，一株植物叶片上的一枚露珠被挑起，跃到空中，当它落下时，却变成一柱瀑布，灌注到小凡身上。地上形成一个水的旋涡，一个深潭。小凡陷入旋涡，沉到深潭中。

【小雪和阿墨焦急地围在深潭边，旋涡平静下来，潭水幽深，什么也看不见。

【小雪和阿墨悲伤地相拥。

【众动物泄气。

霄　　皇　我愿意给你们一个机会，最后的机会，两位天鹅艺术家为我表演绝世的天鹅之舞，我就放了你们。

红　　莲　不，不行。天鹅之舞是最高贵的舞蹈，只献给真正的百鸟之王凤凰。

【两只鹫鸟上来擒住红莲。

霄　　皇　小可爱，你很有原则。可是凤凰已经死了，如果她现在还活着，我不会勉强的。

【众鹫鸟将羽毛之剑对准众动物。

【阿朱上前欲救，霄皇微动翅膀，左右两株植物伸长铁钩般的长茎，把阿伦和阿朱钩住，吊到高台上，放到柱子后面。

【旁边的鹫鸟翩下意识地挡住节疤门。

【霄皇走到两只天鹅面前。

阿　　伦　别白费力气了，我们宁愿死。

【霄皇一挥手，长茎之钩又把红莲吊到高台上。

阿　　朱　宝贝！不要伤害我的孩子。

阿　　伦　放了他。

红　　莲　爸爸妈妈！不要跳天鹅之舞。

霄　　皇　我不会伤害小孩子，这没风度。

【霄皇以利爪把红莲面朝地面踩在地上，伸出一只翅膀拔下阿伦的冠羽。

阿　　伦　不！

【阿伦开始变成丑陋的青蛙。

【霄皇慢慢提起红莲的头，把她扭向变成青蛙的阿伦。

阿　　伦　不要在孩子面前……

霄　　皇　让崇拜你的女儿看看你的英雄本色不好吗？

阿　　伦　我愿意跳舞。

【霄皇把冠羽重新放到阿伦头上。

【红莲的头扭过来，看到阿伦恢复天鹅之后的形象。

红　　莲　你太让我失望了！

【红莲跑开。

【阿伦和阿朱飞到地面上。摆好姿势。

纤　　纤　你们是天鹅家族的耻辱。

阿　　伦　我还有个条件：把水里的小凡救出来。

【霄皇挥动翅膀，深潭掀起高高的巨浪，一只鸟的身影在巨浪中升起，却已是一只五彩的凤凰。

【水滴化为乌有，小凡在空中展翅，使全场所有鸟兽为之震惊。

霄　　皇　（惊惧地）是你？

小　　雪　她确实不是我们的孩子。

【小雪难过地投到阿墨的怀里。

【小凡看着自己身上的五彩羽毛，表情困惑。

小　　凡　我是谁？

童　　颜　你是我们的王——凤凰。你是我们的拯救者。

【童颜与众动物恭敬地向小凡行礼。

【小雪和阿墨也诚惶诚恐地向小凡行礼。

【小凡更加失落。

童　　颜　运用你天地之灵的“道”打败霄皇，寻回正义。

阿　　伦　霄皇，现在凤凰复活了，所以天鹅之舞不属于你。

【霄皇剧烈地扇动翅膀，一股气流冲向小凡，小凡却神情茫然。

【小凡被击中，晕倒，嘴角流血。

【霄皇也耗了不少力气，退到墙角喘息。

【阿墨把她抱在怀里。

童　　颜　她还需要时间。

波　　波　可是我们只有死的时间了。

【阿伦目光敏锐地看着那扇鹫鸟翮守护的门。门框上贴着一片鹫鸟羽毛，似为封印。

阿　　伦　那里是唯一的出路。

【阿伦率先，众动物一齐冲向高台上的金属门。

【阿伦扑向鹫鸟翮，被鹫鸟翮一掌打开。波波以头撞门，门纹丝不动。

童　　颜　羽毛是封印。

【波波使劲扯门上的羽毛，但毫无效果。

【小凡在阿墨怀里醒来，眼前的景物一片恍惚。渐渐地，眼前的景物清晰起来，她看见众鹫鸟向众动物万箭齐发，霄皇凶神恶煞地蓄势欲挥翅膀。波波徒劳地撞门，扯羽毛。

【小凡挣扎着起来。

小　凡　“道！”

【小凡挥动翅膀在空中画了一个圈，一股威力巨大的风随之吹起，摇撼着整个宫殿，门上的羽毛飘落，金属门砰的一声打开，门外是一片奇异的白光。

【众动物迅速冲出门，阿墨也背着小凡跟上。

【众动物消失在白光中，那片羽毛飘到霄皇的嘴角，样子十分滑稽。鹫鸟翮吓得发抖。

【霄皇扔掉羽毛。

霄　皇　你放他们去了迷离梦境？

鹫鸟翮　我们应该快追。

霄　皇　那还不快去！

【霄皇一掌把鹫鸟翮打进门内，门内传来一声惨叫。

【众鹫鸟也鱼贯飞进门。最后进的是霄皇。

47. 迷离梦境之梧桐谷　日　外

【一棵巨树树干粗大，树枝苍老。三米高处的树干上有个大大的节疤。

【节疤突然被推开，天鹅夫妇、小天鹅红莲、胖天鹅纤纤、山猪波波、仙鹤童颜从树洞中依次飞出。波波摔到地上。痛得大叫。最后是雄乌鸦阿墨，背着受伤的小凤凰小凡飞出了树洞，轻轻落在地上。

【原来此节疤是进入迷离梦境的入口。

【众动物看周围环境，前方远处是梧桐树，树枝搭成天然平台，那是凤凰向众人发表演说的地方。其他地方也如此熟悉。

小　雪　梧桐谷？

童　颜　对，魔幻树的迷离梦境就是从前的凤凰岛。

波　波　那么到底是梦还是现实？

童　　颜　在梦与现实之间。

小　　雪　太美了。老公，你看，这是真正的凤凰岛，我跟你说过，没有骗你。

【阿墨苦笑。

阿　　伦　鹫鸟快追来了。我们快离开，找个安全的地方。

【众动物快速进入一片密林。

48.梧桐谷中的密林　日　外

【阿墨把小凡轻轻放到林中草地上。

【小凡慢慢睁开眼睛，隐约看见抱着她的阿墨。

小　　凡　爸爸！

【阿墨尴尬。

阿　　墨　王。

【阿墨恭敬低头致礼。

众 动 物　王！你醒了。

【众动物向小凡恭敬行礼。只有红莲没有叫她，也没有行礼。

【看到众动物殷切敬仰的目光，小凡清醒了，神色愁苦，猛然坐起，飞到空中，远去。

【众动物惊愕。

49.迷离梦境之梧桐谷　日　外

【魔幻树。众鹫鸟推开节疤之门窜出来，最后霄皇也飞出。

【鹫鸟们在空中盘旋，四处张望，似在寻找。

【躲在密林里的山猪拽着两片树叶遮住自己，窥探，四肢因紧张而发抖。

50.一片竹林　日　外

【小凡沿着一片竹林飞行。

【前方已到山脚下，竹林犹未尽，向上延伸到一片极高的山冈之上。

【小凡累了，停在一块石头上，低头发呆。

【小雪和阿墨飞来。小凡听到了他们的声音，但没有回头。

【小雪欲上去，阿墨拦住她。

阿　　墨　王……

【小凡不高兴地将头一扭。

阿　　墨　小凡。

【小凡回头看两只乌鸦。小雪努力做出笑容。

小　　雪　有些事，我们没有对你说清，对不起。其实，我们自己也是糊里糊涂。不管怎样，结局很好，你是凤凰，我们的王，整个天地最了不起的鸟。

小　　凡　是最孤单的鸟。

阿　　墨　你不孤单，我们都拥戴你。

小　　凡　我不喜欢被拥戴，那就是没有父母，没有朋友，要做一些根本做不到的事。你说过，要做一只平凡的鸟。

阿　　墨　是，我说过。可是，平凡的鸟也可以在平凡的生活里偶尔做一些了不起的事，如果那是必须的，即使艰难，也得去做。

小　　雪　我们会以你为骄傲。知道你是凤凰，我感到既高兴又……失望。我有时候宁愿你不是凤凰，而是我的亲生孩子。这很罪恶。但是，不由自主这么想。其实，我早该知道你不是，但还是自欺欺人。现在，事实很清楚，你是神鸟，我们不该奢望。不过这样挺好，……我还是高兴，还会常常想起我把你孵出来的情景，那是最美好的回忆。我应该忘掉这回忆，可是还会想起来，每时每刻……

【小雪已是满脸泪水。

【小凡也受到触动,眼中闪出光彩。

小　　凡　你们还会做我的父母吗?

【阿墨、小雪痛苦地低下头。

阿墨、小雪　你是王。

【小凡失望地扭过头。

【小凡从怀里取出那枚桃核,递给小雪。

小　　凡　我不是你的孩子,这个该还给你。

小　　雪　这是我离开凤凰岛的时候带走的一枚记忆树的果核,代表着我的一个错误,也代表我对凤凰岛的怀念,它是我最珍贵的东西,每当看到它,就想起离开凤凰岛的时候,凤凰王与我的约定,当我回到凤凰岛,她会第一个迎接我。这个果核不单是我的,也是属于你的。

【小凡收起果核。

【童颜飞过来。

童　　颜　天哪,你果然偷吃了记忆树的果子。

小　　雪　哦,对不起,这个时候提起这个,真难堪。可我吃的肯定不是记忆果,因为我除了觉得味道太涩以外,没有唤起任何记忆。

童　　颜　真希望是。现在,一场大火,把一切都烧光了。你刚才说凤凰王答应第一个迎接你,她做到了。

小　　雪　对,那枚蛋。

童　　颜　那是浴火重生的结晶。(对小凡)你确实是凤凰,我们的王,请担起属于你的责任。

小　　凡　我不知道谁是凤凰,我做不到。

童　　颜　你要相信自己。

【小凡无言。

童　　颜　这竹林很长是不是,你沿着它飞,为什么飞到这里停下来，因为前面是山？

小　　凡　没力气了。飞上去也没意思。

童　　颜　为什么不试试？也许上面的风景让你眼界大开。跟我来吧。

【童颜向上飞，飞得很吃力。

【小凡也追上去，向上飞。

【他们一道飞上高冈。

【小凡飞上高冈，惊讶地发现，面对的是一片大海，阳光照耀下的海水无边无际，波光粼粼。

51.天鹅湖一带　日　外

【红莲飞到天鹅湖一带。湖的两边有一些木宅。

【红莲飞进那些木宅，却发现一间一间都是空的。

红　　莲　为什么一个动物都没有？哦，对，这是梦境。

【红莲发现湖中那些荷叶和点点红莲。

红　　莲　啊，真美！

【红莲飞进荷叶间，抚摸着那些荷叶和红莲。

【天鹅夫妇也飞过来。

阿　　朱　红莲，红莲。你去哪儿了？

阿　　伦　她是在躲着我。

【他们环顾四周。

阿　　朱　没有鹫鸟帝国的拱门，也没有我们的小酒店，这是当初的天鹅湖，真正的天鹅湖。

【阿伦和阿朱看见了湖中的荷叶和红莲，露出愉悦的神色。

阿　　伦　还记得这里吗？我举着一朵红莲向你求婚。

阿　　朱　一天都没有忘记。

【阿朱脸上升起幸福的红晕。

【他们不约而同地飞进荷塘，停在荷叶间。红莲悄悄地在荷叶缝中看他们。

52. 高冈上　日　外

【童颜和小凡观赏着海中景象。

童　颜　怎么样，世界可以很广大，只要你的心不是太狭小。

小　凡　这里是个海岛？

童　颜　五百年前，这里只是一个不毛之地，后来天地之灵凤凰来了，培育万物，滋润生灵，把它建设成世上最幸福的地方，是无数鸟兽的天堂。鹫鸟来了，用一场邪恶之火破坏了这一切，许多动物在战斗中牺牲。现在我们继续战斗，因为幸福是我们没法遗忘的梦想。

【童颜一边说一边指着梧桐谷的美丽景象，让小凡观看。

童　颜　现在，让这个梦想再次实现的人出现了，那就是你。你就是凤凰，她的重生。

小　凡　可我记不起以前的事。也没有那样的神力。

童　颜　嗯，一定是还缺少哪个环节，这需要时间。但是，首先，你必须有这样的信心和责任感。

【小凡无言地思索着。

53. 天鹅湖一带　日　外

【天鹅湖中荷叶间。

阿　伦　得到你是我一生第二幸福的事。

【阿朱不满地皱皱眉。

阿　伦　生了个聪明美丽的女儿是第一幸福的事。

【阿朱假装不高兴地噘嘴。

阿　朱　没有那个第二，可不会有这个第一。

阿　　伦　我的意思是……

【阿朱一笑，竖食指示意不必说。

阿　　朱　跟你开玩笑的。她确实是太可爱了，是我生命中的无价之宝。

阿　　伦　是我的一切。

【阿朱又皱眉，假装不满。

阿　　伦　呃……当然还包括你。

【阿朱又皱眉。

阿　　伦　呃……还有我那富态的丈母娘。

【阿朱莞尔一笑。

阿　　伦　那个小可爱，我太爱她，所以也怕她。

阿　　朱　怕她？

阿　　伦　我一直有压力，怕有一天她看见我的本来面目，会厌恶我。

【红莲一直在荷叶丛中听着他们的对话，听到前面的对话时脸色甜蜜，现在听到这话又好奇地睁大眼睛。

阿　　朱　所以你宁愿违背诺言，答应跳天鹅之舞。

阿　　伦　是的，我真害怕，当她发现我本来的面目不是天鹅，而是……，她会用那种眼光看我，我也许再也有没有勇气当她的父亲……

【（闪回）

红莲　它太难看了，我最讨厌青蛙，它是世界上最恶心的动物。

红莲从荷叶丛中跳出来。

（闪回结束）

红　　莲　我才不管你本来面目是什么，我只讨厌不敢坚守诺言不够勇敢的人。

【天鹅夫妇看见红莲出现，又惊又喜。

阿　　伦　是真的么，你不在意我是……

红　　莲　哼，你太不了解现在的小孩了，外表并不重要，哪怕你是臭鼬、跳蚤、鼻涕虫，那又怎样？勇敢的爸爸就是最帅的爸爸。

阿　　伦　我是傻爸爸。我答应你，从现在起，我永远不会是懦夫。相信我吗？

红　　莲　相信你，你也是为了我。

【红莲与爸爸妈妈拥抱。

【这时胖天鹅纤纤也飞过来，眼眶湿润。

纤　　纤　这么感人的时刻不能少了外婆。

【这时，纤纤加入拥抱，荷叶承载不了她的分量，突然下沉入水。

54.竹林旁　日　外

【波波沿着竹林狂奔。

【波波路过雌雄乌鸦身边。

波　　波　鹫鸟飞过来了。

阿　　墨　（朝高冈上的小凡、童颜喊）鹫鸟来了，小心！

【霄皇已经带领众鹫鸟出现在空中，疯狂地俯冲过来。

【童颜吓得趴到地上。小凡躲闪不及，被霄皇的翅膀扇起的风冲中，往后倒下，头向海面，两腿倒挂于岩石。

【霄皇与众鹫鸟折回，再次俯冲。

【小凡勉强翻身，跳开，飞到海面上。

【高冈被鹫鸟冲垮了一大片。

【小凡调整好姿态，以翅膀画了一个圈，强烈的气流向鹫鸟袭击，鹫鸟受到冲击，往后退。

【霄皇再带领众鹫鸟冲过去，挥翅膀，掀起巨浪，小凡翻滚着坠入波涛。

童　　颜　（焦急地）相信自己，激发“道”的潜力，还有责任感。

小　　凡　都知道，可我已经尽力了。

【小凡奋力调整身姿，沿着压过来的巨浪向上冲，终于勉强地超过浪头，但身上也被水沫打湿，狼狈地回到高冈。

【波波、阿墨、小雪已赶过来。

童　　颜　天鹅一家在哪？

波　　波　她们在天鹅湖。

童　　颜　快去跟他们会合，一道逃出迷离梦境。

【众鹫鸟又冲过来。

小　　雪　怎么走？

波　　波　走竹林，他们看不见。

【波波率先冲进竹林。众动物也钻进竹林。

55. 竹林中　日　外

【众动物在密密的竹林中穿行。

【波波扭腰摆胯地挤来挤去。众鸟时时被枝叶挡住，也常要扭腰歪头，十分不便。

小　　雪　这可不是适合淑女走的路。

波　　波　适合逃亡者。

【众鹫鸟在上空，只见竹涛阵阵，不见众鸟身影。

小　　雪　未必，他要是切断竹子……

波　　波　求求你，别说不吉利的话。

【小雪又不幸言中，霄皇以翅膀做切的动作，整片竹林竟被拦腰切去一半，失去枝叶的遮掩，众动物被鹫鸟尽收眼底。

【小凡挥翅膀做向上的动作，竹林被切去一半的地方又瞬间恢复，枝叶再次遮掩了他们。

【霄皇挥翅膀做了个猛烈的连根拔起的动作，整片竹林竟被拔去，消失无踪。

【但此时竹林中已空空如也，动物们不见了。

56.峡谷中　日　外

【众鸟与波波已拐进旁边的一条峡谷，向天鹅湖的方向前进。

57.天鹅湖　日　外

【众鸟与波波飞来，停在湖中桥上。他们看见荷塘中的天鹅一家。

童　颜　鹫鸟快来了，我们快去魔幻树，离开这里。

阿　伦　那未必能摆脱鹫鸟的追杀，不如拼死一战。

童　颜　可是凤凰，她赢不了霄皇。

【正说着，众鹫鸟已飞来。

霄皇发掌攻击小凡，小凡举掌迎击。两鸟掌风相抵，小凡节节后退，霄皇进逼，两鸟保持这样对抗的姿势绕着天鹅湖退了一圈。

【最终小凡抵抗不住，松手，被击倒在桥上。

阿　伦　怎么会这样？她是凤凰的新生，拥有完整的天地之灵。

童　颜　也许并不完整，还缺少点什么。

【童颜有意无意朝阿伦头上的冠羽望去。

【阿伦似乎明白了，慢慢伸手到头上，准备拔去冠羽。

阿　朱　不，老公！

阿　伦　红莲，看着爸爸。

【阿伦拔去冠羽，立刻变成一只青蛙。

【红莲惊惧，“啊”地大叫一声，躲进荷叶丛。

【阿朱追上去。

【阿伦露出极度失望的表情。

【伏在栏杆上的小凡也看到了这个情景。

58.荷叶间　日　外

【阿朱找到把头埋在荷叶间的红莲。

阿　　朱　你说过，不在乎爸爸的本来面目是什么，哪怕他是山猪、刺猬、鼻涕虫。

红　　莲　可青蛙比鼻涕虫还难看。

阿　　朱　你这样让爸爸很伤心，他会彻底失去信心。

【红莲低头无语。

59.桥上　日　外

【阿伦毅然持冠羽跳到桥上，把冠羽递向伏在栏杆上的小凡。

童　　颜　快接着，戴上，它是你的王冠，可以给你补充神力，成为真正的万鸟之王。

【小凡望着冠羽和阿伦，没有去接，目光复杂，似在挣扎着什么。

【霄皇飞过来，大力拂去冠羽，冠羽飞到高空，越过一侧的山梁，消失不见。

【鹫鸟群再次朝动物们扑过来。

童　　颜　最后一个办法，我们飞过山梁，去花果之林。

【众鸟在仙鹤带领下飞越山梁，山猪波波也从地面跟上。

小　　凡　（大喊）啊！

【小凡使出所有力气挥翅膀，逼退霄皇。

【小凡转身飞过山梁。

【霄皇率众鹫鸟追过去。

60.山梁上　日　外

【霄皇示意众鹫鸟停住，落在山梁上。他们朝下望去，下面又是一个峡谷，峡谷中桃花、梨花、梅花等树木打破季节的限制，一片绚烂。众动物的身影在林中隐约可见。

鹫鸟翩　为什么不追杀？

霄　　皇　也许是个陷阱。

【（闪回）

凤凰挥动翅膀，无数梨花花瓣随之飞旋，变成漫天大雪，笼罩了鹫鸟群。大雪把众鹫鸟淹没，最后形成一座雪山。许久之后，一只小鹫鸟艰难地从雪地中钻出头。

（闪回结束）

61. 花果林中　日　外

【众动物进入花果林。红莲落在后面，刻意拉开与阿伦的距离，阿伦眉头紧锁，显得心情沉郁。

童　颜　（对小凡）你为什么不接受冠羽？三年前，青蛙就该及时还给你，他迟了。现在他拿出勇气弥补这个过失，你却拒绝给他这个机会，为什么？

小　凡　不知道。

小　雪　好了，童颜，说说你的新点子吧。

童　颜　这个梦境既然是三年前的凤凰岛，那么这里也应该有三年前的记忆树，我们只要让她吃了树上的记忆果，也许就能唤起她之前的记忆，过去和现在打通，她就会成为真正的凤凰。

纤　纤　这点子真绝，不过有点雷人。

阿　朱　可听说树上的果子有三千六百多个，哪只是真正的记忆果呢？

童　颜　呃，这个……

波　波　让她把每个都吃一遍？

童　颜　呃……

纤　纤　她会撑死。

童　颜　这……只是个技术问题，还是先找到记忆树再说吧。

小　雪　我记得位置。

【动物一行穿过一株株树木朝深处走。

62.花果林深处　日　外

小　　雪　我记得就在这里。

童　　颜　没错。

【众动物到达花果林某处。他们看到的是一番意外的景象：整齐栽种的一行行一列列树木恰在这里缺了一棵树，只留下一个种树的浅坑。

小　　雪　真是怪事一桩。

【童颜在思索。

阿　　朱　也许这个梦境本身就是残缺的。

童　　颜　残缺，就意味着该去填补。

纤　　纤　用什么来填？

阿　　伦　种子。

波　　波　记忆树都被那场大火烧光了，哪来的种子。

童　　颜　还留下一颗。

【童颜意味深长地看着小凡。

【小凡从怀里取出那枚果核。

小　　雪　各位，解释一下，这本来是我保存的。年轻时贪吃了一颗记忆树的果子……不过，你肯定我吃的是唯一的那枚记忆果？我可是什么感觉也没有。

童　　颜　奥妙在于果核，而你吃的是果肉。

小　　雪　哦，看来我真是有先见之明。

【小雪得意。阿墨皱眉，小雪注意到了，便撒娇地偎到他怀里。

童　　颜　（对小凡）当年是你种的，现在也该由你来。

【小凡愁苦地把果核投入浅坑。

【果核嵌入浅坑，但什么也没发生。

波　　波　也许该浇点水。

纤　　纤　也许是你的手法不对，应该更轻柔一些，像天鹅舞的下降动作。

童　　颜　是否需要施加“道”的力量？

【小凡痛苦。

小　　凡　对不起，我真的不行，我真的不是你们希望的凤凰。让我做平凡的鸟吧。

【小凡落泪，泪水滴入浅坑。

【果核忽然开始发芽，然后节节长大，瞬间变成一株桃树，花蕾点缀枝间，既而朵朵绽开，妖艳芬芳。一转眼，又落花结果，满树仙桃！

【众动物惊喜，震撼！

【小凡也为眼前的情景感到惊异，脸上露出兴奋之色。

波　　波　哪只是真正的记忆之果？

童　　颜　我想应该每只都是。（指着仙桃，对小凡）当初是你种的，现在……

小　　凡　（接过童颜的话头）该由我来吃。但是，我有个请求，请你们答应。你们陪我一道吃，每个人都吃一个。

【众动物犹豫。

小　　凡　我觉得应该这样才合适。你们不是说我是以前那只凤凰吗，我是这么想的，那只凤凰也应该跟我想的一样，对吗？

【童颜点头。众动物以目光表示同意。

【小凡摘下一颗仙桃，然后以目光示意大家。众动物也分别摘一个。大家都吃了一口仙桃。

【吃了仙桃的每个动物都显出惊喜、愉悦、陶醉的神色。

【吃了仙桃的小凡睁大眼睛，眼中闪出异样的光彩。

【小凡感觉，恍惚间，面前的花与树似乎开始有韵律地波动。

小　　凡　（画外音）我做了一个很长的梦。

【（画外音伴随画面）从记忆树的一片叶子上落下一滴露珠，露珠放大，犹如一面镜子。

【（镜子里出现一系列的图像）天上的七彩云朵涌动，继而缠绕盘旋，形成一个旋涡，向大地灌注。画面达到极亮以至全白。

【画面上出现一黑一白两块圆形的石头，背景虚化。

【两石同时破裂，从中出来两只雏鸟，分别有光环笼罩。他们瞬间长大，白石中出来的是五彩羽毛的雌鸟凤凰，头顶有孔雀似的冠羽。黑石中出来的是灰首黑身嘴爪尖锐的雄鹫鸟。二鸟怒目对视。

【众仙鹤飞过的画面。

【两只小鹿在林间悠然鸣叫。

【凤凰在一片花丛中舞动，四周环绕的动物喜鹊、松鼠、鹰、山羊、山猪等愉悦地伴舞。

【鹫鸟身上的羽毛飞离身体，化为无数小鹫鸟，在大鹫鸟的带领下向凤凰俯冲。凤凰挥动翅膀，放出一道红光，大鹫鸟也挥动翅膀，放出一道紫光，两光交错布满画面。

【大鹫鸟与众鹫鸟仰头坠落。只余一只鹫鸟目光愤恨，展翅飞去。

【新的大鹫鸟率领众小鹫鸟从高处冲下。凤凰再挥翅膀，无数梨花花瓣随之飞旋，变成漫天大雪，笼罩了鹫鸟群。大雪形成一座雪山，一只小鹫鸟艰难地从雪地中钻出头。

【凤凰在空中展翅，傲然下视。但她的羽毛已黯淡，翅膀的动作显得迟缓沉重。

小　　凡　（画外音）我看见她在种记忆树时，也流下了眼泪。

【（画外音伴随画面）衰老的凤凰在花果林中种下一枚果核，从她的眼中落下两滴眼泪。

小　　凡　（画外音）每个吃了记忆果的动物都做了这样的梦，这是我们共同的梦。

【画面因为眼泪而变得模糊。然后逐渐清晰。露珠镜中出现了凤凰的脸。

小　　凡　（画外音）只是，我的梦更长。

【(以下为画外音伴随画面)镜外的小凡与镜中的凤凰对话:

小　　凡　你是我吗?

凤　　凰　我是你。

小　　凡　我是你吗?

凤　　凰　不,你是你自己。

【小凡面前花与树有韵律的波动停止,标志着刚才的梦幻结束,回到现实状态。小凡与众动物相视而笑。

(伴随画面结束)

小　　凡　我是凤凰。

【众动物露出喜悦之色。

63.天鹅湖上空　日　外

【小凡与众鸟飞越山梁,回到天鹅湖上空。

【阿伦和波波从地面奔跑、跳跃,翻过山梁,直到天鹅湖的桥上。

红　　莲　原来我们都做了同样的梦,这是我遇到的最有趣的事。

阿　　朱　对。也是我家四口第一次做同样的梦。

【桥上的阿伦朝天上的红莲看了一眼。红莲扭过头去。阿伦叹了口气。

【众鹫鸟在霄皇的指挥下,从四面飞来,把他们包围在当中。

小　　凡　我们一道打败他们,只要相信自己,激发身上的潜能。

【桥上的阿伦朝天上的众鹫鸟做勾手指的挑衅姿势。

阿　　伦　冲我来吧!

鹫 鸟 翮　(嘲笑地)一只低级的青蛙,你能跳到天上来吗?那样才有做我对手的资格。

【阿伦纵身一跳,不知怎么竟一下子跳到极高的空中。众鸟兽愕然。空中的阿伦看看自己的腿,露出诧异之色。原来他已变回天鹅。

【阿伦落下,踩到鹫鸟翮的背上,鹫鸟翮想摆脱却无法摆脱。阿伦像踏滑板一样在空中驾驭着他,最后,把他踩到桥上。鹫鸟翮在桥上狼狈地翻了个跟头。当他坐起来时，阿伦面对他讥讽地举起中指。

阿　　伦　这是"道！"

【另一只鹫鸟从背后袭来，阿伦一拳抡去，鹫鸟被打入湖中，半晌才像落汤鸡一样爬到桥墩上。

【众动物看到阿伦的表现，惊喜。红莲眼中也放出光彩。

童　　颜　这是记忆之果的威力。

【霄皇冲过来，阿伦跳到高空迎击。霄皇扇动翅膀，掀起狂风，阿伦在狂风中灵活翻身，落在荷叶上。

【阿伦以翅膀掠过水面，满塘荷叶荷花被切断。

小　　凡　（提醒阿伦）"草木道"，用于荷叶。

【阿伦跳到水面，拾起一片荷叶，阿朱会意，也持一片荷叶在手，两人飞到空中，动作一致地以荷叶把两只鹫鸟扫落到桥上。

【纤纤持荷叶也加入到天鹅夫妇的团队，以跳天鹅舞的方式在空中与众鹫鸟作战，纤纤现在已变得身轻如燕。众鹫鸟被击败。

【红莲看着父母与外婆的表演，十分兴奋。她手里持一支红莲花，跃跃欲试。

64.湖中　日　外

【霄皇以翅膀掀起巨浪，淹没了三只天鹅。随即，水流结冰，巨浪冻成冰峰，三只天鹅被封在冰峰中。

【红莲撞冰峰，却毫无效果。

【红莲焦急。

小　　凡　（提醒红莲）试试你的红莲。

【红莲以手中红莲摔打冰峰，冰峰瞬间解冻，三只天鹅解脱。

【霄皇的利爪扑向红莲。

【阿伦旋转荷叶向霄皇抛去。霄皇看着高速旋转的荷叶，感到眩晕，大叫一声，飞远。

65. 桥上　日　外

【波波看到阿伦的神勇表现，急得在桥上自己比画拳脚。

波　　波　我会点什么？

【被两片荷叶推到桥上的鹫鸟看到波波的傻动作，一齐以利爪向他袭击，山猪被抓出两道血痕。

【两只鹫鸟飞到空中，轻蔑地看着波波。

鹫鸟一　你真可怜，不会飞，也不会跳。

【波波拿起桥上的两片荷叶，像翅膀一样扇动，竟真的飞到空中。

【波波左右开弓，以头把讽刺他的两只鹫鸟撞晕，两只鹫鸟跌落到童颜面前。

【童颜以他的一条长腿踢过去，两只鹫鸟被踢飞。

童　　颜　从此我是铁腿鹤。

66. 空中　日　外

【空中飘来一片“树叶”，它是霄皇的隐形。

【“树叶”悄悄逼近小凡，欲偷袭。

【阿墨的眼睛闪出亮光，他看破了霄皇的隐形。

阿　　墨　注意身后！

【阿墨冲过去拽那片“树叶”。

【霄皇现形，回手袭击阿墨，小凡挥翅膀迎击，与霄皇相持。

【小雪抚着阿墨的肩膀。

阿　　墨　老公真棒，你有了一双神眼。只有我没有进步。

【阿墨拍拍她的手以示安慰。

67. 空中　日　外

【小凡与霄皇在相持中渐处下风，快支撑不住。

小　　凡　我们联合起来，同时发出“道”之神力。

小　　雪　我来发号令。一定会赢。

【小雪举手。

【众鸟兽做好准备。

童　　颜　糟了，雌乌鸦的预言只对坏事有效。

小　　雪　“道！”

【小雪把手落下。

【众鸟兽同时向霄皇推掌。霄皇受到巨大的力量冲击，像炮弹一样飞向无限远处。

【童颜看着霄皇飞去的方向，脸色忧虑。

童　　颜　发生了方向错误。他飞向了梧桐谷。如果抢先从魔幻树的入口逃走，再把入口加上封印，我们就会永远困在迷离梦境。

【阿墨失望地望着小雪。小雪下意识地捂嘴。众动物沮丧。

小　　凡　不要泄气，只要有信心，就会有希望。我们同时发出“道”的力量，联为一体，以最快的速度冲向魔幻树。

68. 空中　日　外

【众鸟兽手挽手，联成一体，向远空冲去。

69. 魔幻树下　日　外

【霄皇落到魔幻树前的密林中。他回首看见魔幻树的节疤之门，露出得意的笑。

霄　　皇　为你们来一项免费服务——美梦人生。

【霄皇正欲飞进节疤之门，众鸟兽联手飞到。

小　　雪　看来并不晚。

【霄皇愤恨。

小　　凡　我们还是立刻离开。

阿　　朱　（对拖后的红莲）宝贝儿，跟紧。

【众鸟兽依次飞进节疤之门。

【轮到最后一个小天鹅时，她突然发现那枚被鹫鸟之王打飞的冠羽挂在魔幻树的树梢上。

【红莲改变方向，飞向树梢，取下冠羽。

【霄皇看到此情景，射出阴险的目光。

【众鹫鸟飞来。他们都狼狈不堪。

鹫 鸟 翮　王，带我们一起走。

【红莲发现情况不妙，立刻飞下来，争抢节疤之门。

【霄皇指着红莲。

霄　　皇　时间来不及了，快赶走她。

【众鹫鸟把红莲拽开。

【霄皇立刻飞进节疤之门，反手把门关上。

70.鹫鸟宫大殿　日　内

【众鸟兽依次从梦境之门飞出。

阿　　伦　都齐了吗？

童　　颜　数数我在行。没错，是九个。

【这时霄皇从门中飞出，然后反手拾起地上的羽毛贴到门框上，加上封印。

71.魔幻树下　日　外

【众鹫鸟和红莲一道拼命地拉节疤之门，却怎么也拉不开。

鹫 鸟 翮　一定是加了封印。

72.鹫鸟宫大殿　日　内

小　　凡　（对霄皇）凤凰岛是我们的家，把家还给我们。

【霄皇扇动翅膀，牡丹花座椅突然花瓣绽开，高速旋转。

【霄皇撞开一扇窗，飞出，窗子旋即“砰”地关上。

【牡丹花变成大火，燃烧起来。

【波波去撞窗子，却撞不开。

童　　颜　所有的窗子一定都加了封印。

小　　凡　击穿所有的天花板，从宫顶出去。

【众鸟兽齐击掌，几层的天花板都碎裂。露出残破的宫顶，宫顶是巨树的树冠。

【众鸟兽手拉手，一齐向上冲，熊熊大火在下面追逐着他们。

73. 鹫鸟宫宫顶的树冠　日　外

【众鸟兽从缺口飞出，落在树冠上。却发现霄皇已等在树冠上。

霄　　皇　都到齐了吗？

【阿伦突然醒悟。

阿　　伦　少了一个，红莲。

童　　颜　（懊丧地）我少数了一个。

霄　　皇　她和我的一些羽毛在梦幻之境。

阿　　朱　天哪！

【阿伦欲跳下，这时火苗已使整个宫殿成为一个火桶。

【阿伦才向下滑行两步就被飞起的一块带火的木片烧着，只得咬着牙跳上来。阿朱等帮他扑灭身上的火，阿伦背上被烤焦了一块，还冒着青烟。

霄　　皇　别傻了，这是我修炼最深的火之“道”。只有你，所谓浴火重生的凤凰，才有资格试一试。在你再次变成一颗蛋之前，也许有机会救起他们，也有可能白白牺牲。你怎么选择呢？

74.魔幻树下　日　外

【众鹫鸟各自嘴衔一个仙桃，与红莲一道飞来。

【众鹫鸟已经吃掉了仙桃，嘴里咀嚼着。

鹫 鸟 翮　为什么要吃这个桃子。

红　　莲　它也许可以给你神力，打开这个门。

【众鸟一齐扳门，依然无效。众鸟瘫软。

75.鹫鸟宫宫顶的树冠　日　外

霄　　皇　你的选择要快，梦境之门如果被烧坏，就回天乏术了。

【众动物焦虑地看着小凡。霄皇脸上露出讥讽之色。

【小凡面对下面的熊熊大火，纵身跃下。

【众动物惊愕。霄皇脸色难看。

【小凡所到之处，火苗自动避开，浴血重生的凤凰已超越了火的淫威。

【小凡落到大殿梦境之门前，大门已被烧着。

【小凡奋力揭开门框上的羽毛。

76.魔幻树下　日　外

【众鹫鸟开始离开。

鹫 鸟 翮　去找找有没有别的门。

【红莲也泄气了，准备飞离。

小　　凡　（画外音，极细微）红莲，我是小凡，你的朋友。

【红莲听见了，立刻再开节疤之门。门被打开。

77.鹫鸟宫大殿　日　内

【红莲与众鹫鸟从梦境之门出来。

小　　凡　跟着我飞。

【小凡穿过火柱往上飞，所经之处，火苗避开。

【红莲与众鹫鸟在小凡身下的无火区域往上飞。

78.鹫鸟宫宫顶的树冠　日　外

【小凡带着红莲与众鹫鸟飞上树冠。

【众动物狂喜。

【阿朱、阿伦、纤纤与红莲搂在一起。

【霄皇绝望。

霄　　皇　（对众鹫鸟）真高兴你们能活着回来，站到我这一边来。

鹫鸟翮　不！

【众鹫鸟拒不听从霄皇命令。

霄　　皇　这样的反抗毫无意义，你们不过是我的羽毛。

鹫鸟翮　我们吃了一种仙桃之后，已经可以成为真正的鸟了。

【霄皇吹口哨，但众鹫鸟纹丝不动。

【霄皇脸上表情痛苦、扭曲，继而又露出诡异的微笑。

霄　　皇　你们赢了。再见。

【霄皇纵身跳进火海中，一片烧焦的羽毛飞上来。

【众动物惊愕。

小　　雪　喂，听到了吗，独脚鹤？我们赢了，这意味着，我成了真正的预言家。

红　　莲　爸爸，我送你一样东西，想不到吧？

【红莲从怀里取出那枚冠羽，递给阿伦。

【阿伦接过却递给小凡。

小　　凡　不。

阿　　伦　为什么？

小　　凡　因为梦里的那句话。

红　　莲　我们共同的梦？

【（闪回）

画面因眼泪而变得模糊。然后渐清晰。露珠镜中出现凤凰的脸。

凤凰　记忆果代表分享，分享我的祝福，我的记忆，还有那来自天地的“道”。它属于万物生灵，同样拥有平等，尊严和勇气。

（闪回结束）

小　　凡　世上已没有凤凰王。

童　　颜　阿伦，那么你戴上吧。

阿　　伦　这取决于我女儿，你的意见呢？

红　　莲　我说过的，外表并不重要。不过，你做青蛙的样子超帅。

【阿伦微笑。

【冠羽被扔到空中。

【冠羽随风飘扬，消失在天地之际的极远处。

【火苗已快烧到宫顶，大厦将倾。

波　　波　我们为什么还待在这个快要烧垮的柴火堆上？

阿　　朱　对，我建议现在就去重建我们的家。

小　　雪　我后悔一件事，为什么不带回一个记忆树的果核。

阿　　墨　我带回了一个。我知道你喜欢这种收藏。

【阿墨从怀里取出一枚果核。

【宫殿开始垮塌。

波　　波　快跑！

【黑场。

【黑场亮。

79. 梧桐谷　日　外

【若干日子之后的梧桐谷。如今，这里草木茂盛，鸟兽欢腾，如同三年之前的景象。一场大型庆典即将开始。

【正前方依然是一株梧桐树，树枝盘曲形成一个平台。

【一只鸟飞上平台威严地站立，是雌乌鸦小雪。

小　　雪　演出即将开始，作为导演……

众 鸟 兽　（起哄声）下去，下去。

【阿墨正在一块岩石上被一群雏鸟幼兽缠着。他们趴在他背上，站在他头上，起哄声即来自他们。阿墨被折腾得无可奈何。

小　　雪　安静，安静，小凡！

【小凡正在轻轻抚弄一株牡丹花，听到母亲叫她，无奈地笑笑。

小　　凡　妈妈，你的位置是儿童专座。

【小凡飞到岩石上，众雏鸟、幼鸟都跳到小凡身上。

【小凡驮着他们飞到平台上，放下。众雏鸟、幼鸟叽叽喳喳地抢位置。小雪被挤得差点掉下去。

小　　雪　我可是导演。

小　　凡　妈妈，有人找你算命了。

【小雪立刻回头，精神抖擞起来。

80.桃树下　日　外

【一对年轻的小鹿羞答答地站在小雪面前。

【小雪煞有介事地观察他们。

小　　雪　作为凤凰岛最著名的预言家，我认为，你们有情人终成眷属。

【两只小鹿惊喜。

两只小鹿　啊，谢谢你。

【两只小鹿不再羞涩，大大方方地手挽手走了。

雌　　鹿　这下妈妈不会反对了。

81. 梧桐谷另一处　日　外

【一株仙桃树下。仙桃满枝。

【波波和童颜守护仙桃树。童颜在数着仙桃的数量。

【一只小兔和一只小松鼠正缠着波波讲故事。

波　　波　就是这样，凤凰知道自己已经衰老，所以把自己身上剩余的“道”之神力种到一棵记忆树上，让大家用吃记忆果的方式来分享。

小　　兔　给我吃一个。因为我想成为飞天神兔。

【小兔做动作，模仿具有神功的飞天神兔的样子。

波　　波　不行，只有等到你成年，并且证明你是只有勇气的兔子才行。

小松鼠　我只想吃一口，因为我对凤凰岛的历史很感兴趣，特别是你的英雄事迹。

【小松鼠狡猾地笑。

【波波被说得挺得意，继而醒悟过来。

波　　波　拍我马屁也不行。

【小兔、小松鼠大笑。

童　　颜　我刚才数的是八千七百七十一，还是八千七百七十二？

【波波摇头。

童　　颜　哦，又得再数一遍。

82. 桃树上　日　外

【桃树顶上，小雪挺起胸，一本正经地准备报幕。

小　　雪　第一个节目，《天鹅之舞》，献给凤凰岛的所有生灵。

83. 梧桐谷　日　外

【阿朱、阿伦、纤纤、红莲飞入画。

【(推全景)山石上、林中、树上、花丛中,各种鸟兽正欢喜地观赏节目。

【四天鹅在空中跳起优美绝伦的天鹅之舞。

【在播放天鹅之舞的画面时,旁边出片尾字幕。

尾　声

84.鸑鸟宫废墟　傍晚　外

【傍晚,一片烧成焦炭的废墟。夕阳如血。

【有风吹过,拂去层层的灰,一只圆形的黑色的蛋从炭灰当中露出来。

【继续出剩余字幕。结束。

3 电影《浴火书魂——张元济》

主要人物简介

张 元 济——本片主人公，商务印书馆创建者之一及灵魂人物，曾是戊戌变法时期的维新志士，南洋公学的译书院主事，一代文人与名士，倡导西学、开启民智的时代先行者，传承民族文化、坚守民族大义的爱国者，同时也是勤谨睿智的企业家，他外在的性格是严肃平实的，他的内在却有一种力量，表现为面对打击的坚忍，面对艰难的坚韧，面对是非的坚决，面对危险时超出常人的从容。其实他的内心有丰沛的激情、鲜明的爱憎，他曾极度痛苦悲伤，也会怅恨茫然或是快意欣喜、热血沸腾，只不过以他成熟练达的修为，多数时刻，外不形于色，化作了云淡风轻。比如戊戌变法的失败给他造成的挫伤，他对于母亲的爱，夏瑞芳与他的惺惺相惜以及夏的遇害给他带来的悲愤，商务印书馆被炸激起他的愤怒与不屈，儿孙承欢的天伦之乐，等等。内外性格有着火与冰式的丰富性，为人处事兼备睿智儒雅与自信果决，这些特点构成了张元济这个人物的魅力。

夏瑞芳——商务印书馆的创始人之一，杰出的大企业家，慧眼识人，敢于开拓，热情而豪侠，精明而大胆，富有远见卓识。他的底层出身和商人本色与张元济的书香门第和文人风范形成对照与互补，相映成趣。他有一个成长的过程，从辛苦打拼的小商人成长为众望所归的商界领袖，更重要的是，从追求将出版这个产业做大做强，转到真正从内心深处认同张元济的教育理想，推动教育事业，利世利民。

高凤池——商务印书馆的创始人之一，夏瑞芳去世后继任总经理。性格和思路比较保守僵硬，但敬业精神毋庸置疑。在电影中，他与张元济意见相左，时有冲突，这既是真实再现，也恰好契合故事戏剧性的要求。他与张元济只是观点不同，但同样都是献身商务的元勋。相比张元济更多地将教育兴国的文人理想寄托于商务馆的发展运行之中，高凤池更强调企业追求利润的商业逻辑，他的观点纯粹从商业的角度而言，也不无道理。只是张元济的眼光超越了商业领域，从国家兴亡和文化担当的层面赋予了商务馆更宏大的使命。所以他们之间在决策上的抵牾和观念上的冲撞既反映了一种哲学式的悖论，也可以看作是经济效益和社会效益两者矛盾的一种反映。当商务印书馆和东方图书馆被日本人的炸弹焚毁时，高凤池和张元济的手握到了一起，对商务共同的爱和对日本侵略者共同的恨使他们彼此理解，心灵相通。

鲍咸昌——商务印书馆的创始人之一。夏瑞芳的妻舅，主管商务馆的印刷业务，贡献巨大。高凤池之后继任总经理。性格较圆滑、较“面”，遇到矛盾习惯于两边说好话，和稀泥，有时显得原则性不强，但他的调和作用有利于商务馆的顺利运行，同样是居功至伟的元勋。

鲍咸恩——商务印书馆的创始人之一。鲍咸昌的兄长。曾主管商务馆的印刷业务，为人忠厚，英年早逝。

蔡元培——众所周知的教育家。张元济一生的挚友。既是文人学者，又有革命家的刚烈之风。他与张元济一样，在国家危亡时奋不顾身地探求强国之路，他的选择与张元济有交集，也有差异，互相映照。张元济比较早就倾向改良，其后注重教育，以文化救国。蔡元培则一度相信激烈的革命手段，也一度在体制内任职，但后来还是专心教育，与张元济殊途同归。

谢太夫人——张元济的母亲，知书达理，在家贫、丧夫的艰苦条件下担负起养育子女的重任，以她不平凡的见识和刚强的性格教育支持张元济，培养出张元济良好的品性和坚定的内心。

许太夫人——张元济的岳母。

许子宜——张元济的妻子，温柔贤淑，愿意放下相府千金的身份，帮丈夫持家，养育子女，支持他的事业，是能给张元济带来温暖的人。

张树年——张元济的儿子，温文尔雅，对父亲充满敬爱。

张　珑——张元济的孙女。

张人凤——张元济的孙子。

（张珑和张人凤在张元济的晚年带给他欢乐，折射出张元济温情的一面，也使教育和文化传承的主题在家庭中再现，同时参与了故事，给影片增加了更丰富更灵动的色彩。）

中岛一郎——日本文化间谍，为日本反动势力破坏中国文化事业，劫掠中国文化遗产服务。本次修改中，细化了中岛一郎的形象，他既是个危害中国的间谍，又是个深知中国古籍价值的内行，甚至为使日本得到完整的古籍珍本而反对上司轰炸东方图书馆。这样写既丰富了人物的不同侧面，避免符号化之弊，同时也增加了一个敌人视角，形成对照：有些国人不懂张元济和他事业的价值，而敌人反倒更理解。敌人的炸弹就是对这价值的证明。

岩 崎 氏——日本文化学者，对中国友好，支持中日文化交流。

其他人物：光绪、李鸿章、康有为、梁启超、盛宣怀、伊藤博文、严复、林琴南、胡适、傅增湘、刘承幹、茅盾（沈德鸿）、王云五、陈叔通、高梦旦、李拔可、蒋维乔等。

编剧说明

一、片名与主题

电影片名为《浴火书魂——张元济》。“书”，乃张元济先生一生所系，而书的意义在于它传载着思想和精神（所谓“书魂”），先生借出版图书开启国人之智，保存文化之种，探索强国之路，电影表现的就是这样的主题。

“火”，是剧本中的一个重要意象，它首先实指1932年日寇烧毁商务印书馆的那场野蛮大火，这个场景在剧本中是个高潮段落，并有多个“火烧书籍”的类似场景（如八国联军烧北京城、夏瑞芳烧印废的书、老派绅士烧《迦因小传》等）不断复现；其次暗喻先生个人乃至整个国家、民族遭遇的种种火一般的磨难和考验，磨难没有导致沉沦，却带来自新与自强，终如凤凰浴火重生。体现在剧本中就有这样的场景：上海迎来日本投降、抗战胜利的喜庆时刻，张元济给孙子张人凤放了一只凤凰形状的风筝。

二、内容与结构

剧本以张元济先生一生主要经历和三次思想转折为线索来讲述故事，结构全片的戊戌变法代表他从个人科举入仕到力图通过政治体制的改革来救国复兴的第一次转折；入南洋公学则是他尝试大学教育、培养精英人才的第二次转折；结识夏瑞芳，投身商务馆，是他开拓出版事业、开展大众教育、“振新国民精神”的第三次转折。其中有详有略。略写戊戌变法时代的早期经历，重点写 1902 年进入商务馆到 1932 年日本人轰炸商务馆这期间的几个重要事件：出版最新教科书、夏瑞芳遇刺、出版《四部丛刊》和《百衲本二十四史》、商务馆被炸、抗战胜利后商务馆重焕生机。

晚清的西学之书在民众的脑海里播下反封建的种子，为辛亥革命推翻清廷提供了群众基础，而马列主义传到中国，无疑为新民主主义革命准备了思想条件。中国古籍则传承传统文化，保留了中华文化的精魂。这三类书都曾在商务馆出版。所以张元济的事业利国利民，有着远远超越企业本身的意义。

因而，1932 年，日本要轰炸的不是军队，不是政府的强力机构，而是作为文化基地的商务印书馆。商务馆被日本侵略者炸毁，这不是日本的成功，而恰恰昭示了它的失败。这不是商务馆的悲哀，而恰恰是商务馆及创建它的张元济的荣耀。战火烧毁了张元济的商务馆，却烧不毁他的精神意志，反使商务馆如凤凰涅槃，浴火重生。这成了整个中国命运的一个寓言，中国虽遭外族入侵，屡历劫难，但只要中华文化的魂魄犹存，就会如凤凰涅槃，在烈火中重生。

三、人物与风格

张元济置身于那个动荡开合、波澜壮阔的时代，其本人也是近代史上的名流群英之一，剧本内容既围绕张元济这个当之无愧的核心来展开推进，同时适当着墨张元济与一些历史人物的交往，包括康有为、李鸿章、蔡元培、梁启超、胡适、严复、林琴南、茅盾以及傅增湘、刘承幹、陈叔通、蒋维乔、高梦旦等，并刻画若干历史事件以表现时代风云，从戊戌变法到辛亥革命、五四运动、日本侵华等，不使此片格局过于褊狭，而成为格调较高具有历史感的作品。

另外，在商务馆内部，除了张元济这个灵魂人物以外，还刻画了夏瑞芳、高凤池、鲍咸恩、鲍咸昌这几个创始人，他们与张元济一起构成创业团队的群像，他们与张元济的不同关系，彼此相惜或冲撞，也形成故事发展的另一条轨迹。

四、史实与创作

处理史实与创作两难的原则是“大事如钉，依据史实；细节虚构，戏剧化提升”。

本剧本的写作主要基于《张元济年谱长编》（张人凤、柳和城编著，上海交通大学出版社），《我的父亲张元济》（张树年著，百花文艺出版社），对张元济后人张人凤先生的采访，以及张人凤、张珑的回忆录和传记作品，也适当参考王绍曾、周武、张荣华、叶宋曼瑛等人的著作和其他各种相关文献、影像资料等。

剧本中的主要事件和发生时间基本依据史实，但为创作考虑，也有一些地方进行了发挥和调整。我的考虑是在尊重史实的同时，也要适当平衡电影自身的艺术特点，使创作获得一定的发挥空间，保持情节的完整、主题的鲜明、故事的精炼，有感染力和可看性，引起更多观众的共鸣，避免变成平淡零散的流水账，与报告文学或纪录片区别开来，成为一部既有格调又足够精彩的故事电影。画画有神似贵于形似的说法，我想是否也可借鉴到传记电影的创作中，重在凸显主人公的精神风范、气质情怀，其次再追求情节和细节的真实。

五、篇幅与时间

本剧本表现传主丰富的人生经历和一些历史风云，时长大约需要 200 分钟。

剧本的三幕中，第一幕“戊戌变法”篇幅较小，交代了传主整个人生起伏的起因，也蕴含着他人生追求的理据。剧本重点放在第二幕张元济入主商务馆创造出版事业辉煌的部分。第三幕表现日本轰炸商务馆，张元济与众人去救火以及抗战胜利商务馆度过艰难重焕生机的结局。

六、致谢

从收集材料、初步构思到本稿剧本的写作，整个过程得益于张人凤先生不厌其烦的指导、高明的点拨和大力的帮助！张珑前辈也给予了重要的支持！

鲁连显院长、沈贻炜老师给了我不少指点。影视名家倪震老师热情鼓励并赐教良多。师妹胡小华收集提供了大量的资料。吾用明、沈飞德、张志强、林丽成、江曦、范军等专家，以及浙江出版联合集团、商务印书馆等单位提出了宝贵的建议。浙江大学国际影视发展研究员范志忠教授也给予了难得的指正。

特此致谢！

浴火书魂——张元济

（文学本）

【出片名：浴火书魂——张元济

【出片头字幕

第一幕

1.北京菜市口　1898年(戊戌年)9月28日，日　外

【六个囚笼，被全副武装的清兵押往菜市口刑场。

【囚笼里关的是六君子谭嗣同、康广仁、杨锐、杨深秀、刘光第、林旭，他们都戴着手铐、脚镣，只有头伸出囚笼。

【刚毅骑着马亲自监斩。旁出字幕：刚毅，军机大臣、兵部尚书。

【崇礼带兵警戒。旁出字幕：崇礼，刑部尚书、步兵统领。

【道路两旁、临街的商铺、酒楼的楼上，挤着无数群众围观，他们有的对六君子嘲讽，有的责骂，有的麻木不仁，有的当笑话来看。

群众甲　今天砍几个？

群众乙　六个，六个。

群众丙　听说是阴谋叛乱，想刺杀太后。

群众丁　活腻了。

群众戊　哎，你们说他们头上是不是真的长着反骨？

2.菜市口行刑台　日　外

【六君子被押上行刑台。

【一身红衣，手握大刀的刽子手做好了准备。

3.都察院　日　外

【御史杨崇伊与同僚一边商量一边写奏章，请求慈禧太后批准再杀一批主张变法的人士。名单列出了康有为、梁启超、张元济……

【旁出字幕：杨崇伊，都察院御史。

杨崇伊　康有为，鼓动变法之首犯，当杀。

同　僚　康有为逃到法国去了。

杨崇伊　梁启超，康有为之学生，最得力之党羽，当杀。

同　僚　梁启超逃到日本去了。

杨崇伊　张元济，曾与康有为同日被皇上召见，蛊惑皇上变法，当杀。

【同僚在奏章上写上“张元济”三字。

4.菜市口一商铺二楼　日　外

【临近行刑台的一家商铺二楼的人群中有一三十来岁的年轻人满脸悲愤地看着行刑台，他就是张元济。

【旁出字幕：张元济

5.行刑台上、商铺二楼　日　外

【杨锐痛苦地扭动手脚，似不堪锁链的折磨。

【刘光第表情麻木，似已绝望。

【杨深秀以头撞地，满脸悲愤。

杨深秀　袁世凯，你这个叛徒！

康广仁　（悲哀地）大哥，你在哪？弟弟想你。（康有为为长兄，康广仁为幼弟）

谭嗣同　（大笑地）我谭嗣同死得光荣，死而无憾。（朝四周观看的人群）你们懂吗？

【人群漠然，有人在傻笑。

谭嗣同 （对监斩官刚毅）刚大人，你懂吗？

【刚毅表情轻蔑，示意一个手下上前用工具封住谭嗣同的嘴巴。

谭嗣同 我自横刀向天笑……

【兵弁封住了他的嘴。

群众之一 乱党！叛逆！

【看到这些愚昧群众的反应，张元济满脸愤怒。

【林旭看到了人群中的张元济，向他微笑。

6.闪回·通艺学堂门口　日　外

【殿堂门上有匾，上书“通艺学堂”几个字。学生林旭与张元济谈话。

林　旭 菊生，泰西学问真让我开了眼界。

7.行刑台上、商铺二楼　日　外

林　旭 （画外音，内心话语）菊生，就此别过了。

【张元济向林旭回以微笑。笑容里掩藏着痛惜和悲苦。

8.二楼走廊上　日　外

【一个三十来岁的人急急赶来，焦急地在人群中找人，终于发现了张元济。他就是蔡元培。旁出字幕：蔡元培。（蔡曾与张同在翰林院，现在做翰林院编修，为张元济的好友。）

蔡元培 菊生，杨崇伊写了奏章，下一批的名单里有你，快去找个可靠的外国使馆庇身。

张元济 不必了。发起变法，我有份，他们为变法受难，我也不该逃避。

蔡元培 你！……

【蔡元培动容，激动地望着张元济，两人目光对视。

张元济 走，去找个酒肆。

9. 某酒家、行刑台、人群　日　外(场景交叉)

【某酒家二楼一个靠窗的包厢里，张、蔡二人各持一杯酒，凭窗可见行刑的场面。

【刽子手举起大刀，朝谭嗣同挥去。

【张元济、蔡元培同时将杯中酒洒到地上。

【刽子手举起大刀，朝康广仁挥去。

【张元济、蔡元培同时将杯中酒洒到地上。

【刽子手举起大刀，朝杨深秀挥去。

【张元济、蔡元培同时将杯中酒洒到地上。

【刽子手举起大刀，朝刘光第挥去。

【张元济、蔡元培同时将杯中酒洒到地上。

【刽子手举起大刀，朝杨锐挥去。

【张元济、蔡元培同时将杯中酒洒到地上。

【刽子手举起大刀，朝林旭挥去，林旭睁着双眼，似在微笑。

【张元济、蔡元培同时将杯中酒洒到地上。

群　众 (叫好)杀得好！

10. 酒家　日　内

【蔡元培将酒杯摔到地上，酒杯粉碎。

蔡元培 菊生，去法国使馆吧。你的命比这个朝廷珍贵。

张元济 不，我去找李鸿章，让他替我上书，告诉朝廷，这是错的，大清不可不变法。

蔡元培 (没好气地)这样更加坐实了维新党的罪名，等于是自寻死路。

张元济 鹤卿，不用劝我。你文采好，给我写个墓志铭。（难过地）只是，我对不起母亲。

【张元济转身离去。

11. 走廊上　日　外

【蔡元培追出门。

蔡元培 （激动地）菊生！你母亲我来养。

【张元济停住脚步，转身，郑重朝蔡元培再深施一礼，然后转身沿着走廊远去。

【张元济脸部的特写。

【黑场。

张元济 （画外音，独白，声音深沉）我是浙江海盐人，生于广东。祖上耕读传家为本，出了一个状元、一个进士，世代以藏书、著书、刻书为乐，在梓里中有名声。父亲张森玉，在我十五岁时，不幸辞世。由此家境转艰。

【黑场亮。

12. 海盐张元济老宅　日　内

【出字幕：浙江海盐。

张元济 （画外音，独白）母亲省吃俭用供我上学。

【张元济母谢太夫人正带领众子女给买来的旧屋刷油漆。

【张母辛苦地刷着破旧的木门木窗，汗如雨下。身上的那件粗布旧衣已被油漆溅满，脸上、头发上也是斑斑点点。

【少年张元济给母亲打下手。

13. 张宅内室　日　内

【一面圆镜前，谢太夫人脱去套在外面的素衣，穿上鲜亮的新衣服

（不能为红色），戴上一副手镯。

【镜子里映出谢太夫人的脸庞，虽竭力保持平静，脸上却抑制不住地流露出喜悦和激动。隐隐可见她身后墙上张森玉的遗像。

【屋外，响起“噼里啪啦”的爆竹声。

【张母眼中有笑，眼角却流下泪水。

张元济 （画外音，独白）光绪壬辰年，我考中进士，入翰林院，后来奉母进京。

14. 北京城城门前　日　外

【（画外爆竹声延续）北京城城楼的画面。

15. 京城翰林院　日　内

【京城翰林院内。着官服的青年张元济与其他翰林拱手致意。

【张元济与一年龄相仿的翰林拱手时，两人相视一笑。旁出字幕：蔡元培，浙江绍兴人。

张元济 （画外音，独白）甲午年（1894 年），从翰林院散馆，任刑部贵州司主事，六品官。

16. 前兵部尚书许庚身的宅第　日　内

【前兵部尚书许庚身的宅第，院内张灯结彩。

【厅堂。早上，张元济携新婚妻子许子宜拜见岳母许太夫人，屋内四处贴着喜字。案桌上亮着红蜡烛。

【许太夫人和谢太夫人在上方端坐，张元济与许子宜向她们行礼。

许太夫人 西院就归你们了。

谢太夫人 （向许太夫人）亲家慷慨，我们张家实在惭愧……

许太夫人 （拦住她的话头）贤婿是贫寒子弟，小女是相府千金，若论今天，必然是门不当户不对，可是，我要的是将来。

【许太夫人从身边首饰盒中取出一对玉如意。

许太夫人　(对张元济)这是当年咸丰皇帝赐给你岳丈许大人的如意。

【张元济欲接。许太夫人却收回手。

许太夫人　你岳丈生前做到了兵部尚书、军机大臣,你如在我死前也做到尚书,这个如意就传给你,做不到,它就陪我进棺材。

17.

【画外阵阵炮声和喊叫声响起。

【旧电影中甲午海战的场景。

张 元 济　(画外音,独白)甲午年中日海战,北洋水师全军覆没,乙未年中日签订《马关条约》。这两年改变了两个国家,也改变了很多人。

18.总理衙门门口　日　外

【张元济着官服,从总理衙门大门出来。门两旁站着两名把守的卫兵。

张 元 济　(画外音,独白)我自学英文,考入总理衙门做章京。与广东的康有为、梁启超一样,主张维新变法。为此,我与同道办了个通艺学堂。

19.通艺学堂　日　内

【张元济伸手迎请严复进通艺学堂。严复昂首挺胸,颇为自信。可见门上"通艺学堂"的匾。

【张元济站在通艺学堂的讲台上准备主持严复的演讲。

张 元 济　现在请严又陵先生给我们演讲。

【台下的众学生鼓掌,其中有林旭。

【严复从容不迫地上台。讲台上有茶壶、茶杯。严复先端起讲台上的茶杯，喝了一口，然后手端茶杯开始演讲。

严　复　感谢菊生先生，一是感谢他对我的邀请，二是感谢他与诸同道创办了这个能培养睁眼看世界之中国人的学堂。学堂名通艺，是我建议取的。所谓通，乃是博通中外，所谓艺，不是中国传统之六艺，乃是外国之英语、算学、兵学、商学、农学、矿学、制造之学。物竞天择，适者生存，中国再不向西方的强者学习，中国必亡……

【张元济鼓掌，底下众学生也热烈鼓掌。

20.某大殿前　日　外

张元济　（画外音，独白）戊戌年四月二十三（1898 年 6 月 11 日），光绪帝下了变法的诏书。

21.颐和园内　凌晨　外

【黑场。

张元济　（画外音，独白）四月二十八（6 月 16 日），光绪皇上打破二百年成制，接见只是六品官的康有为和我。

【一盏灯笼亮起，凌晨，青年张元济行走在颐和园的园中道路，灯笼的光投射在他的脸上。前面是提着灯笼的王太监。

【另一盏灯笼亮起，凌晨，康有为行走在颐和园的园中道路。前面是提着灯笼的张太监。旁出字幕：康有为。

【张元济走得稳健。

【康有为神情倨傲，走得急促。

22.颐和园仁寿殿内　日　内

【年轻的光绪帝着龙袍坐在椅子上。

【跪在地上的康有为抬头陈词。

康有为 变法宜速，快变、大变、全变，皇帝用天下至尊之权，施雷霆万钧的手段，铲除奸邪，提拔才俊，改变制度，毕其功于一役！

光　绪 可那些官员不听我的。

康有为 （大声地）将二品以上官员杀掉两个，他们就听了。

光　绪 几年可成？

康有为 如此变法，三年可使中国自立，十年可以富强，二十年可以雪耻。

【光绪帝随着康有为愈来愈激昂的音调而挺直身体，表情振奋。

23. 仁寿殿内　日　内

【年轻的光绪帝着龙袍坐在椅子上。

【跪在地上的张元济抬头陈词。

张元济 变法宜稳，皇上下旨容易，执行还是靠各级官员，但官员们只懂四书五经，不会办理新政，所以要兴办学堂，培养人才，改变官员们的头脑，让他们都真心支持皇上，支持变法，而且会办理皇上的新政。

光　绪 几年可成？

张元济 如此变法，二十年可成。五十年之后，中华当可复兴。

光　绪 （犹豫地）二十年？五十年？

【窗外有人影晃动了几下，又隐去。

【张元济和光绪帝都注意到这个情况。光绪手握拳头，面色愤然。

【张元济皱眉，忧虑地望着光绪帝。

张元济 皇上，变法急不得，火候未到，要等。做大事，要忍。

【光绪帝却还是握紧拳头，拳头在发颤。

【日光里，光绪帝身后的影子曲曲折折。

24. 许府　日　内

【张元济在书房里写奏折，提出多项变法举措。可见奏折的名称：痛陈本病统筹全局以救危亡折。

【妻子许子宜在旁为他研墨展纸。

【在外间的许太夫人悄悄窥视。

许太夫人　（得意地对身边的谢太夫人说）女婿得到了皇帝的破格召见，一定会青云直上。

【谢太夫人只是淡然一笑。

25. 某内殿　日　内

【光绪帝看到了张元济的折子。

张 元 济　（画外音，念折中的主要内容）变官制，废科举，去发辫，除跪拜，消除满汉界限，许满汉通婚。

【此时，王太监又送来一本折子，递给光绪。

王 太 监　皇上，这是康有为的折子。

26. 大殿的台阶上　日　外

【一群刚退朝的保守派官员激烈抨击皇上颁布的变法措施，矛头直指康有为。包括杨崇伊、徐桐、刚毅等。旁出字幕：杨崇伊　徐桐　刚毅。

杨 崇 伊　这个康疯子要立什么议会，设制度局、十二专局，那军机处干什么？六部干什么？地方各省的官员干什么？

徐　　桐　我听说，康有为制作了一种西洋药丸给皇上吃，迷惑了皇上的心志，他是图谋不轨。

【不远处，谭嗣同、杨锐、刘光第、林旭四个光绪新任的军机章京气宇轩昂地登上台阶，向内殿走去，正与这几个官员逆向而行。旁出字幕：谭嗣同　杨锐　刘光第　林旭。

刚　毅　这几个新任的军机章京，有上折子的特权，还有那个袁世凯也要提拔。哼！

27. 北京陶然亭　日　外

【张元济与康有为、梁启超站在亭前谈话。

张元济　长素，我劝你适可而止，不要操之过急，不如回南方去开办学堂，造就一批新的人才，将来自然有人帮忙，一面可以缓和缓和反对的势力。

康有为　你让我弃变法的大局于不顾？

张元济　正是为了维系变法的大局。

梁启超　现在形势大好，正需要先生搴旗击鼓，一战功成。至于办学堂办报纸这些小事，可由学生代劳。

张元济　道家说，物极必反。西人的力学原理说，作用力大，反作用力亦大，长素，你现在的做法过激，本为变法，却成了夺权，如今风云诡谲，大好之局可能毁于一旦。

康有为　不用再说了，你是在泄我的气。天下者，我的天下；责任者，我的责任；使命者，我的使命。（用广东话）我就像广东嘅海鲜，风味就系生猛，边个都唔使旨意挡住我嘅路。（我就像广东的海鲜，风味就是生猛，谁也别想挡住我的路）

张元济　（用广东话）食海鲜要睇体质，体质唔适应，食得太急反而伤身。（吃海鲜要看体质，体质不适应，吃得太急反而伤身）西洋学说的精髓，就在于讲理智，讲科学。

【康有为傲慢地拂袖而去。

梁启超　（用广东话）老师！

【梁启超想为二人缓颊，却又无能为力。他尴尬地去追康有为。

【天上开始乌云密布。

28. 许宅　日　内

【镜子前，谢太夫人正要理妆。张元济进来，面色沉重。

张元济　妈，我给你梳头吧。

【谢太夫人一愣，又莞尔一笑。

【（闪回）

镜子前，少年张元济拿起梳子给妈妈谢太夫人梳头。镜中的谢太夫人微笑。当时她还年轻。

（闪回结束）

【镜子里，张元济轻轻给谢太夫人梳头。比起年轻时，她的头上已多了一缕白发。张元济看着白发，神色不安。

【张元济一不小心将梳子掉到地上。

【谢太夫人以疑问的目光看张元济。

谢太夫人　小时候听你外祖父说，我们的先祖东晋宰相谢安，听说前秦大军来袭，还能平静地下棋。做个朝廷官员，第一得有定力。

【张元济惭愧地点点头，捡起梳子。

29. 湖南会馆　日　内

【步兵统领崇礼带领兵弁冲进房间，将正昂首静立的谭嗣同逮捕。

崇　礼　将维新乱党谭嗣同带走！

30. 林旭家　日　内

【林旭家的院子里，步兵统领崇礼带领兵弁将林旭逮捕。

【有部下来向崇礼报告。

某部下　乱党康广仁、杨深秀、刘光第、杨锐已捉拿归案。

31. 菜市口刑场上　日　外

【六颗人头滚落在地上。

【黑场。

32. 贤良寺李鸿章的居所　日　内

【李鸿章正来回踱步，一手拈须，一手持手杖，观看主殿的佛像。

【张元济跨进殿门，向李鸿章行礼。

张元济　大人！

李鸿章　元济，你找我有什么急事么？

张元济　这个时候，大人身为国之栋梁，应挺身而出，力挽狂澜！

李鸿章　你想让我做什么？

张元济　进谏太后，还政于皇上，继续变法。

【李鸿章愕然瞠目，生气地盯着张元济。

张元济　大人若不便直言，晚生有个折子，烦请大人代为呈递。

【张元济欲从袖中取出奏折，李鸿章却愤然以杖击香案，发出"啪啪"的响声。

李鸿章　你这是不识时务，自断前程！

张元济　临国家之危，我顾不上自己的前程。请大人弹劾御史杨崇伊，是他首先诬告，毁了变法，耽误了国家的前程。

李鸿章　你知道杨崇伊和我是什么关系吗？

张元济　知道，他与令郎李经方是儿女亲家。

李鸿章　荒唐！不通人情，不知世事无常，不能度众生，怎么能涅槃？

【李鸿章气得背过身去，面对那些佛像。

【张元济沉默半晌，看了一眼佛像，慢慢离去。

33.主殿侧室　日　内

【张元济离去后，李鸿章推开主殿旁一个侧室的门，进入侧室，原来室内已有一个客人，此人就是杨崇伊。

34.总理衙门　日　外

【总理衙门内的一个过廊。步兵统领崇礼带着一队兵弁扛着火枪迈着正步，威严肃杀地经过，与张元济迎面遇到。

【张元济向崇礼行礼。

张元济　崇大人！有件事求你。

【崇礼停下来。

张元济　如果朝廷要捕我，请大人到总理衙门来捕，我天天在。请不要去许府，我怕惊动母亲。

崇　礼　我答应你。

35.许宅　日　内

【张元济在室内看一本书，眉头紧锁。母亲看出他心情沉重，便走过来。

谢太夫人　在看什么？

【张元济亮出书皮，上有书名“张状元孟子传”。

谢太夫人　这是咱张家始祖张九成的书。

张元济　始祖的一生算不算很失败？他做了一辈子忠臣，却被奸臣秦桧陷害了，秦桧没有得到报应，他却被贬官回家，一无所有。

谢太夫人　失败不失败不是这样算的。我看他一辈子做到了问心无愧，就不算失败。

36. 总理衙门　日　外

【总理衙门内的一个过廊。步兵统领崇礼带着一队兵弁扛着火枪迈着正步，威严肃杀地经过，与张元济迎面遇到。崇礼与兵弁们径直走向张元济。

【张元济面色沉重起来，他整整衣冠，抬头静立，准备被逮捕。

崇　礼　张元济，朝廷认定你是维新党，处以革职，永不叙用。

【张元济一时愣住。

【崇礼带着兵弁绕过张元济继续往前走。

崇　礼　（经过张元济身旁，低声地）原来判你杀头，皇上保了你。

37. 许府谢太夫人的房门外　日　外

【谢太夫人的房门外。张元济手持一张邸报，徘徊再三。邸报上登载着一条朝廷谕旨，其中内容有"……总理衙门章京张元济，革职，永不叙用……"

【最后，张元济还是鼓足勇气推门进去。

【屋内，岳母许太夫人正和谢太夫人说笑。

38. 许府张母屋内　日　内

【岳母许太夫人看了邸报的内容后，表情失望痛恨，扔掉邸报，跑出门去。

39. 许府许庚身夫人房内　日　内

【许太夫人从首饰盒取出那对玉如意，欲朝地上砸去，一个五十来岁的女仆人拦住了她。

女　仆　夫人，夫人，别……

【女儿许子宜已悄然来到门口，许庚身夫人抬头看到女儿，两人目光相对，眼神复杂。

40.许府张母屋内　日　内

【张元济向母亲跪下。

张元济　妈，我对不起你，也对不起父亲，还有祖宗。

谢太夫人　（坚毅地）先别说对不起。先问问自己的心，你觉得自己做错了吗？

张元济　（默想片刻）我……我心里觉得自己没做错，可是……

谢太夫人　那就相信自己的心，不用管别人怎么看，要是你心里有条路，就顺着那条路往下走吧。

41.通艺学堂　日　内

【通艺学堂内的桌椅已架起，讲台也已撤去，墙上的条幅有的也已脱落。

42.通艺学堂门口　日　外

【张元济站在凳子上，将通艺学堂的匾额摘下。有三四个青年学生怏怏不乐地帮他接住。

【匾额摘下时，其中两个学生泣不成声。

【张元济将手轻轻搭在两学生背上，以示安慰。

43.许府大门口　日　外

【门口停着一辆马车，部分行李已架到马车上。

44.许府　日　内

【张元济将书籍衣物等打包整理，准备回老家海盐。妻子许子宜给他打下手。

许 子 宜 (轻声地)真的要回海盐老家?

【张元济心情沉重地点点头。

45.许府张母屋内　日　内

【谢太夫人对镜理妆,穿上当年那件鲜亮的新衣服。

【(闪回)

一面圆镜前,谢太夫人脱去套在外面的素衣,穿上鲜亮的新衣服,戴上一副手镯。

镜子里映出谢太夫人的脸庞,虽竭力保持平静,脸上却抑制不住地流露出喜悦和激动。隐隐可见她身后墙上张森玉的遗像。

屋外,响起"噼里啪啦"的爆竹声。

(闪回结束)

【张母对镜理妆,头上已有白发。

46.张母房间外　日　外

【拎着包裹的张元济看到了走出房门的母亲,很诧异。母亲微笑着指指自己身上。

谢太夫人 这还是你中进士那天,我穿的衣服,当年那是件喜事,现在你被革职了,俗话说,"有子万事足,无官一身轻",也是喜事。

【张元济身后拎着行李的许子宜听到了谢太夫人的话,若有所思。这时许太夫人跑过来,一把打落女儿手中的行李,强行拉走她。

许太夫人 你不许跟他走,哪天他重回官场了,你再跟他。

【许子宜竭力挣脱。

许 子 宜 不,我也要去海盐。

47.许府许子宜房间内　日　内

【许太夫人一把将许子宜推进房内，然后将房门锁上。

【屋里。许子宜对镜理妆。

48.许府大门口　日　外

【门口停着一辆马车，张元济和张母已将最后的行李架到马车上。

49.许府许子宜房间外　日　外

【许子宜拨开窗子，跳窗出来，她也穿着一身喜庆的红衣，手里拎着一个包裹。

50.许府大门口　日　外

【许子宜跳上马车，坐在丈夫张元济的身旁。

【马车开动。

【许太夫人从宅门内跑出来，追上马车。

【她举手欲打女儿，但临了却又哭着搂住女儿。

【许太夫人从袖子里取出那对玉如意，递给许子宜。

许太夫人　（泣不成声地）隔几天看它一眼，这样你就不会忘了我。

【许子宜点头，也流出了眼泪。

许太夫人　（对张元济）革职没什么。我把玉如意给子宜，就是让她鼓励你别泄了气，争取官复原职。

【马车离去。

许太夫人　（流着泪，追着喊）一定要让他官复原职！

【许子宜也流泪回头看母亲。

51.巷子口　日　外(备用镜头)

【车到巷子口,远远可见路中心站着一个人,原来是穿着一身朝服的蔡元培。

蔡 元 培　(愤慨地)这个朝廷已经烂了!今天,这个朝廷没有开除我,我却要开除这个朝廷!

【蔡元培当场扔掉官帽,脱下朝服扔到地上。

【张元济与蔡元培激动地对视。

(此镜头的内容较史实有所夸张,暂存文本中,以作备用)

52.北京城门口　日　外

【张元济的马车出了北京城门。

53.官道上　日　外

【马车行走在城外的官道上。

谢太夫人　儿啊,考虑过生计的事吗?

张 元 济　(故作轻松,半开玩笑地)种田,我做农活的功夫还没忘。

许 子 宜　我有个主意。我们张家祖上不是会刻书吗?不如我们刻书,然后卖书赚钱。

张 元 济　(笑)其实祖上刻书都是拿来送人,自愿亏本,如果靠此为生,只会饿死。

谢太夫人　你做私塾先生吧,请你的人一定不少。

张 元 济　我要办新式学堂,向学生传授西学知识。

谢太夫人　只怕没人愿来。

张 元 济　有一个人,我教一个人;有两个人,我教两个人。

【这时,一匹快马奔来。

【马上的人是李鸿章的部下于式枚。旁出字幕：于式枚。

【马车停住。

于式枚　菊生。你去上海吧，李鸿章大人已经向盛宣怀举荐了你，请你到南洋公学做事。

【张菊生喜出望外，兴奋地朝于式枚拱手致谢。

【张母与许子宜对视，也是喜出望外。

54.野外　日　外

【车行野外，杳无人烟。

【张元济唱起昆曲《长生殿·酒楼》片段：

论男儿壮怀须自吐，肯空向杞天呼？笑他每似堂间处燕，有谁能屋上瞻乌？不提防柙虎樊熊，任纵横社鼠城狐。几回价听鸡鸣起身独夜舞。想古来多少乘除，显得个勋名垂宇宙，不争便姓字老樵渔……

【（叠化）马车在天际缩成一个黑点。

第二幕

55.上海街道上　1899年4月，日　外

【上海城区一角，街铺林立，人来车往，声音嘈杂。

【照相馆、人力车、戏院、洋行、报馆、各色中国人与洋人……一派十九世纪末老上海的景象。张元济坐的人力车在街道上穿行。

【人力车路过一家小店铺，门边有招牌，上写：商务印书馆。

【从印书馆里传来的印刷机的声音引起了张元济的注意。

56.上海某商业大厦　日　外

【从大厦门口出来五个人，四男一女，他们正是商务馆的早期合伙

人夏瑞芳、鲍钰、鲍咸恩、鲍咸昌、高凤池。鲍钰挽着夏瑞芳的胳膊，夏瑞芳另一只手提着一个皮包。鲍咸昌手里拿着一纸盒，从纸盒包装上的文字来看，里面是印刷机用的油墨。鲍咸恩的胳膊夹着一叠账簿之类的东西。高凤池则空着手。

【夏瑞芳看了看鲍钰和她手里的东西一眼，狡黠地一笑。

夏瑞芳 我昨天做了一个梦，梦见全世界的账簿都是我们商务印书馆印的，还自己编书，全世界的书都是我们编的，赚的钱把我们印书馆的机器都淹了，我和你们一道数钱，数着数着就醒了。

高凤池 （严肃地）粹芳，我们现在是小本生意，应当稳扎稳打，不能胡思乱想。

鲍咸昌 （做和事佬）对，稳扎稳打，不过，粹芳梦里都想着扩大我们商务馆的生意，心是好的。

【有两个人力车夫上前来欲招揽生意，他们都一致摆手谢绝，继续徒步向前走。

【身边一辆人力车经过，夏瑞芳与人力车里的张元济偶然对视了一眼。

57.南洋公学门口　日　外

【张元济的人力车停在南洋公学校门口。

58.张元济在上海租住的房子里　日　内

【张元济的母亲和妻子正收拾屋子，把一些书籍掸去灰尘放入书架。两人都累得出了汗。

谢太夫人 媳妇儿，让你这个相府千金干下人的活，真是过意不去，你要是累就歇会儿。

许子宜 （一边拖地一边抬头笑说）妈，看您说的，您不累我更不累。

59. 南洋公学校园　日　内

【张元济走进南洋公学，有穿白色校服的学生和倨傲的留山羊胡穿长衫的老师来来去去。

60. 南洋公学行政楼盛宣怀的办公室　日　内

【张元济进门，盛宣怀从办公桌后走出，热情地将张元济迎进来。

盛宣怀　张菊生先生，从今天起，您就是南洋公学译书院主事，主持译介西洋实学方面的著作，作为中院和上院学生的教材。

张元济　我建议大量翻译日本及欧罗巴、美利坚的法政、经济、历史书籍，使南洋公学培养出来的人才既有一颗中国心，又有一个现代头脑，为塑造现代中国献力……

61. 张宅　日　内

【张元济正给严复写信。

张元济　（画外音）又陵先生，翻译之事还望指点迷津，我欲译介"东西文政学新理有用之书"，为改造中国培养一批人才，他们不必为官，可以为工程师、科学研究者、发展经济者……

【谢太夫人手持一个煮好的熟鸡蛋，轻轻坐到张元济的身边。

【谢太夫人剥好鸡蛋递给张元济。

【（闪回）

张元济少年时，在书桌前写毛笔字，张母把剥好的熟鸡蛋递给他。

（闪回结束）

【张元济感激地望着母亲。

【谢太夫人咳嗽起来。许子宜跑进来，与张元济一道来扶谢太夫人。

62. 天津严复宅　1900 年，日　内

【严复向张元济写回信。

严　　复　（画外音）《原富》已译第一部，力争早日完稿交你校阅，但现在洋人又开始找借口出兵打中国……

63. 张元济宅　日　内

【张元济读严复的回信。

严　　复　（画外音）可叹的是慈禧太后和那帮顽冥不化的官员竟幻想利用义和团的力量来排外，这无异于拿细毛挡火炉，真是玩火自焚……

64. 天津严复宅　日　内

【一群义和团徒众持大刀长矛向前冲。

【另一处，一队穿着军装的洋人在开枪。

严　　复　（画外音）八国联军毁了天津城……

65. 天津城　日　外

【八国联军用洋枪洋炮向天津城发动进攻。

严　　复　（画外音）八国联军毁了天津城……

66. 张元济宅　日　内

【持信的张元济愤慨难平。

张 元 济　（大声地高喊）愚昧，愚昧，愚昧！

【张元济将手中的毛笔扔到地上。

【母亲谢太夫人进来。

谢太夫人 你这是怎么了?

张 元 济 国家就败在这些愚昧的人手里,慈禧、那些朝廷的官员……简直愚不可及!

【张元济激动得眼角渗出泪。

谢太夫人 (表情严肃地)你父亲说过,怪别人很容易,但是,每个人首先应该问问自己做了些什么。

【母亲将地上的毛笔捡起来,修好笔头,递给张元济。

【张元济接过,面有惭色。

67. 张元济宅　夜　内

【母亲病重,在床上剧烈咳嗽,张元济在床边细心地看护。

【许子宜表情忧虑地为母亲熬药。

68. 北京城　日　外

【持枪架炮的洋人冲进北京城,烧杀抢掠。

69. 紫禁城内　日　外

【大批洋人士兵冲进宫殿。

【一批洋人士兵冲进御书房,哄抢文物,抢走书籍。

严　　复 (画外音)慈禧携着光绪皇上逃走了,八国联军进了紫禁城,西方谚语有云:"a bull in a china shop(公牛进了瓷器店)。"何况这是一群疯牛……

70. 张元济宅　日　内

【张元济看严复的信,表情十分愤懑。

【母亲谢太夫人剧烈的咳嗽声传来。

【张元济奔向母亲的屋子。

71. 谢太夫人的房间　夜　内

【(母亲谢太夫人床前)谢太夫人已到弥留之际,她握着张元济的手,与张元济做最后的诀别。

谢太夫人　想想这几十年啊,妈也要向你认错。其实啊,你做的那些事,妈都不懂,可是有时候还摆出母亲的架势来说你、教训你,(强颜而笑)那都是装样子。妈要走了,最后还是忍不住要留给你一句话:不必在意别人怎么看你,哪怕世上的人都反对你,只要自己心里认为是对的,就去做。世上的人不支持你,妈在天上,妈支持你……

72. 张元济宅　日　内

【张元济的母亲谢太夫人去世了。张元济与许子宜悲伤地看着墙上母亲的遗像。

【许子宜握住张元济的手,以示安慰。

73. 南洋公学大礼堂　日　内

【几百个南洋公学的学生在礼堂里端坐。舞台上坐着盛宣怀、张元济等公学的领导。

【身为学校代总理的张元济向学生训话。

张 元 济　南洋公学的学生既要学习传统,又不必死读四书五经。

【在座的盛宣怀听了,眉头一皱,咳了一声,以示不赞同。

【张元济目光扫过盛宣怀,面色不改。

张 元 济　既要学习西方,又不要全盘西化。

【学生们认真地听着。

张 元 济 吾之意在欲取泰西种种学术，以与吾国之民质、俗尚、教宗、政体相为调剂，扫腐儒之陈说，而振兴吾国民之精神耳。

【学生们鼓掌。

74. 张元济宅 日 内

【张元济给在绍兴的蔡元培写信。

张 元 济 （画外音）鹤卿，近闻你在绍兴又“开除”了那里的中西学堂，我今在南洋公学代任校长，希望培养一批英才，以教育救国，但势单力薄，希望你来助我一臂之力。

【许子宜剥好一只熟鸡蛋递给张元济，正如当初谢太夫人一样。

75. 南洋公学校园 日 外

【校园林荫道上，张元济热情迎接拎着行李的蔡元培。两人握手。

张 元 济 鹤卿，你终于来了！

【两人边走边谈。

张 元 济 盛公已同意我的推荐，请你来担任南洋公学特班的总教习，另外，我正筹办《外交报》，向国人普及国际外交之事，请你来主笔。

76. 商务印书馆印刷所 日 内

【夏瑞芳与其妻子鲍钰，鲍咸恩、鲍咸昌兄弟以及高凤池正在商务馆监督工人工作。

【鲍咸恩、鲍咸昌指挥几个工人印东西，夏瑞芳、鲍钰、高凤池一边监督工人，一边亲自参与搬运纸张、整理印品等工作。

【张元济进来，手里拿着两本书，其中一本书是严复的《原富》。

【夏瑞芳看到张元济，眼前一亮，立刻放下手中的活，迎接张元济。

夏瑞芳 张翰林，请进请进。

张元济 （举起其中一本书）这是你们印的？

【主持印刷业务的鲍咸昌上来。

鲍咸昌 怎么样？我敢肯定没有一个错字。比起同行，我们商务馆的印刷质量可以称得上价廉物美吧？

张元济 （面色冷峻）印得太偏了。

【鲍咸昌拿过张元济手里的书，翻过来调过去地看。

鲍咸昌 （困惑地）哪里偏了？

【张元济从口袋里取出一把木头尺子，量内文与纸的边缘的距离。

张元济 偏了一分。

鲍咸昌 张翰林，看书是看字，看内容，谁会像您这么讲究？

【张元济举起另一本书。

张元济 这是日本人的印书馆印的。比你们贵，可印得无可挑剔，他们为什么讲究？因为他们靠着这份讲究，由蕞尔小国变成了列强之一；他们靠着这份讲究，打败了中国！

【几个工人听了不以为然。

工人甲 （悄声地抱怨）鸡蛋里头挑骨头！

工人乙 读书人就爱往大里咋呼！

【工人们袖手抱胳膊，干脆撂挑子不干了。

鲍咸昌 这生意我们没法做。

【张元济转身便走。

【夏瑞芳迅速追上，用身子堵住门。

夏瑞芳 （牢牢盯着张元济）张翰林，把你那把尺卖给我。一个银圆，我买你那把尺。

【夏瑞芳掏出一个银圆，递给张元济。张元济有些意外地看着他，推开银圆，将尺给他。

夏瑞芳 （举起尺对工人说）看见了吗？这把尺，不，它不是一把尺，它就是章程，它就是我订下的戒律，你也可以把它看成是挑战我们的对手，你们，还有我，我和你们一道上机器，我们今天一定要赢这把尺！我们商务馆一定要做上海滩最讲究的商行！

77.商务馆后院　日　外

【夏瑞芳已将这批样书搬到后院堆放在一起。

【夏瑞芳点着火柴欲烧书。

【鲍咸昌面色愤怒，欲上前与夏瑞芳理论，鲍钰拉住鲍咸昌的胳膊。

鲍　　钰　（撒娇地）哥！

【鲍咸恩也向鲍咸昌投来严厉的目光阻止他。

【夏瑞芳点着了书堆。

【众人看火焰熊熊燃起。

【门口的张元济静静地看着这一切。

夏瑞芳　张翰林，三天后我把印好的书给您送去，我要让您真心实意愿把生意给本店做。

78.南洋公学译书院　日　外

【三天后的上午，夏瑞芳独自蹬着平板车来到译书院张元济办公室的窗前。

【平板车上整整齐齐码着几摞新印的《原富》。

夏瑞芳　（朝窗子喊道）张翰林！

【张元济出来。

【张元济拣出几本书，验看印书的质量，他点点头，很满意。

张元济　不错。这次的生意，和以后的生意都跟你合作。

【夏瑞芳得意地笑了，掏出那把尺。

夏瑞芳　（玩笑地）这尺我可收了。

【张元济微哂。

79.译书院张元济的办公室　日　内

【张元济、夏瑞芳以及几个学生将这批书搬进张元济的办公室。

【夏瑞芳注意到张元济的办公桌上、四周的书架上摆满了各种中文和外文书。

【书已搬完，夏瑞芳从怀里取出一沓书稿捧给张元济。

夏瑞芳　张翰林，这是我们请一个学生翻译的洋书的稿子，请您帮我看看，费用……

【张元济摆手拦住他的话头。

【张元济翻看书稿，边看边拿笔蘸朱砂来批改订正。

夏瑞芳　不瞒您说，其实本人有野心，替人印书只有二分利，编书自卖却有十分利。我们也想编书。

张元济　一页下来就有八九处错误，这样的译稿若是出版，说轻了是闹笑话，说重了简直就是犯罪。

【张元济将书稿还给夏瑞芳。

夏瑞芳　这！

【夏瑞芳沮丧地接过书稿。书稿上已加了不少张元济订正批注的文字。

80.译书院外　日　外

【夏瑞芳蹬着平板车，离开译书院。一手扶车把，一手持那部订正的书稿不时瞄一眼。

【突然，夏瑞芳停住平板车，似想到了什么，他激动地跳下车。

81.译书院张元济的办公室　日　内

【夏瑞芳莽撞地冲进张元济的办公室。张元济正在一个公文上签字。

夏瑞芳 （激动地）张翰林，辞了大学，到我们商务馆吧，我聘请你主持编书的工作。

【张元济略显惊诧地抬头看了他一眼。

【办公室另一个桌子边正在帮忙整理书稿的两个男学生听到此话，似感到荒谬，忍俊不禁。

张元济 （冷淡地）不，恕难从命。

82.译书院外　日　外

【一条林荫道上。张元济手持公文匆匆往另一办公楼走去。

【夏瑞芳蹬着平板车在后追上。

夏瑞芳 张翰林，您再考虑考虑，再考虑考虑。

【张元济头也不回地往前走。

【夏瑞芳看着他的背影，若有所思地笑了笑，掉转车头，猛蹬平板车而去。

83.南洋公学盛宣怀办公室　日　内

【张元济与盛宣怀为办学方针发生争执。

盛宣怀 张先生，我创办这个公学的初衷在于培养一批懂洋务办实事的人才，所以向学生灌输一些太激进的想法似并无必要……

张元济 我倒认为办学的根本之目的不在于培养人才，而在于培养国民的精神，那些想法才是真正的关键。

盛宣怀 你的说法太离奇了吧？大学就要培养精英，尤其是器用方面的特长。所谓“中学为体，西学为用”。

张元济 西学也有体，中学也有用。我认为不能让学生固守儒家伦理，而应在传统中融合新的思想新的精神。

盛宣怀　张先生,南洋公学毕竟是官办,你也不能让我太为难。

张元济　所以,请盛公允我辞去代总理一职。

【盛宣怀愕然。

84.南洋公学门口　日　外

【张元济下班,出南洋公学大门,叫了一辆人力车正要上车回家,早已等候的夏瑞芳迎上来。

夏瑞芳　张翰林!

张元济　夏经理,什么事?

夏瑞芳　进我们商务馆吧。

张元济　这个我已说过了,恕难从命。

【张元济上了人力车,告诉车夫回家的地点。

夏瑞芳　张先生,别看现在本馆寒酸,只要你来,我一定能使它成为上海滩最大、中国最大、世界最大的书业商行!到时候,你我都能身价百倍。

【张元济催车夫快走。

张元济　你们商人只看到钱,我对钱没多大兴趣。

夏瑞芳　您对什么有兴趣?

张元济　教育。

夏瑞芳　这事也离不开钱哪!

【人力车载着张元济往前走。

【夏瑞芳手攀着人力车的车厢边沿,一边说一边跟着车跑。

张元济　不要用钱诱惑我,世上比钱更重要的是精神。你不懂的。

夏瑞芳　可是人得生活,只要是活人他就该知道钱的重要。

张元济　所以你们商人唯利是图。

【此时,车行到一个街角,夏瑞芳脸色激愤,他奋力拉停人力车。

夏瑞芳　(大声地)张先生,你瞧不起我们商人,你伤我自尊了,可是我也有我的人格！

【张元济下了车。

【夏瑞芳掏出一个银圆，递给车夫。

夏瑞芳　请你先走，我要跟这位先生谈谈。

【车夫看了看张元济，接过银圆，拉车跑去。

【张元济对车夫失望又无奈。

张元济　夏先生，我刚才的话是有不妥，向您道歉，您聘我是我的荣幸，只是道不同，不相为谋。

夏瑞芳　教育，对，咱们两个合作，既挣钱，又搞教育，这道就同了。

张元济　教育是大学里的事。

夏瑞芳　书馆也是。大学里您只能教育几百几千个人，上不了大学的他就享受不了您的教育，书，谁都可买，让全国的人得到您的教育。

张元济　你就可以赚全国人的钱。

夏瑞芳　张先生，我是个女佣的儿子，没有钱，所以上不起学，只有到外国的教会学校半工半读，一个穷人对教育的渴望，我比你懂得，更懂！

【张元济沉默。

张元济　（放缓语气）你说得倒也有理。今儿有事，下次再谈吧。

【张元济拱了拱手，转身离开。

夏瑞芳　（朝他的背影喊）张先生，你不来，编书的那可就是我，编些八股应试之书，拼拼凑凑的西洋之书，照样可以大销。

【张元济愤然回头，快步冲到夏瑞芳跟前。

张元济　编书是神圣之事，决不容贪婪小人胡乱为之。

夏瑞芳　既然明知是神圣之事，为什么不敢去做，不过是嫌商人低下，舍不得读书人的身份，我是真小人，你是伪君子！

【张元济沉默片刻，脸色平静下来。

张元济　你在用激将法。我在南洋的月薪是银圆一百。你要出三百，我就应你的聘。

夏瑞芳　你也在用激将法。我做经理的每个月只有二十四个大洋。

【张元济笑了笑，挥手叫了一辆人力车，准备坐上去。

夏瑞芳　加五十，给你月薪三百五。

【张元济一愣。

【夏瑞芳朝张元济伸出手。

夏瑞芳　张先生，你不会毁约吧，（笑）好比这拍卖行，你出了价，我举了牌，就得成交啊。

【张元济望着夏瑞芳，内心在权衡。终于，他朝夏瑞芳伸出手。

张元济　前提是以扶助教育为己任。

【夏瑞芳重重点头，赶上来紧紧握住张元济的手。

夏瑞芳　（表情认真地）以扶助教育为己任！

【张元济坐上人力车离开。

【另一车夫拉车过来，夏瑞芳摆手谢绝，他抬抬脚，示意步行。

车　　夫　（讽刺夏瑞芳）瘪三！

【另一客人上了他的车。

【夏瑞芳却大笑，兴奋地大步往前走。最后干脆与车夫较劲似地赛跑起来。

【他不顾指挥交通的巡捕，穿过马路，似无视行人与来往的车辆。

【巡捕冲上去准备质问他。

【夏瑞芳甩开巡捕，甩开与他竞赛的人力车，越跑越快，最后干脆在马路上飞奔起来。（可以用慢动作来表现）

85.教堂　日　内

【夏瑞芳一路兴奋地跑到教堂门口。

【教堂内，鲍氏兄弟、鲍钰和高凤池及若干基督徒正在虔诚地做礼拜。夏瑞芳冲进来。

夏瑞芳 (脱口而出)我今天做了一件大买卖!

【教堂里的人和神父都抬起头来,大吃一惊。

鲍咸恩 (低声,严厉地)粹芳!

【鲍钰也用埋怨的目光提醒丈夫。

【夏瑞芳醒悟,赶紧在胸口画十字,表示忏悔。

86.教堂　日　内

【礼拜已毕,礼堂里只剩下夏瑞芳他们五人。

高凤池 (语气激烈地)三百五十块!找来一个外人,不是教会的教友,也不是我们清心书院的同学,这是在咱们好好的几个人中间硬塞进一块楔子!

鲍咸昌 不光是钱的事,当然,三百五太让人肉痛了。这张元济确实不凡,然而,他是天上的文曲星,却不是人间的财神爷,这买卖亏了。

【夏瑞芳走到讲台前,翻开《圣经》,像布道一样说他的理由。

夏瑞芳 要将一个商行做大做强,最重要的在于什么?得人!张元济不光是天上的文曲星,他是……他简直就是……(指指《圣经》)弥赛亚,是摩西,能带领我们走向应许之地!(指指自己的眼睛)我,相信自己的眼睛,你们,请相信我。

鲍咸恩 先请张元济入股,如他不愿,说明并不诚心;如他愿意入股,公司可以借此筹得一笔资金,聘他也无妨。

87.张元济宅　夜　内

【桌上摊着一些银票。

【张元济打着算盘在算账。

许子宜 你真要入股?

张元济 算上借的，还差一千，只怕入不了。

88. 街上某当铺 日 内

【许子宜从包袱里取出那对玉如意交给当铺老板典当。

【当铺老板细察那对玉如意。

当铺老板 作价一千的话可就不能赎了，您可别悔。

【许子宜咬咬嘴唇。

【这时，张元济携两本古籍珍本来到当铺，正好碰到许子宜，两人都很吃惊。

【许子宜递给他一张一千元的银票。

【当铺老板将那对玉如意交给伙计。

当铺老板 （照例大声宣）收玉如意一对，死当。

【（闪回）

巷子口。

许太夫人 （攀着马车对张元济）我把玉如意给子宜，就是让她鼓励你别泄了气。

马车离去。

许太夫人 （流着泪，追着喊）一定要让他官复原职！

许子宜也流泪回头看母亲。

（闪回结束）

许子宜 （小声地）你可别怪我。

【张元济脸上微笑，含着爱意握住她的手。

89. 南洋公学盛宣怀的办公室 日 外

盛宣怀 张先生，南洋公学倚重你之处颇多，望你收回辞意！

张元济 我有愧于盛公，但元济辞意已坚。

盛宣怀 商务印书馆是个生意部门，菊生，自古士农工商，从士到商是自降身份，未见高明啊。

张元济 今日世运已由力争而进于智争。智争之世则不得不集全国之人之智以为智。中国号称四万万人，其受教育者不过四十万人，是才得千分之一耳。元济此去商务馆，并不在于个人得失，而在于通过编书使尽人皆学，推行国民教育，以此强国，以元济愚见，这才是真正的事业。

【有人鼓掌。

【大家回头一看，鼓掌的原来是刚走进来的蔡元培。

90. 商务馆附近某平房　日　内

【这是预备筹建的商务馆编译所。夏瑞芳将张元济请进屋内。屋内只有简单的办公桌椅，但收拾得整洁舒适。

【夏瑞芳请张元济在办公桌前坐下，亲自端来一杯热茶放到他面前。

夏瑞芳 张先生，这就是编书的地方，刚腾出的房子，还简陋得很，但是我会立刻布置，换一张大办公桌、皮革椅、沙发，还有……

张元济 （拦住他的话头）一切从俭，钱要用在关键处，我建议编几种西学的书，向国民宣传民主、自由之真义。

91. 商务馆发行所　日　内

【发行所里面的办公室。夏瑞芳、高凤池、鲍咸昌查看一个记录本，上面记有张元济最近所编几种西学书的销售数。

鲍咸昌 （摇头）只卖出这么几本？亏了，大亏。

高凤池 所以他就是个绣花枕头……

【鲍咸昌指指外间，示意高凤池小声点，以给外间的张元济留点面子。

【发行所的外间。里面的争论声清晰地传来，张元济心情也有些沉重，他翻看展示柜里那些滞销的理论书，眉头紧锁。

【（里间）里间与外间相通的门上卷着一个薄薄的布帘。高凤池将布帘拉下来，遮住门，然后伸手朝鲍咸昌示意，好像在说，我这算留面子了吧？

高凤池 （大声地）这种读书人，不可信！

【鲍咸昌懊恼地摇头拍手。

【（外间）张元济听着内间的争论。

夏瑞芳 （说话声从里间传来）……得给他时间……

92.某小饭馆　日　内

【夏瑞芳与张元济边吃边谈。小饭馆里各色人等在吃饭。

夏瑞芳 张先生，你以前常去大饭庄，却未必来过这小饭馆。这里吃饭的人来自三教九流，各有各的生活，各有各的口味。

张元济 你想说什么？

夏瑞芳 我想说你是个高明的厨师，只是以前只做高级菜，讲究的是营养，现在，你也不妨做一些家常菜，迎合那些普通人的口味。

张元济 我明白你的意思，那么，我跟你再订一个约——以后我要出版两类书：一类只为教育，宁愿赔钱；另一类既为教育，也为赚钱。

【夏瑞芳朝张元济挑起大拇指。

【这时，他们同时注意到邻桌的一个客人，他跷着腿，卷着袖子，一边吃饭一边津津有味地看一本书，边看边点头，那是一本外国翻译小说，叫《黑奴吁天录》，译者是林琴南。

93.林琴南宅　日　内

【张元济与夏瑞芳一道去见因翻译《黑奴吁天录》而闻名遐迩的林

琴南，邀他译西洋小说。

【客厅里，林琴南正在擦一把宝剑，心不在焉地听夏瑞芳和张元济对他说话。

【客厅的屏风后藏着一个年轻人，他悄悄伸头观察客厅诸人的动静。他是林纾的合作者魏易。

张元济 （用英语）Two famous books, The Lady of the Camellias and Life among the lowly, which were translated by Mr Lin, have been all the fashion in China. It is so admirable.（林先生所译《巴黎茶花女遗事》和《黑奴吁天录》风靡神州，令人佩服。）

【林琴南没有说话，只顾试他的宝剑，他挥一挥宝剑，宝剑寒光闪闪。

【魏易从屏风后转出来。

魏　易 （尴尬地）我来解释一下林先生翻译的方法。鄙人魏易，负责口译外文，再由林先生以文言妙笔撰文，他……（放低声音）不懂外文。

【张元济与夏瑞芳对视，十分意外。

94. 上海严复寓所　日　内

【张元济与夏瑞芳去见严复。

【严复躺在烟榻上吸鸦片烟。有一娇艳女子在给他捶腿。

严　复 林琴南不懂外文，竟被称为译界之王，着实荒谬。论翻译，堪称第一人者，唯有我严复。真正懂西学者，唯有我严复。而最不得志者，竟也是我严复，此乃中国最大之荒谬。

95. 某饭店　日　内

【张元济与夏瑞芳请林纾吃饭。

【林琴南大口吃肉，大杯喝酒。

林琴南 我听说严又陵贬我不懂外文，跟我比起来，他的文言文才是拙劣不堪。若你们商务馆请我译书，润笔少于严又陵，免谈。

张元济 商务馆既恭请严先生向知识界翻译西学论著，又请林琴南向普罗大众翻译西洋小说。二位是译界的双子星。

夏瑞芳 普通译作千字二元，对严先生，我愿意升到千字六元，林先生，也是千字六元。只要是二位的大作，商务馆承诺，永远出中国最高之价。

96. 商务馆门口　日　外

【有个拖长辫的老派绅士带着两个随从来到商务馆门口，手里拿着商务馆的林译小说《迦因小传》。

老派绅士 （挥着书大骂）这书里的外国妇人，未婚而孕，恬不知耻，写书的人不批反赞，你们商务馆出这样的邪书是诲盗诲淫，破坏圣人之道。如今世风日下，商务印书馆罪无可赦，张菊生，罪无可赦！

【有群众聚上来围观。

【老派绅士点着火柴，烧掉了那本书。

【老派绅士带来的两个随从混在人群里，拍掌喊好。也有一些闲人随声附和。

【张元济出来。

【人群中有人悄声说："张菊生，张菊生出来了。"

【张元济向绅士和人群从容地拱手施礼。

张元济 （慷慨陈词）所谓仁者见仁，智者见智。看小说有积极之法，有消极之法，消极者看到淫和盗，积极者却看到自由之权与心灵之美。这本小说引进西洋的思想风物，令读者其先惊愕骇然，其后反思深省，这不恰为林译小说之价值所在吗？

【众人听了安静下来。

【老派绅士却嗤之以鼻。

【这时，有个女学生挤进人群，她穿着与小说女主角迦因类似的服饰，梳着迦因式的发型。

女学生 我认为《迦因小传》是世上最好的小说，迦因是最值得怜惜的女人，（指着老派绅士）你取了七个妾，还去逛窑子，有什么资格谈圣人之道？

【人群中有人哄笑。

【老派绅士气得满脸通红。

【张元济返回商务馆。

97. 商务印书馆　日　内

【夏瑞芳与高凤池、鲍咸昌等正隔着玻璃窗关注外面的状况。

【夏瑞芳突然冲到外间，从地上抱起一摞《迦因小传》的样书。

98. 商务印书馆门口　日　外

【夏瑞芳带领几个员工抱着一批书冲出来，趁机向围观的众人推销《迦因小传》和其他林译小说。

夏瑞芳 各位，耳听是虚，眼见为实，谁是谁非，买书来看看吧！现场九折，过期不候。

【有人被说动，掏钱购买。

【夏瑞芳与员工们向人群发放书籍。

【老派绅士气急败坏。

老派绅士 给我打！

【两个随从跳出来追打女学生和夏瑞芳。

【夏瑞芳一边护女学生，一边躲避，一边继续卖书。

【又有一批身强力壮的男子冲过来，都是老派绅士的徒众，他们追打夏瑞芳及员工还有买书的人群。现场一片混乱。

【夏瑞芳和员工们逃回大门，将大门关上。

【老派绅士的徒众撞击大门，并用石头砸碎了商务馆的几扇玻璃窗。

老派绅士 （大声叫嚣）我要向朝廷告发你们，知道我是谁吗？我的儿子是巡抚。只要有维新党张元济在，我就一定要查封商务馆！

99. 商务馆内　日　内

【在窗户已破的办公室内，高凤池、鲍咸昌、夏瑞芳听着老派绅士的威胁和徒众的打砸。

高凤池 （脸色铁青地）我提议明天开会，决定张元济的去留。

100. 某饭店　日　内

【饭店一个包厢内。高凤池、鲍咸恩、鲍咸昌、夏瑞芳围着圆桌而坐，开会决定张元济的去留。

【高凤池率先举手。

高凤池 我赞同辞退张元济。

【高凤池严厉地看了看鲍咸昌，示意他举手。

【鲍咸昌犹犹豫豫也欲举手，夏瑞芳突然站起来。

夏瑞芳 我提议延后十分钟表决。因为我有一个新消息要宣布。我已经联系到一家日本出版社，他们愿意与商务合股，如果成功，商务馆目前的资金困难可以解决。

101. 卫生间　日　内

【夏瑞芳悄悄把鲍咸昌拉到卫生间。

夏瑞芳　哥,这次你一定得支持我。

鲍咸昌　凡事你都自作主张,不把我这个哥放在眼里,这次我说什么都不会赞同你。

夏瑞芳　看在鲍钰的分上……

鲍咸昌　拿我妹妹说情也不行。

夏瑞芳　你不赞同我就跟鲍钰离婚。

【鲍咸昌猛然抬起头,死盯着夏瑞芳。

鲍咸昌　你为一个外人抛弃我妹妹?

【鲍咸昌气得将手里的毛巾扔到地上。

鲍咸昌　(大吼)我从今儿起跟你势不两立!

102.某饭店　日　内

【包厢内。正式表决开始。

高凤池　我赞成辞退张元济。

鲍咸恩　大家不该因争斗而失和,我弃权。

夏瑞芳　我反对辞退张元济。

【决定性的一票落到鲍咸昌身上,高、夏都转头看鲍咸昌。

【鲍咸昌忽地站起来,怒视夏瑞芳。

鲍咸昌　我……反对。

高凤池　你!

【鲍咸昌躲开高凤池的目光,颓然坐下。

【高凤池愤然离席。

103.包厢外　日　内

【包厢外的过道。愤然离开的高凤池迎面碰见张元济。

张元济　为了商务的大局,我愿意离开。

高凤池　我确实主张辞退你,但是集体的决定是挽留你,为了商务的大局，我服从这个决定。

【高风池头也不回地离去。

104. 某饭店的包间　日　内

【大圆桌上，酒菜摆好，双方围坐。

【原亮三郎举杯向张元济敬酒。

原亮三郎　祝贺我们金港堂和你们商务印书馆合股协议达成！

张　元　济　用人、行政一律归华人主持，日本股东须遵守中国商律，聘用的日籍职员中方可以辞退。这些规定还望双方遵守。

原亮三郎　只要企业有收益，我们概不干涉。

【张元济喝酒。

原亮三郎　张先生，你接下来的计划是什么？

张　元　济　编一套新式的小学教科书。

夏　瑞　芳　（紧张地问）这是哪一类书？

张　元　济　这是既为教育又为赚钱的书。

【夏瑞芳高兴地向张元济敬酒，自己则一饮而尽。

105. 南洋公学大门口　日　外

【一百多个南洋公学的学生组成游行示威的队伍，握着拳头、喊着口号走出校门。

学　生　们　师生平等，反对专制！宁愿退学，也要尊严！

【领头的是蔡元培。行政楼的二楼走廊上，盛宣怀与其他人员看着游行的队伍，脸色阴沉。

106. 蔡元培在上海的寓所　日　内

【张元济来找蔡元培。

蔡元培　这次跟我一道开除南洋公学的，还有一百多个学生。我打算把他们组织起来，创办爱国学社和爱国女校。（凑近张元济耳边，低声说）办学只是掩护，我们要组织暗杀团，推翻清廷。

【蔡元培从床铺下取出一把驳壳枪，晃了晃。

蔡元培　要救中国，唯有革命。

【张元济从皮包里拿出一本书，是商务馆新出版的严复译《群己权界论》，递给蔡元培。

张元济　救中国，你用枪，我用书。

【蔡元培接过书。

张元济　除了《外交报》，商务的编译所，也请你帮忙。

蔡元培　好。我们道虽殊途，志却同归。

107. 商务馆编译所　日　内

【编写新式教科书的圆桌会议召开，张元济主持。人员包括张元济、蒋维乔、高梦旦，日本人原亮三郎、长尾槙太郎、小谷重。

张元济　（介绍蒋维乔、高梦旦）这两位是蒋维乔先生、高梦旦先生，受鄙人之邀屈尊加入编译所。

【蒋维乔、高梦旦鞠躬。

原亮三郎　我认为仿照我们日本教科书编一套《蒙学读本》是最佳的方案。

小谷重　当然，可以加一些中国历史的材料作为补充。

张元济　不，中国的教科书当然不能照搬外国，须另起炉灶，编一套适宜中国学生的最新教科书。

蒋维乔　我赞同菊生先生，文化相隔，教科书不可移植，以防南橘北枳之弊。

高梦旦　我附议。编写最新教科书诸科不妨从国文科开始，逐课审议，共同商定。

张元济　其首要原则，应解放儿童心性，摒弃旧式课本陈腐守旧之观念。

108. 商务馆总经理室　日　内

【高凤池、鲍咸昌拿着一张报纸进入总经理室，来找夏瑞芳。

高凤池　（指着报纸）朝廷颁布了学堂制度，现在张菊生他们编的教科书多处与之不合。

鲍咸昌　翰卿说得是，不能跟朝廷拧着啊，得改。

109. 编译所　日　内

张元济　不改！清廷的学制不合教育儿童的规律，应改的是清廷，不是我们。

夏瑞芳　可是买书的人顾虑它不合官府的规定，销量会减少，这关乎收益。

张元济　你可还记得我们之间的那条约定？

夏瑞芳　以扶助教育为己任。我记得。

110. 总经理室　日　内

高凤池　（对夏瑞芳，气愤地）不改的话，教科书的销量必然惨淡。

夏瑞芳　我必须对张先生守信用。

高凤池　这不是守信用，这是受制于人。这次如不采纳我的意见，我撤出股份，大家散伙！

【高凤池转身欲走。鲍咸昌拉住他。

鲍咸昌　哎！事情不用弄僵嘛，大家互相妥协嘛。

夏瑞芳　我们不妨打个赌。这次教科书销售不理想，算你们在理，大家散伙。如销售不错，我和张先生赢，你们二位也付个代价……

【张元济进来，看着神情愁闷的夏瑞芳。此时高凤池、鲍咸昌已离去。

张 元 济 如果这次教科书失败，我退出商务，以防你们分裂。

111.商务馆发行所门口　日　外

【这是教科书开售的第一天，夏瑞芳坐着人力车，惴惴不安地来到发行所。

【他远远听到吵闹声，看到一支长长的队伍在发行所前涌动争执。

【夏瑞芳急忙下了人力车，紧张地走过去。

【夏瑞芳发现，原来这支队伍在争购《最新国文教科书》，发行所的员工不停地忙碌，已是焦头烂额，同时也是异常兴奋。

【出几个《最新国文教科书》的特写镜头。

【夏瑞芳突然看到另一角落的张元济，原来他一早也来观察教科书的销售情况。

【夏瑞芳看着张元济，两人的目光都闪烁着光彩。

【高凤池和鲍咸昌也出现在稍远的角落，此时表情尴尬，他们想悄悄离开，却被夏瑞芳一眼发现。

【夏瑞芳伸手指着他二人。

【鲍咸昌看到被夏瑞芳发现了，沮丧地摇头拍手。

112.上海街头　日　外

【沿街的路口，鲍咸昌和高凤池各捧一堆教科书站在那儿，不知所措。

鲍 咸 昌 翰卿，得叫卖啊。

高 凤 池 （为难地直搓手，后悔地）就不该和你妹夫打这种赌！

【鲍咸昌手举一本教科书，对着走过来的一个行人喊。

鲍咸昌　哎,来看呐,最新……

【行人嫌恶地白了他一眼,走开。

【鲍咸昌沮丧。

【另一个行人过来,翻看高凤池手里的教科书,竟买了一本。

【又过来几个人买他们的教科书。他俩逐渐开始熟练地收钱、找钱。

【一堆人涌来,争先恐后地买他们的教科书,二人变得兴奋。

高凤池　(一手举书,开始叫卖)商务印书馆最新国文教科书,先到先得,过期不候。

【买书人包围了他们。

【张元济和夏瑞芳不知何时出现在他们面前,四人对视,尴尬片刻,随之都忍俊不禁,朗声大笑起来。

【鲍咸昌突然想起了什么,转身就跑。

113.印刷所　日　内

【鲍咸昌飞奔到印刷所。印刷所内机器轰响,有的机器正在印刷《最新国文教科书》,鲍咸恩在监督工人。

鲍咸昌　(对鲍咸恩大喊)加印！再加印！

【一台台机器急急轰鸣起来。

【字幕:商务印书馆1904年出版的初等小学《最新国文教科书》重印三十多次,印刷总量达到一亿册。后续出版的各种教科书发行量占晚清的五分之四。

114.印刷所　日　内

【时间已是几年以后,厂房更大,机器和工人更多。容貌更老的鲍咸恩正监督工人。

鲍咸昌　(对鲍咸恩大喊)加印！再加印！

【印刷所里堆满了各种由编译所编译的书刊,包括严复和林琴南的译作，杜亚泉的科学类辞典、辞源，《东方杂志》《说部丛书》《小说月报》《妇女杂志》《教育杂志》《学生杂志》等。

115.编译所　日　内

【编译所里，几十个员工正在各自的办公桌前校稿，编书。

【张元济正指着一摞书稿与高梦旦讨论着什么，另一个员工拿着书稿来请教张元济。

116.发行所　日　内

【发行所里一片忙碌景象，很多员工在来来回回地搬运成捆的教科书、各种著作、各种刊物。

【好几个中小学校长和书店老板正围着夏瑞芳，请求他供货。夏瑞芳一边与他们说话，一边指挥员工们工作。

某中学校长　夏经理，我们中学堂扩大招生，教科书务必多给我们一些。

某小学校长　夏经理，我是从山东赶来的，我们小学堂可是一直用你们的教科书、订你们的杂志……

某书店老板　你们那套《说部丛书》，我们书店想再进一批货。

夏 瑞 芳　我们正在日夜加印。

117.发行所门口　日　外

【发行所门口停着几辆马车。一批员工正向马车上装书籍和杂志。另两辆盛满书刊的马车开始向不同的方向出发。

118.印刷所　日　内

【正在指导工人操作机器的鲍咸恩突然垂头倒在印刷机上。

鲍咸昌　(惊叫起来)哥!

【字幕:1910 年,鲍咸恩去世,鲍咸昌继任印刷所所长。

119.新的商务馆大楼　1910 年,日　外

【新的商务馆大楼矗立。大门处,很多人进进出出。

120.编译所　日　内

【夏瑞芳与张元济在新商务馆大楼的编译所谈话。

张元济　近几年所出的政法和科学类书籍都堪称成功,《东方杂志》《小说月报》《教育杂志》也颇受欢迎。但是商务馆不能安于现状,还要更上一层楼。

夏瑞芳　到本月为止,我们已在各地设立了二十家分馆,不过,我的目标是全国每个省都有商务的分馆。

张元济　我以为,不光是全国各省,商务馆还应有走向世界的雄心,比如新加坡,以及南洋各国。

夏瑞芳　那么,张先生出国考察的计划现在就可实行,只有学习世界的先进,才能成为世界的先进。

121.张元济宅　日　内

【张元济与妻子许子宜、尚在幼年的儿子张树年一道吃饭。四周墙上挂满了各种科学挂图。

张元济　(对许子宜)这次估计要去好几个月,访荷兰、英国、爱尔兰、德国、法国、美国,看看他们的教育、出版、印刷事业。

【张元济教树年用筷子与刀叉。

张树年　为什么又学筷子,又学刀叉啊?

张元济　(边说边演示)你看,筷子可以夹,而刀叉呢,可以切、可以

叉，都很有用啊。

122. 张元济宅　日　内

【妻子许子宜帮张元济盘起辫子，戴上发套，穿好西装，坐在院子里，准备拍照。

【幼子张树年饶有兴趣地在旁看着。

【摄影师安排好机器。

张 树 年　爸爸，笑。

【张元济欲作笑状，但出来的表情还是很严肃。

【“砰”的一声，闪光灯闪亮。画面定格。

123. 法国巴黎博物馆　日　内

【在巴黎，张元济在伯希和的陪同下参观法国国家图书馆。旁出字幕：伯希和，法国汉学家。

【幽暗的灯光照射下，玻璃柜里陈列着一件件伯希和收集的中国敦煌古文献资料。

伯 希 和　请张先生鉴赏我们法国的国宝。

张 元 济　感谢您的接待，但是，需要纠正的是，这些国宝属于中国。

伯 希 和　这些古文献是我花很少的钱从一个中国道士手里买来的，这个中国人视这些宝贝为废纸，我发现了它们的价值，把它们带到了最合适的地方。你应该为此而高兴。

张 元 济　这是我的祖国的悲剧，是我们文化的劫难，我的心里只有沉重，没有欣喜。

124. 德国柏林的一个公园　日　外

【正在德学访学的蔡元培一家热情接待张元济，他们在一个小公园里一边野餐一边谈话。

蔡元培 有了商务馆的资助，我才能留学德国，谢谢你，菊生。

张元济 （笑）你给商务馆编写了最有价值的书稿，我是按劳付酬，理所应当啊。

蔡元培 这些年来，商务馆出的那些书使越来越多的民众改变了思想，认同革命的人越来越多。我和同盟会的同志决意推翻清廷，不惜流血，不惜战争。

张元济 那么，你搞你的政治革命，我出我的书。

125.

【字幕：一九一一年十月十日，辛亥革命爆发。

【一系列资料照片，反映的是辛亥革命中发生的战斗场面、革命军欢呼胜利的场面。

126.张元济宅　日　内

【张元济和妻子许子宜帮助女儿树敏、儿子树年将一块白床单从晾衣架上取下，用竹竿挂到窗外。

127.上海街头　日　外

【街道两边的住宅和商铺窗户有不少都挑出了表示拥护革命的白布，成为一道有趣的风景线。

【一队革命军威风凛凛地在街道上行军，领头的年轻将领骑着白马，旁出字幕：陈其美。

【路旁围观的行人中有个日本记者，正给革命军拍照。此记者是《东亚时报》的中岛一郎。

128.张元济宅　日　内

【张元济坐在椅子上，请来的理发师"咔嚓"一声剪下张元济的辫子。

【儿子张树年饶有兴味地看着。

【张元济指挥儿子树年坐在椅子上，也让理发师剪树年的辫子。

129.张元济宅门口　日　外

【张元济宅门上方，挂着一个“收购旧书”的牌子。

130.藏书家刘承幹在上海的私宅　日　内

【张元济见藏书家刘承幹，希望参观他的藏书。

【刘承幹正在客厅与一书商谈一桩购书生意。旁出字幕：刘承幹，藏书家。

书　　商　（捂住一本古籍，口气强硬地）少于一千六百元，我这就走人。

【书商站起身欲走。刘承幹拉住他。

刘 承 幹　好商量，好商量。

【张元济进门，向刘承幹拱手行礼。

张 元 济　海盐张元济求教刘先生。

刘 承 幹　（站起来拱手）张先生！您是父亲的朋友，喝酒、谈学问，欢迎，要看那我几套珍品宋版书，除非你要我的命。

张 元 济　要命不敢，元济倒是愿意白白赠送刘先生银圆一千四百两，然后就告辞。

【刘承幹一愣。

张 元 济　（指着书商手里的那本古籍）这位先生的《宋文鉴》我曾过过眼，察看纸墨，当系宋印。

书　　商　（得意地对刘承幹）你看，我没蒙您吧？

【张元济翻开书，指指某几页。

张 元 济　书中颇有修补痕迹，必非嘉泰原本。内有甲午重刻字，而端平三年为甲午，可见为端平重修本。

【书商被说破底细，急得额上出汗。

张元济 所以，一千六百元是虚高，二百元价实相抵，两不吃亏。

【书商向张元济竖起大拇指。

书　商 您是真行家。二百就二百吧。

【刘承幹立刻取出一张二百的银票给他。

【书商接过银票，沮丧地离去。

刘承幹 （抱拳施礼）您今天让我开了眼。只是我不明白，你们商务馆主要是靠出现代书赚钱，注意这高价古本做什么？

张元济 商务对优秀文化，不论是中是西，都要介绍和传承。（语气有些沉重地）如今，对中国古籍珍本的收集保护尤为急迫，否则就都流散了、毁了。敦煌是个教训，皕宋楼也是一个教训。

131. 闪回·商务馆会议室　日　内

【张元济、夏瑞芳、高凤池、鲍咸昌开会。

高凤池 自从革命功成，我馆出的相关书籍畅销得很，应再加大规模，一定获利更丰。

张元济 我的看法却相反，如今革命已成，西学已深入人心，所以应该分出力气做另一件事——收购古籍，保存国粹。比如湖州皕宋楼藏书欲出售，日本人也垂涎，商务应不惜巨资全部收购，以防流出国门。

高凤池 可我听说皕宋楼出价甚高，商务若把大量资金用到这无利可图的事情上去，我坚决反对。

张元济 （有些激动地）虽无短利未必无长利，何况保存国粹本身就是最大的利！

夏瑞芳 我赞成张先生。

132.皕宋楼　日　内

【湖州藏书家陆树藩的皕宋楼里一片混乱，好几个面色凶悍的人正指挥各自的手下搬走他家的古玩、家具等物。他们是陆树藩的债主。

【陆树藩的妻子、儿女看着家里物件被一件件抢走，都满脸凄苦。

【陆树藩的妻子抱住一个花瓶，舍不得给债主，与一壮男争抢，她的儿子、女儿也来帮忙。

陆树藩的妻子　（祈求地）给我留一样。

陆　树　藩　（朝妻子儿女摆摆手，烦躁地）给他吧。陆家败了。

债　主　甲　这点东西算什么？你那楼宝贝书不卖，休想填平这个大窟窿。

【这时，夏瑞芳与张元济进来，向陆树藩拱手。

张　元　济　陆先生，我们商务馆愿收购您的皕宋楼全部藏书。

夏　瑞　芳　出价六万，您看怎样？

债　主　甲　那这其中四万可得归我。

债　主　乙　正好剩下两万归我。

债　主　丙　不行，还有我的两万呢！

陆　树　藩　那就八万。张先生、夏先生，你们出八万，皕宋楼的书归你们商务。

张　元　济　这……我们需要回去商量。

【这时，进来两个日本人。一位较年长，约五十多岁，另一位较年轻，约三十多岁。两人向陆树藩递上名刺。

年轻日人　这位是大日本三菱集团的代表岩崎弥之助先生，我是大日本驻上海的《东亚时报》记者中岛一郎。岩崎先生愿出八万收购皕宋楼全部藏书。

张　元　济　陆先生，皕宋楼藏书是中华数百年的文化遗产，请万勿让与异邦。

陆树藩　(郑重地)三日内,你们如能筹齐八万,我会优先卖给商务馆。

133.商务馆会议室门口　日　外

【会议室内有争吵声。

【鲍咸昌在门口听着。

高凤池　(画外音)八万?这是掏商务馆的家底。既然是保存国粹,那应是国家之事,为什么唯独由商务馆来承担。

张元济　(画外音)我找过政府,政府财政无力。政府不管,难道就任国宝流失,元济何忍?商务馆何忍?

夏瑞芳　我赞成张先生。

高凤池　你什么时候反对过张先生?

夏瑞芳　我们行此义举,近期虽然亏损,却在社会上获得尊敬,对一个出版企业来说,受社会的尊敬也是无形的资产,利在长远。

【听到这争吵,鲍咸昌在门口走过来、走过去,急得直搓手,却无可奈何。

134.皕宋楼　日　内

【夏瑞芳与张元济匆匆跨进陆树藩的客厅。

【客厅里,陆树藩正给岩崎氏看一份藏书的清单。

夏瑞芳　(递上银票)陆先生,这是八万。

陆树藩　(苦笑地)岩崎先生的出价已升到十万。你们有十万吗?

【张元济与夏瑞芳对视,表情颓然。

135. 皕宋楼　日　内

【岩崎与陆树藩在一份合约上签字。

【张元济表情悲愤地望着他们签字的过程。

【岩崎氏朝张元济郑重地一鞠躬。

岩崎氏　对不起！张君。

【张元济一言不发，转身离去。

【夏瑞芳跟上。

【陆树藩追出门。

陆树藩　张先生！……（声音又孱弱下来，低声自语）对不起……

136. 院门口　日　外

【出了皕宋楼的宅院门，张元济不禁停下来，再次回首看一眼那写有“皕宋楼”三字的楼宇，转身默默离去。

夏瑞芳　张先生！

【张元济回头。

夏瑞芳　（表情内疚地）对不起！

137. 上海证券交易所门口　日　外

【上海证券交易所门口涌满了人，有的往里挤，有的往外挤。所有人推推搡搡，神情激动。

众　人　（喊）橡皮股票又跌了！又跌了。

【有人挤出人群，把手中的股票撕碎，抱头痛哭。

138.

【各种报纸依次堆叠。报纸的大字标题有：“橡皮股票跌跌跌！”“橡皮股票崩盘，股民巨亏”“橡皮股票骗局大揭秘”……

139. 商务馆走廊上　日　内

【张元济走进商务馆，遇到高凤池和鲍咸昌急急走来，高凤池神色沉重，鲍咸昌失魂落魄。

高凤池　夏瑞芳炒橡皮股票失败，使商务馆亏空十四万之巨，现在人已失踪，遍寻不见！

【张元济大惊。

140. 上海街头一个角落　夜　外

【夜晚，路灯下，酩酊大醉的夏瑞芳躺在地上。张元济走过来，发现了他。

夏瑞芳　（醉中，痛苦地）我算什么总经理？我是个脓包！如果我赚到足够的钱，就不会让皕宋楼的书卖到日本去。对不起，张先生！我想弥补，我想赚大钱，不再让你有这样的遗憾。但是我亏得更多，我太失败了！我要辞掉这个总经理，我没脸留在商务了，我退出！

【张元济拉他胳膊。

张元济　（严厉地）粹芳，起来！失败不可耻，谁不会失败？失去信心才可耻！你不是脓包，你把商务馆从一个小作坊变成一个大商行，从四千元不到的资本扩大到二百万元，把商务馆变成有二十家分馆的全国最大的出版行。你有眼力、有魄力、有手段，你要记住，你是中国最成功、最了不起的总经理！

【受到激励的夏瑞芳酒醒了，激动地望着张元济。他拽着张元济的手慢慢站起来。

141. 商务馆高凤池的办公室　日　内

【张元济、夏瑞芳、鲍咸昌和高凤池讨论对夏瑞芳炒股造成亏空一事如何处理。

【高凤池面色阴沉，面朝窗外，立在窗前。

【夏瑞芳递给高凤池一份账单。

夏瑞芳　我已经在卖房子，也借了一些款子，不足的，以我在商务的股票相抵，一定把公司的亏空补偿回来。辞呈我收回，我能让商务更好。

【张元济热切地看着高凤池。

【鲍咸昌以焦虑的目光看着妹夫夏瑞芳，又期待地看着高凤池。

【高凤池眉头紧锁，沉默半晌，终于无言地从口袋里取出辞呈，还给夏瑞芳。

142. 藏书家刘承幹在上海的私宅　日　内

【张元济的讲述告一段落，刘承幹唏嘘不已。

刘承幹　跟张先生、夏先生相比，刘某就是个鄙陋小人。

【刘承幹在案桌上点着一根香。

【刘承幹对着那根香郑重一拱手。

刘承幹　刘某起个誓，刘氏嘉业堂藏书从此向海内同道开放，任凭查阅，任凭抄印，分文不取。

张元济　刘先生福泽海内学林！佩服！我也有一项计划，凭借商务馆涵芬楼的收藏，再求刘先生这样的海内藏家的惠借，我们影印海内善本，出版一套《四部丛刊》，使中国珍贵的古籍能广为流布，不至失传。

143.《东亚时报》社社长办公室　日　内

【《东亚时报》的日本记者中岛一郎请见上司《东亚时报》社社长村

井义雄。其实《东亚时报》是日本驻上海的情报站，村井义雄是情报站间谍头目，而中岛一郎是他的手下。

村井义雄 （训斥中岛一郎）中国发生革命之后，对我国敌意剧增。上面要求我们加紧收集情报，你却去收购中国的古书，满足私人的癖好！你忘了作为军人的职责了吗？

中岛一郎 报告长官，我是有这癖好，可是，我也是为了大日本帝国的利益。

144. 闪回·皕宋楼　日　内

【岩崎氏与中岛一郎浏览皕宋楼的藏书。

【中岛一郎翻看那些珍本古籍，激动得脸庞扭曲，双手颤抖。

【岩崎氏也频频点头。

中岛一郎 这……这是真正的宝藏！岩崎先生，你一定要得到它，把它带到我们日本。

岩 崎 氏 这取决于它的主人。他要优先留在自己国家，这也是可以理解的。

中岛一郎 （目光诡异地）岩崎先生，我可以帮你，用一些特殊的手段。

【岩崎氏瞪大眼睛，感到诧异和困惑。

中岛一郎 坦率地告诉你，我另一个身份是大日本帝国的间谍，我们有一套方法可以帮你达到目的。

岩 崎 氏 （愤怒地）我不喜欢跟军人合作，文化的事情应该由文化的方法解决，请不要干涉这件事，玷污我们岩崎家族的名誉。

【岩崎氏愤然离去。

【看着岩崎的背影，中岛一郎面色难看，目光阴毒。

145. 闪回·皕宋楼　日　内

【岩崎氏与陆树藩在一份合约上签字。

【张元济表情悲愤地望着他们签字的过程。

【岩崎氏朝张元济郑重地一鞠躬。

岩崎氏 对不起！张君。

【张元济一言不发，转身离去。

【夏瑞芳跟上。

【陆树藩追出门。

陆树藩 张先生！……(声音又孱弱下来，低声自语)对不起……

146.闪回·陆树藩的内室 日 内

【此刻，外人谁也不知道的是，陆树藩的内室正是一副令人感到恐怖的景象：陆树藩的全家老小正被绑在房间里，中岛一郎等几个日本特务持刀威胁着他们。

原来，陆树藩为保全家人，不得不答应将书卖给岩崎氏。

147.《东亚时报》社 日 内

【听了中岛一郎的讲述，村井义雄沉默。

村井义雄 (严厉地)以后不要再自作主张！

148.商务馆会议室 日 内

【商务馆开会。张元济、高凤池、鲍咸昌、夏瑞芳、高梦旦、李拔可等出席。

【高梦旦拿来几份报纸交给夏瑞芳和张元济。

高梦旦 这个文章骂张先生留恋古书，是保皇余孽。这一篇则攻击商务馆含日股，故帮助日本人榨取中国之利益。

李拔可 据我所知，这是几家同行出于竞争，恶意造谣生事。

张元济 舆论对本人的诬陷，本人倒不在意，所谓清者自清。但是日股一事关系公司长远利益，我意不如购回日股。

149. 上海街头　日　外

【一报童向行人叫卖报纸。

报　　童　特大新闻，特大新闻，宋教仁上海火车站遇刺身亡，国民党说袁世凯是幕后元凶，南北之战一触即发，南北之战一触即发。

150. 上海街头　日　外

【陈其美与几个手下、几个将领骑着白马，带领一队革命军在街道上趾高气扬地行军。

【其中一个将领有络腮胡，相貌有几分粗鲁。

151. 商务馆发行所　日　内

【陈其美手下的那个胡子将军带着几个军人来到商务馆的发行所。夏瑞芳正在发行所处理事务。

胡子将军　袁世凯背叛革命，我们南方党人组建讨袁军除逆，以维护革命之成果，但是，革命是需要钱的，你们商务馆财大气粗，理应捐出来一些，支持革命。

【夏瑞芳开了一张一千元的支票给他。

胡子将军　才一千？只够掸掸袁世凯身上的灰。（伸出一根手指，不容置疑地）一万！

夏 瑞 芳　（摇头）革命需要钱，我们出书也需要钱。

胡子将军　（蛮横地）革命是大事，谁不支持，谁就是与革命为敌。

夏 瑞 芳　出书更是大事。正如菊生先生所说，当今中国，比起需要革命，更需要书。

胡子将军　有人说张菊生革命前热衷于立宪，革命后热衷于古书，乃是封建余孽，果然不假。

【胡子将军取出一把匕首，划破柜台上的一堆书。

【他的手下推倒书架，将那些书扔到门外。

【夏瑞芳带领员工上前阻止，遭到他们的殴打。

【胡子将军掏出手枪，顶在夏瑞芳的太阳穴上。

胡子将军 三日之内，闸北所有的商行必须向我们讨袁军交足捐款，三日之后，我们不要钱，要命。

152. 商务馆发行所 日 内

【张元济来发行所视察事态。

【张元济与夏瑞芳、众员工看着这番被讨袁军将领蹂躏的惨状，面色凝重。

【张元济默默地捡起那些地上的书，抚平皱褶，检视书上划破的刀痕。

张 元 济 虽然拿刀枪的人可以用刀枪伤害书籍，但是书籍的力量终究胜过刀枪。

153. 某酒店会议厅 日 内

【上海书业同商会的各家代表围坐会议桌开会，商量讨袁军强索捐款之事。

夏 瑞 芳 这些讨袁军的将领，嘴上说什么为革命征捐，干的事实际就是敲诈勒索。

各家代表 （愤怒地声援）对，对，就是土匪行径！

夏 瑞 芳 这样的人即使侥幸把革命搞成功也不会建立什么好政府，一定搞腐败，搞独裁。所以，我拒绝捐款。

各家代表 （附和）对，对，你们商务馆不捐，我们也不捐，都不捐。

154. 上海街头　日　外

【报童卖报。

报　　童　特大新闻，特大新闻，南方军钮永健放弃攻打北方军炮台，南北军一道唱歌，讨袁军失败，讨袁军失败。

155. 总经理办公室　日　内

【夏瑞芳在办公室拆开一封信，里面掉出一颗子弹。

156. 张元济的办公室　日　内

【夏瑞芳急忙持子弹和信来到张元济的办公室，发现张元济正在拆信，他的信里也同样掉出一颗子弹。

【两人对视。

157. 码头　日　外

【张元济、高梦旦送夏瑞芳走向轮船码头，夏赴日谈判。

张 元 济　粹芳，日方态度强硬，这次你去谈判，一定很难，但收回日股对商务馆关系重大。

158. 张元济宅门口　日　外

【张元济宅门上方，挂着“收购旧书”的木牌。（此处的住宅和大门，是上海老式石库门）

【一个面色诡异的人抱着一个纸箱来到张元济宅前。

【门卫开院门，此人对门卫说了些什么，然后将纸箱递给门卫。

159. 张元济宅门口　日　外

【张元济回家，门卫给他开院门，跟他说了句什么。

【那个送纸箱的人躲在不远处的树旁窥视。

【门卫从角落搬来那只纸箱放到桌上。

门　　卫　那人说是套宋版书,而且必须由您亲自打开。

【张元济打开纸箱,纸箱里放着一摞书,最上面一册封面发黄,名为《漫塘刘先生文集》,看起来颇为古旧。

【张元济翻开此册封面,立刻合上。

张 元 济　纸张经过染色做旧,字体为今人仿刻,必为赝品。原样封好,退还。

160.张元济宅门口　日　外

【树后,此人看到半天没动静,疑心阴谋失败。他上前敲院门。

【门卫开门,将纸箱递给他,跟他说了句什么。

161.某垃圾场　日　外

【那人携纸箱来到一僻静的垃圾场,打开纸箱,轻轻翻开那本书的书面,原来里面挖空,是个炸弹装置,他欲拆除引线。

【突然有个垃圾从垃圾堆上滚落下来,此人一时分神,脸色慌乱。

【纸箱发生剧烈的爆炸,无数垃圾被炸飞,此人倒地毙命。

162.商务馆发行所　日　外

【张元济在发行所的二楼,焦急地来回走,面色沉重。

【夏瑞芳突然冲进来。

【张元济惊讶。

张 元 济　粹芳,你回来了！怎么不发个电报?

夏 瑞 芳　(故意开玩笑)是坏消息,不忍告诉你。

【张元济脸色变得极为失望。

夏 瑞 芳　花了很多钱。

【张元济脸上透出希望。

张 元 济 那么日股?

夏 瑞 芳 全收回了。

张 元 济 那是好消息啊。现在商务馆是我们自己的了?

夏 瑞 芳 (兴奋地)商务馆现在是百分百的中资企业!哈哈!

【张元济表情激动。

163.街上　日　外

【一个枪手手插胸内口袋,神色冷酷,悄悄从街角转出来,移进发行所的门口。

【门口停着一辆马车,驾车的是一个大马夫和他的助手小马夫。

164.发行所　日　内

张 元 济 (诚恳地对夏瑞芳说)真的该对你说声谢谢!不管是这一次,还是这么多年。

夏 瑞 芳 (玩笑的语气)该说谢的是我。我这辈子最赚的一次投资就是把你这个翰林给买下来,结果一本万利,简直是挖到了一座金山。

【说到激动处,夏瑞芳推开窗,远处是上海高楼林立的景象。

夏 瑞 芳 张先生,只要我们一起再努力二十年,我有信心将商务馆发展到全世界。我也要让商务馆开到每个国家的每个城市,让全世界的人都看商务馆的书!

【望着窗外的远景,两人颇是喜悦。

165.街上　日　外

【街头,那个枪手冷冷地看着窗前的夏瑞芳和张元济。

166. 发行所门口　日　外

【两人下楼。夏瑞芳手里提着钱包。他看看张元济身上的马褂。

夏瑞芳　翰林兄，我要到“协大祥”给你做一套气派的衣服，你一年四季都是这一身，你不腻我都腻了。

【夏瑞芳又突然发现张元济的皮袍上有个破洞。

夏瑞芳　（指着破洞，笑）看来我还得浪费一件皮袍的钱。

【两人边笑着边走出门，走向那辆马车。

夏瑞芳突然注意到街头那个枪手，枪手那令人不寒而栗的目光使他产生了不祥的预感，夏的脸色紧张起来。

夏瑞芳　（强装镇静，目的是将张元济支开）张先生，我钱包丢到上面了，请帮我拿一下。我腿有点酸。

【张元济意外地看了夏瑞芳一眼，转身上楼去。

【枪手走了过来。

【张元济下楼。

张元济　粹芳，没见钱包呀。

【枪手朝马车旁的夏瑞芳开了两枪，转身就跑。夏瑞芳倒在血泊中，染满鲜血的钱包丢在一旁。

【小马夫“啊”地惊叫一声。

【张元济急急赶来，扶起夏瑞芳。

167. 街上　日　外

【凶手已向另一方向走去。

【小马夫奋力追赶凶手。

【凶手在街上狂奔。

【小马夫追上，与凶手厮打。

【两个巡捕赶来，与小马夫一道将凶手抓住。

168. 警车里　日　内

【张元济抱着还在流血的夏瑞芳坐在警车里。

张元济　(对司机)快,仁济医院!

夏瑞芳　(语气微弱地)不要报仇,不要报仇。出书的不要跟拿枪的斗,你说过,书比枪重要。

169. 医院里　日　内

【病床上,夏瑞芳去世。

【医生摇摇头,用床单盖住夏瑞芳的脸。旁出字幕:夏瑞芳于1914年去世。

【张元济、高凤池、鲍咸昌、鲍钰、夏瑞芳的儿子夏鹏等围在床边。

【鲍钰号啕大哭。

鲍　钰　我们要报仇,一定要给你报仇!

鲍咸昌　(红了眼圈,又悲又怒)一定要把幕后真凶揪出来,为粹芳报仇!凶手就是那些土匪军人,就是陈其美!

高凤池　(激愤地)我建议商务馆集全馆之力调查真相,还粹芳一个公道!

【鲍钰扑到张元济脚下。

鲍　钰　张先生,你有本事,要帮粹芳报仇啊。

【张元济捏紧拳头,眼中含着愤怒。

170. 张氏味莼园　日　外

【夏瑞芳的追悼会在静安寺路味莼园举行。

【厅堂上方,挂着夏瑞芳的遗像,遗像下方,摆满各界名人敬献的花圈和挽联。

【会场上,几千悼念者肃立,前排是鲍钰、鲍咸昌、夏鹏等夏瑞芳的家人。鲍钰在低声啜泣。

【公司高层的张元济、高凤池、高梦旦、李拔可等人，都着黑衣，佩戴白色胸花，神情沉痛。

高凤池 （作为新任总经理代表公司致悼词）夏君粹芳，同治十年生，江苏青浦人氏……

【张元济抬头看那遗像，想着当初与夏瑞芳相识相处的一幕幕。

171. 闪回·商务馆后院　日　外

【众人已合力把书都搬到后院。

【夏瑞芳点着了书堆。

【众人看火焰熊熊燃起。

【门口的张元济静静地看着这一切。

夏瑞芳 张翰林，三天之后我把印好的书给您送去，我要让您真心实意愿把生意给本店做。

172. 闪回·上海街头一个角落　夜　外

【夜晚，路灯下，酩酊大醉的夏瑞芳躺在地上。张元济走过来，发现了他。

夏瑞芳 （醉中，痛苦地）我算什么总经理？我是个脓包！如果我赚到足够的钱，就不会让皕宋楼的书卖到日本去。对不起，张先生！我想弥补，我想赚大钱，不再让你有这样的遗憾。

173. 闪回·发行所　日　内

【夏瑞芳推开窗，远处是上海高楼林立的景象。

夏瑞芳 张先生，只要我们一起再努力二十年，我有信心将商务馆发展到全世界。我也要让商务馆开到每个国家的各大城市，让全世界的人都看商务馆的书！

【张元济抬头看那遗像，遗像上夏瑞芳的目光似在看着他。

174.法院　日　内

【法院审判凶手枪杀夏瑞芳一案，夏家亲属、商务馆领导层及其他观众坐满了审判庭。

【法官判处杀害夏瑞芳的凶手死刑。

法　　官　蓄意谋杀罪名成立，判处——死刑！

凶　　手　（忽然激动地大喊起来）是他们叫我做的，他们说要救我的，我是为了革命啊！

【法警拖走凶手。

【观众席上的张元济、鲍钰等人表情悲愤。

175.蔡元培在北京的寓所　日　内

【张元济与蔡元培对坐，两个人都很沉重。

蔡元培　讨袁失败了，我这个教育总长当然也辞了，如今革命正是低潮。

张元济　但是夏瑞芳却成了无辜的牺牲者。

蔡元培　是的，每个杀人的人都认为自己站在正义的方面，袁世凯暗杀宋教仁，认为自己是为了中国的稳定。陈其美当年暗杀光复会的同志陶成章，认为自己是为了挽救革命的危机，现在他杀夏君……

张元济　我想起法兰西罗兰夫人临刑前的话："自由，多少罪恶假汝之名以行！"

蔡元培　是的，这是可耻的罪恶。可是，如果追究下去，只有两败俱伤，纵然真凶受到惩罚，商务馆也将被毁……

【张元济愤怒地站起来。

张元济　你这是在袒护！你的袒护也是假借正义的名义！

【蔡元培对张元济的指责只有无奈的同情。

176.夏瑞芳的墓前　日　外

【张元济、鲍钰、鲍咸昌、高凤池向夏瑞芳的墓敬献鲜花。

鲍　钰　(啜泣着)粹芳，馆里赠的抚恤金，我都替你捐了，在你的青浦老家办了一个小学。

张元济　这一定是粹芳最高兴的事。

鲍　钰　张先生，既然巡捕查到线索了，帮我把真凶找出来，好不好，粹芳死不瞑目啊！

张元济　(沉重地摇头)不，我们得忍，商务馆得忍。

鲍　钰　张先生，你为什么这么懦弱，你为什么对粹芳这么绝情？

【张元济痛苦不堪。

177.街头　傍晚　外

【张元济在熙熙攘攘的街上孤独前行。仿佛回到当初在南洋公学门口夏邀他入商务馆时的情景。

【(闪回)

夏瑞芳朝张元济伸出手。

夏瑞芳　张先生，你不会毁约吧，好比这拍卖行，你出了价，我举了牌，就得成交啊。

张元济望着夏瑞芳，内心在权衡。终于，他朝夏瑞芳伸出手。

张元济　前提是以扶助教育为己任。

夏瑞芳重重点头，赶上来紧紧握住张元济的手。

夏瑞芳　以扶助教育为己任！

(闪回结束)

【从回忆中醒来，还是这个街角，现在却面前已空，只有张元济一个人面对着车水马龙。

【张元济泪流满面。

178. 北京街头　1919 年，日　外

【学生组成队伍在街上游行示威，他们举着标语与旗帜，喊着口号。标语内容有："收回山东""废除二十一条""打倒卖国贼"。

【军警包围了游行队伍。

179. 北洋政府教育部　日　内

【一个有学者气质的官员正在办公室跟人打电话。旁出字幕：傅增湘，教育总长。

傅增湘　（愤怒地）蔡元培支持学生没错，你们撤蔡元培的职，我这个教育总长也不干了！

【傅增湘扔掉电话。

180. 上海街头　日　外

【1919 年五四运动期间。交通部上海工业专门学校（原南洋公学）、圣约翰大学等上海高校的学生组成队伍在街上游行示威，他们举着标语与旗帜，喊着口号。标语内容有："收回山东""废除二十一条""打倒卖国贼""抵制日货""罢课、罢工、罢市""支持北京大学""支持蔡元培返校"等。

【街边一家书店里，日本间谍中岛一郎一边假装翻阅书刊，一边窥视门外学生的游行。

181. 商务馆会议室　日　内

【张元济、高凤池、陈叔通、鲍咸昌等主要高层正开会议事，学生们的口号声不断传进来。

【听声音，游行队伍正聚集在商务馆门前。

张元济 建议辞退馆内的日方职员，全馆从即日起罢市。我个人也会去慰问元培兄。

高凤池 菊生，我记得你向来主张在商言商，对政治敬而远之，如今何必掺和这些小孩子的事。

张元济 政府出卖国家利益以媾和日本，已伤及每个国民，学生出来抗议，正说明他们有了新的国民精神，商务应敬而助之。

182.商务馆门口　日　外

【商务馆人员出来关上大门。

【另一职员在门边贴出通告，内容中有“响应学生正义之行动，商务馆即日闭馆”等字样。

【游行的学生看了鼓起掌来。

183.商务馆会议室　日　内

鲍咸昌 现在的学生头脑里那些新潮思想，还不是我们商务那些新潮书教的？现在倒好，他们反过来逼商务。

张元济 所以时势转移，商务如要随时而进，必须抱有厌旧喜新的精神，作为经理，我建议裁汰老人，多用新人。

高凤池 我倒认为应重用老人，新人不可靠。

张元济 断不能苟同！

鲍咸昌 （当和事佬，来和稀泥）二位都有道理，可以兼顾嘛，既用老人，也用信得过的新人。

张元济 咸昌兄，信得过的新人不等于信得过的亲人，你让自己的子侄进馆任职，我认为有伤公司制度，十分不妥。

鲍咸昌 这……

【鲍咸昌又惭又怒。

张元济 商务以制度来管，不是以人来管，才能成为世界一流之企业。

【张元济拿出两份报纸，上面登载着陈独秀和罗家伦批评的文章。

张元济 北大的陈独秀和罗家伦抨击商务保守落后，在时代之外做着庸俗的梦。

高凤池 所以，我们应该组织人写反驳的文章，在报纸上……

张元济 （打断高的话）所以我们应该出高价请陈独秀和罗家伦为商务编书写文章。

【高凤池被噎住，脸色难看。

张元济 所谓忠言逆耳，闻而药之。近两年商务滞销的书刊达60万册，这首先是我作为经理的责任，但翰卿兄作为总经理的责任也不可推卸。

高凤池 既然你认为是我的责任，我辞职！

184. 商务馆总经理办公室　日　内

【高凤池与陈叔通共看一张报纸。旁出字幕：陈叔通，商务馆总务处处长。

【报纸上登载着张元济辞去商务馆经理一职的声明。

高凤池 （两手一摊，愁苦地）我说辞职不过是句气话，他倒来真的。

陈叔通 菊生先生向来言出必行。

高凤池 都是粹芳当初对他百依百顺，使他有了骄纵之气。

陈叔通 夏瑞芳多次说，他万事依赖张先生，商务能成功也有赖张先生，你觉得你能离得开张先生吗？

【高凤池沉默。他在窗前来回徘徊，神情焦虑。

185. 极司菲尔路张元济宅花园　日　外

【女儿树敏和儿子树年在花园里荡秋千，踢球。

【张元济夫人许子宜坐在花园的石凳上绣花，眼睛却时而看着花坛前的张元济。

【张元济在花坛前看信。陈叔通手持一摞信。

陈叔通　你也看到了，蔡元培、梁启超、傅增湘……十几封信都是劝你不要辞职。

【许子宜也暗暗关注着张元济与陈叔通的对话。

张元济　朋友的好意，心领。做人的原则，不变。

陈叔通　商务离不开你，可是，你能离得开商务吗？恐怕梦里都会想着商务的事吧？

【张元济沉默不语。他抬头看到了妻子许子宜，许子宜已放下绣花的丝巾，以鼓励的目光望着丈夫。

186. 极司菲尔路张元济宅花园　日　外

【陈叔通已离去。张元济在花圃前徘徊。

许子宜　（画外音，惊喜地）夏夫人！好久不见你！

【张元济惊讶地回头看去。

【来的是夏瑞芳的遗孀鲍钰，她已有几分苍老，眼神里还有忧郁。

【许子宜热情地挽着她的手。

【张元济与鲍钰对视，张元济表情沉重。

张元济　夏夫人，你还怨我吗？

鲍钰　（凄然一笑，轻轻地摇头）粹芳去世后，你对我们照顾很多。粹芳当初把命都搭进去，就是为了商务馆。你不追究幕后的真凶，也是为了商务馆。所以，（抬头，以坚毅的目光盯着张元济）你不该把商务馆丢开不管。就算是为了粹芳。

【张元济低头沉默。他抬头看见不远处的妻子许子宜，许子宜也鼓励地看着他，朝他微笑地点点头。

187. 商务印书馆总经理办公室　日　内

【鲍咸昌、陈叔通、张元济、高凤池谈话。

鲍咸昌　按叔通兄的建议，我滥竽充数任总经理，菊生兄、翰卿兄同任监理，希望大家精诚合作，把商务办得越来越兴旺。

【张元济伸手与高凤池相握。

188. 商务馆张元济办公室　日　内

【沈德鸿（茅盾）来到张元济办公室汇报工作。旁出字幕：沈德鸿（茅盾）。

张元济　我对《小说月报》并不满意，如果改由你来当主编，你有没有信心？

沈德鸿　如果让我来当主编，得满足我的条件：第一，原来那种鸳鸯蝴蝶派的格调全部不要；第二，原来的主编、编辑全部不要，我要提倡“为人生的文学，写实的文艺”。

189. 商务馆会议室　日　内

【张元济、高凤池、鲍咸昌、高梦旦等主要高层正开会议事。

张元济　不光要编白话文的教科书，我看像宣传马克思列宁主义的新书也应出一批。

高梦旦　自从德鸿改革《小说月报》，再加上一个郑振铎，真的是生气勃勃。巴金、冰心的小说都很受欢迎。看来还是新人有魄力。我这个编译所所长也应让贤。

张元济　梦翁的所长不必让，不妨再请一个副所长。

鲍 咸 昌 请谁?

张 元 济 北大教授胡适之。

190. 上海火车站　日　外

【三十来岁,戴着眼镜,风流儒雅的胡适出了出站口,他的面前是铺在地上的红地毯和盛大的欢迎人群。张元济、高梦旦等十几位商务高层都来迎接他。这阵势如同在迎接一个大国总统。有好几个报社记者也在拍照,其中包括那个日本间谍记者中岛一郎。

【胡适与众人一一握手。

【张元济与胡适边走边谈。

191. 涵芬楼图书馆　日　内

【张元济陪胡适参观涵芬楼图书馆的善本书籍。胡适小心地翻看那些古籍,视若珍宝。

胡　　适 没想到这里有这么多宋版书、明版书、海内孤本,中国的文脉在此啊。恐怕花的钱也不少吧。

张 元 济 像这套黄荛圃藏的宋本《前汉书》,价二千元。

192. 商务馆高凤池的办公室　日　内

【高凤池与胡适谈话。

胡　　适 买一套宋本《前汉书》,花去二千元,似乎确实是太奢侈了。

高 凤 池 是啊,菊生这人就这样,常常花钱搞些太大、太不实际的事情,他坚持少发股息,积累下来做公积金,买高价古书收藏到涵芬楼,办函授学校、尚公小学,这些都降低了商务的利润,也使股东们叫苦。

【胡适若有所思。

193.商务馆发行所　日　内

【张元济领胡适参观发行所,看书架上商务所正出售的本版书籍。

张元济　一些古籍珍本,我们花一两千元的高价买下来,看似奢侈,但是我们可以用作底本影印发行,使一本化身千万本,然后低价售出。(取下书架上的一本《四部丛刊》分册)比如,这套新出的《四部丛刊》,内容多用古书善本影印,花费十年,终于陆续问世。

【张元济带胡适翻看这一套《四部丛刊》,看了看封底的定价。

胡　适　我知道,这套《四部丛刊》选印经史子集古籍菁华,(看看封底)原来价只有一百元。

【胡适微笑地向张元济鞠了个躬。

胡　适　我要替天下贫寒的读书人向你道个谢。

张元济　我还有个计划,建一座公共的图书馆,馆中所有图书向读者开架借阅,分文不取。

194.火车站　日　外

【胡适离开上海回北大。张元济、高梦旦等到车站送行。

【有几个报社记者在现场拍照和采访,其中一个就是日本间谍记者中岛一郎。

中岛一郎　胡博士,你对商务印书馆有何感受?

胡　适　商务馆是中国传统文化的传承者,其《四部丛刊》皇皇巨著,简直可以跟《四库全书》相媲美。商务馆出了很多西学的书,也是传播现代文化的摇篮和中心。我认为,张元济先生的商务馆,是蔡元培先生的北大之外,另一个人才荟萃地,二者同为中国两大文化重镇。

中岛一郎　已知商务馆请你担任编译所的所长,你的意见是什么?

195. 闪回·商务馆发行所　日　内

胡　　适　编译所的事固然有价值，但是，历来著书者有名，编书者无人注意。总觉得一辈子编书……会失去了自我。张先生，让我想想。

【胡适心事重重、眉头紧锁地离开。

【胡适跨出门时，张元济在他背后说话。

张 元 济　胡先生，生于这样的时代，何必有我？

【胡适一时怔住。

196. 火车站　日　外

【张元济与胡适对视，张元济的目光里似乎对胡适有所期待。

胡　　适　我的书稿，将授予商务馆出版，至于所长职位……（胡适语气有些艰难）我已推荐了我的老师王云五。

197. 火车上　日　外

【火车开动，张元济等向车窗内的胡适招手。

胡　　适　张先生，我过不了自己这关……

198. 东方图书馆　1926年，日　内

【东方图书馆开张之日。图书馆门口已排起了长长的队伍，学生、工人、老者、孩子，还有一些外国人，都满含期待地望着紧闭的大门。

【九点整，传来从上海外滩一座海关钟楼上响起的钟声（用当年乐曲）。

【大门打开，张元济出现在门口，他身后是高梦旦、王云五等人。旁

出字幕：王云五，商务馆编译所所长。

【张元济笑吟吟地向等待的队伍一伸手，示意请进。

【众人涌进。

【图书馆里的书架上放着书籍、刊物，中间则整齐地摆着桌椅。

【读者们纷纷借书，如饥似渴地阅读。

【张元济站在二楼，朝下看着这个场面，面色欣慰。

【（虚拟画面）张元济的对面，另一个人也朝楼下看着，他抬起头，与张元济相视一笑，他是已去世十二年的夏瑞芳。

【日本间谍中岛一郎站在柱子后悄悄窥视张元济。

199.《东亚时报》社　日　内

【日本间谍中岛一郎向间谍头目村井义雄汇报工作。

【中岛一郎向村井义雄递上一份报告。

【村井义雄翻阅报告。

村井义雄　张元济？商务印书馆的监理？

中岛一郎　他一直是商务印书馆的灵魂。

村井义雄　你为什么要调查这个人？

中岛一郎　我认为，中国最值得注意的人不是军人和那些政客，而是像张元济这样的文人。

村井义雄　文人？他难道不应算是个生意人吗？

中岛一郎　但是他不爱钱，主动放弃高薪，不愿做官，没有任何享受，一年穿的衣服不超过三套。每天工作十几个小时，他出版各种介绍西方先进思想和科技的书籍，高价收购中国古籍，放在公共图书馆免费开放，为的是教育民众和保留传统，甚至不惜牺牲企业的利润。

村井义雄　这样的人是可怕的人。

200.商务大楼鲍咸昌总经理办公室　日　内

【股东胡某、贾某与鲍咸昌、高凤池掀开窗帘看隔街的东方图书馆。

股东胡某　花这么多钱建图书馆，让所有人免费看书，那我们的书还怎么卖？

股东贾某　还有，他花高价买古书，无视我们股东的意见和……利益。

鲍 咸 昌　（皱着眉）可商务让你们赚的钱也超过任何别的公司啊。

股东胡某　可如果不搞这些乱七八糟的，不是可以赚得更多吗？

股东贾某　这张菊生的脑子是不是坏掉了？

【高凤池也是神情郁闷。

201.《东亚时报》社　日　内

中岛一郎　最新动向是，为了收集各种古本，重新出版一套内容最精确的《二十四史》，他准备收购浙江吴兴密韵楼全部藏书。

202.浙江南浔镇蒋氏密韵楼　日　内

【张元济、李拔可与密韵楼主人蒋汝藻谈收购密韵楼藏书的事。

蒋 汝 藻　张先生，我的要价是十六万现银，不二价。

李 拔 可　蒋先生，这个价格大大超出了我们的预算。（对张元济）这么大的数字，恐怕得回去和董事会商量商量？

203.浙江南浔镇蒋氏密韵楼前　日　内

【中岛一郎带领一帮由日本浪人组成的随从赶到密韵楼前。日本浪人们脸上暗藏凶意。透过衣服的缝隙，可见有几个浪人藏在背后的尖刀。

【蒋汝藻站在密韵楼前。

中岛一郎 蒋先生，我买你全部的密韵楼藏书。

204.蒋氏密韵楼　日　内

【蒋汝藻推开密韵楼的门。中岛一郎和众浪人急切地涌入。

【浪人们粗鲁地打开众书柜的门，但都已是空空荡荡。

蒋汝藻 你们迟了一步。

205.闪回·浙江南浔镇蒋氏密韵楼　日　内

蒋汝藻 张先生，我的要价是十六万现银，不二价。

李拔可 蒋先生，这个价格大大超出了我们的预算。(对张元济)这么大的数字，恐怕得回去和董事会商量商量？

张元济 来不及商量了，十六万从历年积存的股息公积金开支。(对蒋汝藻)我们现在就签合同。

206.蒋氏密韵楼　日　内

蒋汝藻 张先生当天就付了款，他怕被你们抢了先。

【中岛一郎脸色铁青。

207.某饭店会议厅　日　内

【商务馆召开股东大会。参会者为高凤池、张元济、鲍咸昌等公司高层及各大小股东。

【张元济上台讲话。

张元济 有股东提出取消股息公积，并将以往积累的公积金向股东派发，我代表董事会表示反对。公司应计在长远，不应只顾眼前利益。

股东胡某　(站起来质问)为什么不派发?赚了钱不分给股东,难道只为某些人出于个人爱好买古书来玩?

股东贾某　(站起来)公司花十六万高价买密韵楼的古书,这是不是假公济私?

【张元济愤然站起来。

张 元 济　这某些人应该是指我张元济,本人不得不做出辩护:第一,我爱好古书不假,但是,身为一个出版企业的文人,爱古书何罪之有?十六万买书经过总务处会议的授权,且这些书藏在公司图书馆,未有一本放在我家,何谈济私?买来古书可用于校勘刻印,发行盈利,如本人主持的《四部丛刊》售卖收益达一百多万元,于经营是亏是赚?

【全场哑然。

208.走廊上　日　外

【会议中场休息。走廊上,高凤池走向张元济。

高 凤 池　我提出股息公积金每满三年分派一次的议案,大家都还支持。

张 元 济　(对高凤池,不满地)翰卿,你为何不支持董事会的决议,却站到那些股东的立场上?

高 凤 池　公司不能不照顾股东的利益。

张 元 济　是非对错岂能苟且?

高 凤 池　菊生,股东说你济私不无道理。

【张元济愤然。

高 凤 池　(未等张元济说话就举手拦住)你的私不是为自己之私,我是说,做生意的人就该为生意,为商务馆,这是公。而你的心里不止于生意,不止于商务,你还要为了那个“国”,那个“民”。这就是你的私。

209.某饭店会议厅　日　内

高凤池　（画外音）议案以多数票通过，前三年股息公积金之结余共九十万元向股东分派。

若干股东　（画外音，鼓掌，欢呼）哦，哦！好，好！

股东贾某　我这下好去买辆小汽车享受享受了，反正古书我是看不懂的。

【镜头从走廊摇向会议厅内，会议厅内已空荡荡，只有张元济一个人还坐在座位上，无言地看着斜射进来的夕阳。

【过了一会儿，高凤池走进来，站在门口，看了看张元济。

高凤池　菊生，其实论是非，我也觉得你可能是对的。不过，有件事你要明白，大多数人只是凡人，只有个别人才是圣人。

【不知过了多久之后，高凤池已离开了，只有张元济还孤坐在原处。

210.走廊上　日　外

【已是傍晚，夕阳斜照。张元济一个人沿着长长的走廊慢慢离去，地上他的影子随他的脚步移动。

211.商务馆会议室　日　内

【商务馆会议室召开董事会，张元济、高凤池、鲍咸昌、李拔可、陈叔通等董事出席。

张元济　关于鄙人请辞监理之职一事，虽然董事会多次挽留，虽然这几日无数亲朋好友写信劝阻，但是我还是请求董事会成全。

高凤池　我也向董事会辞去监理之职，要退，我与菊生同退。

鲍咸昌 你二人退的话，我这总经理也辞，我们三人同退。

张元济 （举手拦住他们的话头）只可退我一人，你们决不再退，否则对公司有害。我今年恰为六十，决心就此退休，以余力致力于古籍之整理。

【会议桌上摆的一盆菊花空镜。

鲍咸昌 （画外音）董事议决，同意张元济辞监理职。

212. 商务馆会议室　日　内

【会议桌上摆的那盆菊花。

【镜头拉为全景。张元济、高凤池、鲍咸昌、李拔可、陈叔通等董事围圆桌而坐。这是另一次公司董事会。

鲍咸昌 特别董事会议决，一致推举张元济任新设立的董事长之职。

【张元济向全体深深鞠躬。

张元济 蒙诸位信任。既为董事长，本人当为公司尽应尽之责，决不推诿。首要之事，尽快出版《百衲本二十四史》。

213. 校史处　日　内

【新成立的校史处，张元济带领王绍曾等几名青年校对“二十四史”。

【张元济指导王绍曾等人校对古籍的方法。

【张元济指点着摊开的几种不同古籍刻本，对他们说着什么。

214. 张元济宅　日　内

【黑夜中，张元济书房的灯亮着。张元济在书房校书。

【许子宜起床给他披上一件衣服。

215.刘承幹南浔嘉业堂藏书楼　日　内

【刘承幹从书柜里取来一套古籍——宋本《魏书》，递给张元济。

刘承幹　拿去，什么时候你的《百衲本二十四史》齐了，再还我。

【张元济拱手致谢。

张元济　为了借印善本，我厚着脸皮，几乎跑遍了全国所有藏书楼。（表情变得黯然）但是，还有几个本子，原藏于皕宋楼，现在我只有去日本才能看到它们。

216.日本东京静嘉堂　日　内

【静嘉堂主人岩崎氏购得皕宋楼藏书后，建立静嘉堂文库，他热情接待张元济。

【岩崎氏穿着燕尾服，在门前迎候张元济。

【岩崎氏将张元济请进文库大门，门两旁站的工作人员都穿着燕尾服，整齐地排好，向张元济鞠躬。

217.日本东京静嘉堂古籍珍品藏室　日　内

岩崎氏　这里的古籍珍品，都来自皕宋楼。其中十六种已被列为日本国家文化财产，不得流出。

【张元济看着这些书柜里的中国古籍，表情复杂。

岩崎氏　这些本是贵国之宝，当年夺爱，对不起！

【岩崎氏向张元济深深鞠躬。

【张元济还礼。

张元济　文化交流本是佳事，但民族之文化遗产不能留在民族之故土，是莫大之遗憾。

岩崎氏　这里的任何文献，张先生都可以影印、抄录，我愿提供最大的方便。

张元济　谢谢岩崎先生的慷慨。

岩崎氏　我希望文化遗产能被全人类共享，可是政客们却将它视为猎物和私产，亵渎这美好的愿望。

218.商务馆印刷所　日　内

【来巡视印刷所的鲍咸昌一脸病容，他看着那一排排更先进的机器，露出欣慰的微笑。

【突然，他神情恍惚，似乎看到已故的哥哥鲍咸恩正坐在印刷机前指导工人操作机器。

219.仁济医院一病房　日　内

【鲍咸昌躺在病床上，已是奄奄一息。

【张元济和高凤池来到病床前看望他。

【鲍咸昌一手拉着张元济的手，另一手拉着高凤池的手，眼里有话，却说不出来，只是紧紧攥着两人的手，希望把他俩的手拉到一起，但中途就失去了力量，最后慢慢松开。

【字幕：1929年，鲍咸昌去世。

220.商务馆发行所　日　外

【《百衲本二十四史》中的第一批史书（《汉书》）正式出版发行。张元济指挥员工将第一批史书（《汉书》）搬上书架，员工们将它们排列好。

【张元济再过去将它们整理整理，使之更加整齐。

221.《东亚时报》社社长室　日　内

【一张《申报》。《申报》上登载出一则《百衲本二十四史》的售书广告，其中有张元济撰写的说明文字。

张 元 济 （画外音，念说明文字）各史穷搜善本校勘补配，为此，本人“求之坊肆，丐之藏家，近走两京，远驰域外”……

【日本间谍中岛一郎正坐在社长室的办公桌前看这张报纸。他已升为《东亚时报》社社长，同时也是该情报站站长。

【中岛一郎在看另一份报纸。报纸上登载了胡适等人对《百衲本二十四史》的评论。

【胡适在书桌前撰写评论的镜头。

胡 适 （画外音）此书之出，嘉惠学史者真不可计量！唯张先生的校勘，功劳最勤，功用最大……

【傅增湘在书桌前撰写评论的镜头。

傅 增 湘 （画外音）《百衲本二十四史》所采获者皆前人未见之书，故其定论者多千古未发之覆……

222. 日本驻上海领事馆村井义雄的办公室 日 内

【日本间谍中岛一郎向日本领事馆总领事村井义雄汇报工作。此时，村井义雄已升为日本领事馆总领事，也是日本驻上海情报负责人。

【中岛一郎向村井义雄递上一份《商务印书馆调查报告》。

【村井义雄翻阅。

中岛一郎 （画外音）商务印书馆已发展为远东第一大出版企业，不仅出版了大量图书和杂志，向中国民众传播新思想，而且还是培养人才的摇篮，它的员工有很多成了政界要人，或是教育界、文化界的泰斗。它的东方图书馆有四十六万册图书，包括二千多种古籍善本，主要是由张元济花费三十多年时间搜求而来。

【村井义雄放下调查报告，脸色阴沉。

第三幕

223.上海闸北华界大门　1932年1月28日,日　外

【一支日本海军陆战队及武装侨民在一辆辆铁甲车引导下越过华界大门,进攻闸北。

【驻闸北的中国十九路军反击,以城市的建筑物为掩护,向日本军队开枪。

【字幕:1932年1月28日,淞沪抗战爆发。

224.张元济宅　晚上　内

【闸北传来的枪炮声使张元济三岁的孙女张珑吓得哭起来,躲在妈妈葛昌琳的怀里。

225.张元济宅　晚上　内

【阳台上。张元济与妻子许子宜、儿子张树年站在阳台上看闸北方向闪烁的炮火。许子宜拉着丈夫的手。

226.上海北四川路日本海军陆战队司令部　日　内

【司令部的会议室,日军陆战队司令盐泽幸一与参谋人员及兼负谍报任务的上海总领事村井义雄开会,商讨接下来的行动。

盐泽幸一　下一步将实施空中打击,考虑到敌人的防空炮火,我们必须将有限的飞机和有限的炸弹投在几个最有价值的目标上。说出你们的选择。

参谋人员甲　(站起来)十九路军总部。

参谋人员乙　(站起来)上海警备局。

参谋人员丙　（站起来）江南制造总局。

参谋人员丁　（站起来）上海市政府。

227.张元济宅　晚上　内

【阳台上。张元济与妻子许子宜、儿子张树年站在阳台上看闸北方向闪烁的炮火。

张树年　您担心闸北的商务馆？

张元济　（沉默片刻后，说）如果日军的炮火破坏了商务印书馆，尤其是收藏了几十万典籍的东方图书馆，我永远不会原谅他们，历史也永远不会原谅他们。

228.上海北四川路日本海军陆战队司令部　日　内

村井义雄　（站起来）商务印书馆。

参谋人员甲　只是一个书馆，为什么为它浪费炸弹？

【村井义雄从公文包里取出一摞纸，封面上写着：商务印书馆调查报告。村井义雄将报告递给盐井泽一。

村井义雄　这是《东亚时报》情报站中岛一郎做的一份调查报告。

【盐井泽一翻阅报告。

【众人等待的表情。

【盐井泽一放下报告。

盐井泽一　将商务印书馆列为轰炸目标。

参谋人员乙　长官，将原本摧毁敌人阵地的炸弹浪费在纸堆上，会使额外的日本军人付出生命，极为不智！

盐井泽一　（严厉地）烧毁闸北几条街，一年半年就可恢复。把商务印书馆这个中国最重要的文化机关焚毁了，它则永远不能恢复！

229. 日本驻上海领事馆村井义雄的办公室　日　内

【间谍中岛一郎和上司村井义雄在谈话，中岛一郎表情焦虑。

中岛一郎　（激动地）不能炸！

村井义雄　为什么？盐井司令官的决定就是因为你的报告。

中岛一郎　那些古籍的价值无法以钱、以任何价值来计，炸了就再也无可挽回。

村井义雄　那该怎么办？

中岛一郎　占领它，然后运回去，它们应该留在日本。

村井义雄　荒谬！这会让我们付出沉重代价，死更多帝国的军人！

中岛一郎　那就付出代价，哪怕死一万日本军人，也在所不惜！

村井义雄　八格！

【村井义雄狠狠打了中岛一郎一个耳光。

230.《东亚时报》社社长室　日　内

【中岛一郎踉踉跄跄地进入社长室，他头发散乱，目光失神。

中岛一郎　（嘴中喃喃）炸了就没了，没了……

【中岛一郎看到桌上的电话，目光发亮，好像想到了什么。

【中岛一郎拿起电话，他的手在颤抖。

231. 张元济宅　晚上　内

【张元济宅的墙上电话铃声响起。

【张元济过来接过电话。

张 元 济　喂！

232.《东亚时报》社社长室　日　内

【中岛一郎听着电话，嘴唇在发抖。

【电话里传来张元济的声音：喂！我是商务馆的张元济……

【中岛一郎嘴唇颤抖，听着话筒里“喂，喂……”的催促，嘴巴张开，想说什么又说不出来。

【中岛一郎还是颓然放下电话。

233.上海上空　1932年1月29日，凌晨　外

【数架日军飞机飞到上海上空，投弹。

【一颗炸弹击中商务印书馆的印刷厂，另一颗击中东方图书馆。

【印刷厂的油墨仓库发生爆炸。

【东方图书馆的门窗起火。既而，火苗向屋内的书架蔓延。

234.张元济宅　凌晨　内

【巨大的爆炸摇撼张元济家的屋子。

【书房里，张元济正在灯下批校史书，剧烈的摇撼使墨水瓶翻倒，弄脏了纸页。

【张元济冲出书房，赶到阳台，看到闸北商务馆的方向发出冲天大火。

【许子宜和张树年也披着衣服来到阳台。

张元济　（悲愤地）他们在对历史犯罪！

【张元济冲下楼梯。

【张元济冲出宅门，朝火光的方向奔去。

许子宜　不要去！快回来！

张树年　爸，别去！

235.上海街头　晨　外

【张元济朝商务馆奔去。

236.商务馆和东方图书馆　晨　外

【大火在商务馆大楼肆虐。

【屋内，大火席卷越来越多的书籍。

【张元济冲进火中的图书馆。

【一本燃烧的古籍飞过来，张元济扑落火苗，手中只剩下少许的残片。

【屋内，大火又将吞噬一个书架。

【又一堆带火的书籍垮落，张元济拼命地上去扑火。

【儿子张树年也来了，他帮助父亲扑火。

【张元济的身上被火苗烧着，衣服、头发都烧焦了。

【张树年上来，扑灭了父亲身上的火。

【屋顶开始垮塌，书架开始倒下。

【浓烟滚滚。

【烟和火快要将张元济包围。

高凤池　(喊)菊生！

【几支水龙头向火头浇去。

【浓烟稍淡，张元济看到喊他的人是高凤池。还有他背后的王云五。

【高凤池、王云五带领着厂里的一队消防人员，正用水管喷水灭火。

张元济　翰卿！你来得太好了。

【高凤池也奋力扑打书堆上的火苗。

【越来越多的商务干部和职员来到现场救火。

【一块巨大的石板落下，眼看砸中张元济。

【高凤池扑上来，推开张元济。

【巨石落下，烟尘冲天。

【高与张都消失在烟尘中。

【烟尖散去，高和张倒在巨石下的空隙里。

【高与张互相搀扶，来到安全地带。

【火势似渐弱，大家面露希望。

【高凤池、张元济两个人手相握。

张元济　谢谢你，翰卿。

高凤池　我该谢谢你，商务永远都该感谢你！

237. 东方图书馆一处废墟处　日　外

【十几个日本浪人来到现场。

【领头的一个日本人正是间谍中岛一郎。

【面前是倒塌的书架和散落一片的古籍。

【一个浪人取出火柴，打着火，欲引燃了那些书。

【中岛一郎突然上去将浪人手里的火柴打落。

【中岛一郎拾起书堆上的一摞被烧去一半的古书残片。

中岛一郎　（激动地）这是明版中的精品！

【中岛一郎又发现另一本残破的古籍。

中岛一郎　宋版中的孤本！流传了几百年了。

【中岛一郎翻阅书页，轻轻地摩挲纸张。

浪人之一　（提醒中岛一郎）长官！

【中岛一郎醒悟，抢过他手里的火柴，打着火，引燃了那本宋版孤本书。

【熊熊大火再度燃烧。

【中岛一郎看着大火，脸部扭曲。

238. 东方图书馆　日　外

【张元济、高凤池、众员工呼喊着继续救火。

【猛烈的大火吞噬着更多的书架和设施。

【各种书籍、报纸和画册在火中慢慢化为灰烬。

【更多的员工来救火了。

【张元济痛心疾首，心思恍惚。

【（虚拟画面）

有人喊：先生，我来了。

张元济回头一看，是当年的戊戌六君子之一林旭。

接着，谭嗣同、刘光第、康广仁、杨锐、杨深秀也昂首而来，他们一道奔赴火场。

六君子从容地走进大火，任大火吞没，依然镇定地抢救那些书籍，他们似无所畏惧。

接着，康有为、梁启超、蔡元培、严复、胡适、林琴南、傅增湘、刘承干……

张元济的父亲张森玉、母亲谢太夫人，无数志士、名流，以及东方图书馆的读者、不知名的市民都来救火。

（虚拟场景结束）

【东方图书馆轰然倒塌，烟尘漫天。

高凤池 （大声提醒大家）危险，快撤！

【一片废墟中，张元济怅然独立，四周烟尘弥漫。

【他悲痛地抚弄着那些纸灰和残片，欲哭无泪。

【许子宜跌跌撞撞地找来，两人相拥。

张元济 （痛苦地自责）这是我的罪过！如果我不将这五十多万册图书收购起来、集中保存在图书馆中，让它们仍散在全国各地，岂不可避免这场浩劫！我是罪人！

许子宜 不，不是你的错！这真的不是你的错！不要自责。不要灰心，想想你母亲的话，她在天上看着你！

【看着周围的废墟和烟尘，张元济的精神又振作起来。

张元济 平地尚可为山，况所覆者犹不止于一篑。我一定要重建商务馆，不会让日本人看轻！

239. 上海街头　日　外

【纸屑和灰烬漫天飘散，飘到上海市的各个大楼、各条街道、各个角落。

【纸屑和灰烬飘到行人的身上、脸上。

240.张元济宅　日　外

【张元济宅的院子里，张元济天真无邪的孙女张珑伏在母亲葛昌琳的肩上。

【纸屑和灰烬飘落一地。张元济和张树年看着这些纸屑和灰烬，面色沉重。

【几张纸屑飘到张珑的小手上，张珑"呵呵"笑起来。

张　　珑　爷爷，这是什么呀？真好玩。

【爷爷和张树年都默然无语。

241.商务馆发行所大楼　日　内

【商务馆发行所大厅，商务馆重新开业的典礼在此举行。张元济与王云五、高凤池等众同事出席庆典。会场上悬挂着一条醒目的标语——为国难而牺牲，为文化而奋斗。

张 元 济　（上台讲话）从今天起，商务馆印书馆的各项业务恢复，《百衲本二十四史》全部成功出版，《续古逸丛书》等大型项目即将启动。

242.许子宜的墓碑前　日　外

【许子宜已去世。

【张元济带着儿子树年向许子宜的墓碑献花。

243.上海街头　日　外

【一队日本兵在街道列队前行。

【街上的建筑物、商铺等到处挂着日本旗。

【字幕：一九三七年，日本全面侵华，上海沦陷。全国进入抗战时期。

244.商务印书馆董事长办公室　日　内

【总经理王云五正与董事长张元济谈话，两人都表情凝重。

【透过窗子，可以看到街上时有装满日本兵的军车开过，路口有日本人荷枪实弹盘查行人。

【一声枪响。一队日本军人持枪向某条巷子冲去。

某日军指挥官　（画外音，用日语）是共党分子！

王云五　董事长，去香港吧。上海太危险了。

张元济　你这个总经理应该去香港，把总馆搬过去。我哪儿也不去。上海是商务馆诞生的地方，我要守在这里，让它继续活着。

王云五　日本人正在搞阴谋，要收买商务的股份，控制商务。

张元济　那么，只要日本人在上海，商务馆就不再开股东会，将股权结构冻结，我们要让日本人无机可乘！

245.张元济宅　日　外

【一辆插日本旗的汽车开到张元济宅前停下，车里下来两个人，一个是日本间谍中岛一郎，另一个戴着眼镜，留着“人丹”胡须，像个学者。

【张元济和儿子张树年在楼上的阳台上都看到了。

张元济　（对张树年）你去让门房将院门关上。

【两个日本人刚到宅门前，宅门就被“砰”地关上。

【中岛一郎敲门，门房开一条门缝，两日本人朝门房递上名片，说了些什么。

【门房上二楼，将名片递给张元济。名片上印有“大东亚共荣圈”的字样。

门　房　他们说是日本汉学家，想与张先生谈谈学术。

张元济　不，他们是日本文化间谍，企图收买我。

张树年　那该怎么办？

【张元济在中岛一郎的名片背后写了几个字：两国交战，不便接谈。

【然后将两张名片还给门房。

【宅门口。中岛一郎接到门房退给他的名片，看了看后面的字，他推开门房闯进去。

中岛一郎　（对阳台上的张元济喊）张先生，我们其实已认识很久了，我们通过电话，会谈得很好，我很理解你，真的……

【镜头再转到阳台，阳台上已空无一人。

【中岛一郎脸色暗下来。

中岛一郎　（十分失落，口中喃喃，像对留有“人丹”胡须者说，又像是自语）他拒绝我……

【中岛一郎的脸色变得特别阴森。

246. 商务馆印刷厂　日　外

【一队荷枪实弹的日本兵乘一辆军用卡车闯进厂里。

【日本兵跳下车。

【从副驾驶位置上下来一个着便装者，正是间谍中岛一郎。

【日本兵以刺刀威胁，口中叱骂着，粗暴地赶走工人。

【中岛一郎指挥日本兵闯进印刷厂厂房，将印刷厂的铅字和仓库里的大批书籍搬上军车运走。

247. 张元济宅　晚上　内

【晚上，张元济书房里的灯没有开，张元济一个人面对窗子枯坐。

【张树年进来。

张 树 年　（轻声地）父亲，商务馆的印刷厂被日本人占了？

【张元济无言地看窗外。

248.上海街头某商铺前　日　外

【商铺前挤满了人，推搡着，哭骂着，抢购物品，秩序混乱。

249.张元济宅　日　外

【张元济全家人将收拾好的东西搬到马车上，准备搬家。

【屋里，看着搬家过后只留碎纸和废弃杂物的客厅，孙女张珑委屈地流着眼泪。

张　　珑　为什么要搬家呀？我喜欢这个家。

葛 昌 琳　（轻声解释）这个房子卖了，我们要租房住。

250.张元济在上方花园的房子　傍晚　外

【书房里。张元济在书桌上写一份书稿，封面页上写着书名：中华民族的人格。

【儿子张树年递给张元济一封电报。

张 树 年　蔡元培先生在香港去世了。

【张元济忽地站了起来，走到窗前，朝外看去。街道萧条，只有邻近的西洋人俱乐部还有音乐声。天空布满乌云。

251.张元济在上方花园的房子　夜　内

【张元济书房里的灯没有开，张元济一个人面对窗子枯坐。

【张树年进来。

【街道两边的住家和商铺陆续关了灯，邻近的那家西洋人俱乐部也关了灯，窗外一片黑暗。

张 树 年　自从太平洋战争爆发，连这家西洋人的俱乐部都关灯了。

252.张元济的书房　日　内

【张元济在书桌上写书法条幅。

【张树年给他研墨，孙女张珑和幼小的孙子张人凤给他牵纸。

张树年　(愧疚地)我上班的银行也不景气，还要靠您卖字养家，对不起。

【张元济摇摇头。

张　珑　(委屈地)我不想上学了。

【张元济抬头，以询问的眼神微笑地看着孙女。

张　珑　为什么学校不能学英语了，要改学日语？

【张元济拿笔的手一颤，墨汁落在宣纸上。

【张元济移开弄脏的纸，重铺一张纸。

张元济　(对张珑)那我们就练中国字。

【张元济握着张珑的手，在宣纸上写下“中国”两个字。

253.张元济的书房　夜　内

【晚上，张元济书房里的灯没有开，张元济一个人面对窗子枯坐。

【张树年进来，默默地陪父亲看窗外。

【街头一片黑暗。邻近的那家西洋人俱乐部也照例关着灯。

【突然，那家俱乐部亮起灯，音乐响起。

张树年　今天那家俱乐部怎么突然……

【张元济面露喜色。

张元济　(自语)天要亮了！

【街上有更多的房子亮起灯，张元济宅也亮起灯。

254.上海街头　日　外

【市民们狂喜地涌到街上。

市民们 （欢呼）胜利了，胜利了！

【人们将日本旗从一个个建筑上摘下来，扔到地上，踩到脚下。

【人们将帽子、手里的东西扔到空中。

【一队八路军被众人围住，众人对他们鼓掌。

【八路军的指挥官被众人举到空中。

【上海街头，人们尽情狂欢。

255.商务馆门口　日　外

【张元济与已老迈虚弱的高凤池一道点燃一串鞭炮。

【字幕：抗战时期，高凤池也坚守上海，后于1950年在上海去世。

256.张元济宅前　日　外

【宅前小院，张元济正和五岁的孙子张人凤放风筝，全家人兴奋地看着。

【张元济牵着风筝线向前快走，那只凤凰形状的风筝晃晃悠悠，差点落地，但终于飞到空中。

张人凤 （在后拍手欢叫）胜利了，爷爷胜利了！

【张元济看着空中的风筝，眼前浮现出那场烧毁商务馆和图书馆的大火。

【（闪回

1932年，商务馆燃起熊熊大火，火光冲天。

（闪回结束）

【（叠化）凤凰形状的风筝在空中飞行，飘扬……

尾　声

257.

【一组资料照片配文字说明依次播放：

资料照片配文字说明：张元济参加1948年院士大会的照片（字幕：1948年张元济当选为中国有史以来第一批院士：中央研究院院士）

资料照片配文字说明：张元济等与毛泽东游天坛的照片（字幕：1949年张元济等与毛泽东游天坛）

资料照片配文字说明：张元济参加开国大典的照片（字幕：1949年张元济参加开国大典）

资料照片配文字说明：文史馆馆长聘书的照片（字幕：1953年张元济被聘为上海市文史研究馆首任馆长）

资料照片配文字说明：张元济全家合影（字幕：张元济全家合影）

资料照片配文字说明：今天的商务馆外观及门口所立石头的照片，石头上有字，“昌明教育，开启民智”（字幕：今天的商务印书馆北京总馆）

资料照片配文字说明：浙江海盐张元济图书馆照片（字幕：浙江海盐张元济图书馆）

资料照片配文字说明：《张元济全集》照片（字幕：2008年，商务印书馆出版《张元济全集》）

资料照片配文字说明：若干研究张元济的论著的照片，如《张元济年谱长编》（张人凤、柳和城）、《我的父亲张元济》（张树年）、《智民之师》（张人凤）、《水流云在》（张珑）以及王绍曾、周武、张荣华、叶宋曼瑛的著作等（字幕：研究张元济的若干论著）

资料照片配文字说明：张元济雕像（字幕：张元济：1867—1959）

资料照片配文字说明：一副毛笔对联的照片，内容为“数百年旧家无非积德，第一件好事还是读书”（字幕：张元济手书对联）

【黑场。

【出片尾字幕。全片结束。

修改于2016年8月16日

4　动画电影《基因之门》

主要角色简介

牛　　强——一个三十多岁只有初中文化程度的水电工，却痴迷科学，通过自学和实验，整日进行业余的科学研究和科学发明，因此耗费大量的金钱和时间，造成家庭经济困窘（这样的“民间科学家”在现实中不乏原型）。他有一种傻气十足的执着，与堂吉诃德有相似之处，在故事中作为喜剧色彩的人物，弄出不少笑料。其口头禅是：有志者，事竟成。他以最原始的方式做实验，却偶然间制造了激发动物基因的物质，引起整个人类的危机。他是小人物，却造成了大事件，卷入大事件，好在结局不错，实现了他的理想。

牛斯坦——小学生，他的名字（牛顿加爱因斯坦）寄寓了父亲牛强对他的期望。但现实情况是，他智力较低，性格内向，学习成绩很差，所以在学校不受老师的关注，也没有同学愿意做他的朋友，非常孤独。他喜欢收养小动物，因为只有动物愿意陪他玩。他是弱智者，却有真正的爱心。他用这份童稚的爱心拯救了地球。

花　　斑——一只头上有花斑的倔强的母鸡，曾经最大的梦想就是用自己的蛋孵出一只小鸡，成为真正的母亲。被人类夺走鸡蛋的她产生仇恨，被基因激活之后的超级能力化为带领动物界对人类复仇的可怕能量，心态扭曲，走向阴毒和凶恶。小鸡的回归又使她的仇恨化解，只留下温柔的母爱和对和谐包容精神的领悟。

盛　　琴——牛强的妻子、牛斯坦的妈妈，表面强势，心底里有柔情，在废墟救儿子的行为代表了人类伟大的母爱。

霍　　格——首席科学顾问，懂得科学，而人文情怀不足，消灭母鸡的决定虽是基于科学知识的理性推演，却经不起“善”的检验，理性得近乎冷漠。

奥　　托——国防部部长，自负，残酷，是人类某些弱点的代表。

美 莱 曼——平庸无能的总统。

记　　者——总是在现场直播，串场人物。

小猫二胡、灰狗大腿——牛斯坦收留的流浪猫和流浪狗。必要的陪衬角色。他们成为超级动物之后，逐渐变得凶暴无情，当然，最后也向善皈依。

其他角色若干。

编剧说明

本片聚焦人类与动物的关系，讲述一个寓言式的科幻喜剧故事。

本片蕴含多重主题的表达。首先是传达“和谐包容”的理念，给予人们以警示，防治生态危机。故事中动物打开基因之门后，在“人与动物”这组对象中，得以站在动物的立场揭示智力高出一筹的人类以自我为中心压迫其他物种的事实；而动物占据智力优势之后，又走上人类的老路。故事以反讽的模式说明和谐包容精神的缺失是生命悲剧的症结所在，也触到当前人类生态危机的精神根由。片中牛斯坦因弱智而被周围的人排斥，因平等相处而与动物交好，一正一反，恰是对和谐包容理念的重申。故事结尾，动物们因弱智而嫌弃人类，弱智的牛斯坦因动物失去平等包容的精神而拒绝动物，也是这一主题的再次回响。另外，牛强追求科学的事迹表达了励志主题，而盛琴与牛斯坦、母鸡花斑与儿子小花斑的副线故事礼赞了母爱的动人和伟大。

故事设计从一家人的琐碎小事入手，推展到太空地球的宏大场面，既尝试寓言式的超现实想象，又努力进行深入生活的细节刻画。追求在荒诞的想象中营造幽默谐趣，在令人惊骇的物种战争的描述之余不忘添加温情快乐的喜剧效果。

故事背景是虚拟时空的地球之国，人物形象、环境场景、事理细节等方面可超脱具体国家民族、具体时代的现实状况，根据动画艺术的特点，进行天马行空的想象和多元文化杂糅式的设计。

基因之门

（文学本）

故事的背景是虚拟时空的地球之国，人物形象、场景、道具及各事物细节都不必拘泥于具体国家、地区和时代的现实状况，可杂糅各地各时的文化元素，构建一个想象的世界。

1. 储藏室　日　内

【这是水电工牛强家的储藏室，被牛强改造成了实验室。这里堆满了各种千奇百怪的仪器和机械装置，都是牛强的实验仪器和失败的发明。各种金属、塑料和木质材料中还夹杂着一些杂志和书籍。从封面可以看出，是各种科学杂志、科学书籍。还有一摞摞的纸稿，有一摞首页上用东倒西歪的钢笔字写着标题：论爱因斯坦相对论的错误。

【昏暗的灯光下，牛强正在摆弄显微镜和试管，准备做生化实验。他穿着脏兮兮的蓝色工装，头发蓬乱，胡子拉碴，眼中有血丝。

【手机响。牛强手忙脚乱地从裤子口袋里掏出手机来接，不小心碰翻了两个试管，里面的黑色溶液流到桌上，牛强用衣袖大力将污迹抹去，使他的袖子染上大片污渍。做这些动作的同时，他与打电话的人通话。

电话里的人　牛强吗？我家的吊灯坏了，能帮忙修一修吗？

牛　　强　可以，可以……现在？这个……能不能晚一点去？……正在忙。在……在给一个客户修水龙头。

【牛强一边听电话，一边不停地腾出手来取试瓶，组接试管。他取来两个小瓶，一个贴蓝色标签，一个贴绿色标签。他打开有红色标签的小瓶。

【他把那个蓝签瓶里的溶液倒进一个紫签瓶，再腾出手摸索绿签瓶，因打电话分心，无意中摸来红签瓶，倒出溶液与紫签瓶里的溶液混合，用酒精加热。溶液开始蒸发，蒸汽通过一系列复杂组合在一起的导管之后，再滴入一个黄签瓶。

电话里的人 那你什么时候能来？

【这时，"砰砰砰"，有人砸门。

盛　　琴 开门，牛强你这个混蛋！

牛　　强 等等。喂……喂。

【对方已挂断电话。

2.储藏室　日　内

【门已打开，妻子满脸怒容，目光凶狠。

盛　　琴 孩子不接，菜也不买，又在这里折腾这些没用的破玩意，你知不知道外面的邻居都说我嫁了个神经病？

【妻子一边急急骂着，一边扑上来用手指指点着牛强的鼻子。牛强被妻子逼得步步后退，伸手护住身后的实验设备。

牛　　强 走在时代前面的人不被大众理解很正常。作为一位科学家，我只相信真理，不在乎世俗的眼光。

盛　　琴 （鄙夷地）科学家？快四十岁的人能不能成熟一点？你就是个初中都没毕业的水电工。家里的钱都被这堆破铜烂铁耗光了。现在连儿子也不管。老师说他课一句听不懂，作业一题不会做，测过智商了，（声音沮丧）是弱智。

【妻子把一个作业本扔到牛强脸上。

【牛强看作业本，上面用稚嫩的铅笔写着一道道数学题，每题的"＝"号后面都是空的。

【镜头摇向门外，儿子牛斯坦背着书包靠墙蹲在地上，抱着一条灰狗。他身后不远处，楼梯下的阴影中露出一个木制马头，似为某个人造器具的一部分。

牛　　强　把你的课本拿出来。

【牛斯坦呆呆地望着爸爸，没什么反应。

【妻子气极，冲过来掀开书包，却有一只猫从中跳出来，抖一抖身上的乱毛，吓得她尖叫一声，差点摔到地上。

盛　　琴　一定又是一只流浪猫。你怎么总是跟猫儿、狗儿这些畜生待在一起？

【妻子说着连续以指节敲着牛斯坦的额头。

牛斯坦　小朋友们都说我笨，不跟我玩。只有它们愿意跟我玩。

【牛强过去蹲下，搂住儿子的肩膀。

牛　　强　爸爸不认为你笨，根据我对基因学的研究，人类之间，甚至人类和动物之间，在 DNA 的结构上差别极其微小，都只使用了大脑潜力的百分之一，因为很多智力基因被一扇门关着，还没有被开发出来。

【牛强把儿子拉到那排试管前。

牛　　强　你看，我这次的研究就是要合成一种药物，服用之后，能使你沉睡的智力基因激活，产生智力的飞跃，使你成为名副其实的人，牛斯坦，牛顿加爱因斯坦。

牛斯坦　你每次都失败。

牛　　强　爱迪生失败一千五百二十三次之后，终于发明了电灯。儿子，记住，有志者，事竟成。

牛斯坦　爸爸，我相信你。

【牛斯坦高兴地拍拍儿子的肩膀。

牛　　强　如果我这次的实验成功了，就相当于找到了打开基因之门的钥匙，这扇门一旦打开，将引发地球科学发展的一次大爆炸……

【这时，试管里的溶液开始沸腾，牛强预感到不妙，他拾起一个绿色小瓶，发现里面是满的，又拾起另一只红色小瓶，里面是空的，牛强一愣，眼神变得惊恐。牛强猛然把妻子和儿子拉开。

【剧烈沸腾的试管突然发生爆炸，一声巨响，烟雾腾起，储藏室的门被炸垮。

【猫吓得“喵喵”叫，狗吓得“汪汪”叫。

【烟雾淡去，可见储藏室里仪器、机械几乎全毁，而妻子盛琴，被爆炸引起的浓烟熏得满脸焦黑，如同鬼魅。

盛　琴　（画外音）牛强，你毁家，毁儿子，还毁我容！我要跟你离婚。

【画外传来妻子厮打牛强的声音和牛强勉强招架的声音。一个个仪器、零件，还有牛强的衣服碎片，依次飞入画面。

3.牛强家的客厅　日　内

【妻子盛琴表情阴沉地面对墙坐着，一言不发，脸上还残留着若干烟熏的痕迹。

【牛强满脸无奈地蹲在门边的角落，他脸上贴着胶布，衣服有破损处，样子滑稽。

【儿子递给牛强两张纸币。

牛斯坦　妈妈让你去买菜。

【牛强接过纸币，走到老婆身边，拉她的袖子。

牛　强　（讨好地）老婆，那我去买菜了。

【妻子甩开他的手，目光凌厉地瞪了他一眼。

【儿子跟上。牛强挥手示意他别跟。儿子盯着他，没动。

牛斯坦　妈妈让我监督你。

4.楼梯口　日　内

【牛强带着儿子牛斯坦下了楼梯，来到一楼楼梯口。牛斯坦怀里抱着那只猫，那只狗跟在后面。

【楼梯下的阴影中露出那个木制马头。牛强看到马头，眼睛一亮。

【牛强把楼梯间的角落中那个人造器具推出来，是个四脚的木马形器具，但装着电池驱动的发动机，马身两边各挂一个兜篮，样子古怪可笑。这是牛强发明的木马飞车。

牛斯坦　妈妈不让骑，每次都出故障。

牛　强　(目光兴奋地)我已经做了一次最新的改造。

5.门外　日　外

【这是城市边缘一幢破旧的二层楼房。牛强和儿子把木马飞车推到单元门外的马路上。

【牛强和儿子骑在木马背上，猫和狗分别跳进两侧的兜篮坐好。牛强踩响发动机。木马的四只脚依次踩踏着向前跑去。牛强两手各持一根钢丝，从两侧接入木马嘴部，通过钢丝控制马头的方向。

6.城市中的马路上　日　外

【木马飞车快速地向前行进，牛强牵动钢丝，灵活地控制木马飞车变换方向。路上，公交、出租等各种车辆穿行。看到木马的行人投来惊异的目光。

一辆豪车驶过，车中司机惊讶地望着木马飞车，一副被雷到的表情。

小猫二胡和灰狗大腿眯着眼睛，一副享受的样子。

牛　强　我已向总统美莱曼写了三百八十三封信，建议用我们的木马飞车取代出租车，他太忙，还没有回信。所以我准备写第三百八十四封信。儿子，记住，有志者，事竟成。

【一个胖警察把他们拦下。

胖警察　(冷漠地)驾照。

【牛强在口袋里掏了掏，没掏出什么。

牛　强　(试图说服警察)这是新生事物……

胖警察 按规定要没收。

【胖警察招手示意他们下来。

牛　　强 （乞求地）这花了我很多心血。

【胖警察抽出电警棍。

【牛强一踩油门，木马飞车调头逃跑。

7.街道上　日　外

【牛强驾驭木马飞车逃跑，警车紧追不舍。木马飞车惊险地在车流中穿行。

8.街上　日　外

【警车追逐木马飞车，一路上经过多个地点。

【木马飞车经过动物园。

【木马飞车经过地球之国科学中心。

【木马飞车经过高大华丽的地球之国总统府。

【木马飞车经过戒备森严的地球之国国防部大楼。

9.街上　日　外

【木马飞车拐入小巷，灵活地行进，警车追来，却因巷道太窄而行动笨拙。

【木马飞车与警车在不同的小巷中穿梭追逐。

10.巷道　日　外

【木马飞车又拐入一条小巷，前方却是死路。

【警车已驶入巷口，木马飞车似已无路可逃。

【牛强调转马头，朝警车冲去。

【在即将撞上警车的刹那，牛强按了一个开关，木马两肋处突然伸出两片木翼，飞到空中，从警车顶上跃过，再落到地上。

牛斯坦　(兴奋地)爸爸，你真棒！

【小猫二胡“喵”地叫了一声，灰狗大腿“汪”地叫了一声，似表示高兴。

【因巷道太窄，警车被卡住，动弹不得。

【牛强得意地笑。

【木马发出“嘎嘎”的响声。

【牛强的笑容僵住。

【木马左后腿与木身连接的螺丝松动，左后腿脱落，接着两片木翼也垮下来，木马失控，歪歪扭扭地撞到马路边的电线杆，牛强、牛斯坦、猫、狗摔倒在地，木马飞车也散碎一地，完全报废。

【看着地上的碎片，牛强表情悲苦，他脸上又多了几处伤痕。

【儿子同情地看他，他抬起头，强装笑容。

牛　强　没什么，有志者，事竟成。

【牛强抬头看见不远处有个大超市。超市楼面上用地球之国文字写着：胜利大超市。

11.超市前　日　外

【牛强昂首阔步自信满满地向超市走去。

12.超市一楼　日　内

【一楼是卖各种食品和菜肉活禽的楼层。

【牛强来到蔬菜区，拿起一棵青菜，又挑拣土豆，看标牌上的价格，然后悄悄以手指从口袋里夹出那两张纸币，看了一眼。

【胆小怯懦的牛斯坦牵着牛强的衣服。

【一个奇怪的声音从画外传来，似乎是鸡的“咕咕”声以及碰撞声。超市的人们忙碌，无人注意这声音，但牛斯坦听到了，停下来仔细听。小猫、灰狗也静止下来，耳朵转动，显然也听到了声音。

【牛斯坦循声朝隔壁望去。

13.超市一楼　日　内

【隔壁是禽蛋区，一边堆着无数筐鸡蛋，一边摆着鸡笼，里面是一只只活鸡。这个货区的老板是个打扮妖艳、眼神刻薄的女人。她身边有案板，上有砧板、菜刀。地上还有一个木桶，缕缕热气从木桶盖的缝隙中冒出来。

【牛斯坦循声来到鸡笼前，小猫二胡和灰狗大腿也跟着他。

【鸡笼里若干只鸡都在恐惧地瑟瑟发抖，其中有一只瘦弱的头上有花纹的母鸡以爪子、嘴来抓、啄笼门，似乎想出去，同时凄厉地叫着，接着又一遍遍以头撞笼门，但一切无效。

【女老板正忙于卖鸡。她从鸡笼里取出一只鸡，称好，递给一个顾客。

【女老板又从鸡笼里取出一只鸡。

【女老板揭开木桶盖，木桶里滚烫的热水正沸腾着，无数蒸汽升起。女老板将那只鸡扔进木桶，盖上盖。

【女老板从木桶里取出已烫死的鸡，开始拔毛。

【女老板将已拔光毛的鸡扔到砧板上。她举菜刀大力剁了下去。

【女老板将已剁成块的鸡肉装进塑料袋，递给顾客。

【牛斯坦惊骇地看着这一切。

【那只倔强的母鸡把头从鸡笼的缝隙中伸出来，使劲想挣脱出来。牛斯坦同情地看着母鸡，又看了看女老板。

【女老板鄙夷地看了看牛斯坦，又厌恶地看了看那只母鸡，拽过母鸡伸出缝隙的脖子，扭了一圈打了个结。

【母鸡痛苦地挣扎着，惨叫着。牛斯坦难过地看着。

14.超市一楼　日　内

【正在挑土豆的牛强突然被一只手死命地拽衣服，回头一看，是牛斯坦。牛斯坦乞求地望着他。

15.超市一楼　日　内

【禽蛋区。牛斯坦已把牛强拽过来,他把那只挣扎的母鸡指给牛强看。牛强皱着眉头犹豫着。

牛　强　那只鸡怎么卖?

【女老板打开笼门,无比熟练地以细绳系住那只母鸡的腿和翅膀,然后取出来扔到秤盘上称。

女老板　二十块零一毛。

牛　强　抹掉零头,正好二十。

【牛强取出二十块钱的钞票。

女老板　(轻蔑地)本区谢绝还价。(鄙夷地斜视衣装邋遢土气的牛强,低声嘀咕)穷酸样!

【牛强沮丧地收回钞票。

【这时,那只鸡突然生下一只小小的带斑点的蛋。蛋从秤盘滚落到桌板上。

【表盘上的读数变为19元。

牛　强　(指着表盘,兴奋地笑)哎,哎,你看。

【牛强又把钞票递出去,女老板面色不悦,猛地扯过钞票,把鸡扔给牛强。

【牛斯坦解开扭结的鸡脖子。

【那只鸡突然挣开绳子,扑向桌板上的蛋。

【母鸡伏到那只蛋上,似要孵蛋。

【女老板抢过蛋,抓起鸡塞给牛强。鸡反啄女老板的手,女老板疼得摸手,鸡蛋又落到桌板上。

【母鸡又去护住蛋。女老板再次抢过蛋。

牛斯坦　(鼓起勇气,嗫嚅地)阿姨,这蛋给我们带上好不好?它是这只鸡的小孩。

女 老 板 (傲慢地仰头,翻白眼)再拿一块一就给你。

【小猫二胡生气地朝她“喵”地叫了一声,女老板不为所动。

【灰狗大腿龇出尖牙,朝女老板大叫,女老板吓得倒在桌板上,手里的蛋飞出去,正好飞到旁边一筐鸡蛋堆中。

【那只母鸡又扑向鸡蛋堆,寻找那只蛋。女老板跑过来朝母鸡一掌打去,母鸡被打得头一歪,晕了过去。

16. 二楼房子前　日　外

【牛强一行走近房子。牛斯坦抱着那只母鸡,小猫、灰狗跟在后面。

17. 牛强家的厨房　日　内

【妻子围着围裙,手拿一把菜刀。

盛　　琴 (挥舞菜刀)这么久！菜呢?

【牛强紧张地躲闪菜刀。

【牛强递给她那只鸡。

盛　　琴 (恼火地)一只死鸡?

【那只母鸡突然睁开眼睛,看着妻子。妻子吓了一跳。

盛　　琴 (生气地大叫)谁让你买鸡的,你疯了吗?

【妻子挥舞着菜刀。牛强缩着脖子躲开。

牛　　强 是儿子一定要买。

【牛斯坦怯怯地看了看妈妈。

【妻子看看儿子,轻叹一口气,放下菜刀,平静下来。

盛　　琴 那就杀了吧,给斯坦补补。

【妻子提起母鸡的脖子,拔下一撮毛,持刀欲割鸡脖。

【牛斯坦扑上来,抢妈妈盛琴的菜刀。

牛 斯 坦 不要！她太可怜了。

盛　　琴 有什么可怜,鸡是畜生,就是给人吃的。

【牛斯坦抱着母鸡跑出厨房，盛琴追他。

【抱着母鸡的牛斯坦打开门跑出去，盛琴追他。

18.楼梯口　日　内

【牛斯坦跑下楼梯口，看到破烂的储藏室的门。

【牛斯坦钻进储藏室。

19.储藏室　日　内

【因此次爆炸，储藏室里已是一片狼藉。

【基因实验的试管和容器都碎裂了，一个只剩一半的玻璃瓶里还剩下一点溶液的残迹。

【盛琴、牛强进入储藏室。小猫二胡和灰狗大腿也钻进来。

【牛斯坦抱着母鸡花斑退到那堆仪器垃圾上。

盛　　琴　鸡是畜生，没思想，没感情，用不着同情它。

牛 斯 坦　她在流泪。

【妻子看了一眼鸡的眼睛，眼睛里什么也没有。

【牛斯坦看着鸡的眼睛，他看到的图景是：鸡的眼角有着长长的泪痕，泪珠啪啪地落到地上。

牛 斯 坦　你看，她流了那么多，地都湿了。

【牛斯坦指着地上，呜咽着，泪流满面。小猫、灰狗看着鸡的眼睛，他们看到与牛斯坦一样的图景：鸡的眼角有着长长的泪痕，泪珠啪啪地落到地上。

【牛强看鸡的眼睛，他看到的图景与妻子一样，也是什么都没有。

【牛强和妻子同时看了看牛斯坦，又相互对视，表情惶恐。

牛　　强　要不，再养两天吧？养肥了再杀。

【妻子默默地点点头。

【牛斯坦表情放松下来。

【牛斯坦与那只母鸡对望，母鸡轻轻啄牛斯坦的手，牛斯坦灿烂地笑了。小猫“喵”地叫了一声，灰狗伸出长舌头，摇了摇尾巴。牛斯坦、母鸡、小猫和灰狗相互对视，眼神相交，似乎相互懂对方的意思，在交流沟通着什么。牛斯坦的眼睛闪着神采。

20.储藏室　日　内

【牛强一家开始清理储藏室里那些仪器垃圾。小猫二胡、灰狗大腿和母鸡花斑也在旁观。

【牛斯坦发现那只残存一半的黄标签瓶，底部还保存有若干黑色溶液的残渣。

牛斯坦　爸爸，你的发明。

牛　强　（摇摇头）这是失败的结果，我倒错瓶子了，是个意外。

【牛强突然眼中放光。

牛　强　有些成功的发明正是意外的错误造成的。儿子，你试试。

盛　琴　什么恶心东西？不许吃。

【牛斯坦已经用手指蘸了点残渣放到嘴里。

【牛斯坦突然剧烈咳嗽，然后晕倒在地。

盛　琴　（惊慌地）快送医院！

21.储藏室　日　内

【牛强、盛琴、牛斯坦、小猫、灰狗都不见了，只剩下那只母鸡呆呆地看着储藏室的破门。

【母鸡看看周围环境，到处啄来啄去，似在寻食。

【母鸡发现了那个贴着黄签的残破试瓶，喝里面残留的溶液。

【母鸡剧烈咳嗽，晕倒在地。

【黑场。

22.储藏室　日　内

【黑场微亮。

【夜里，储藏室。黑暗中，母鸡伏在那堆仪器垃圾上。

【一阵单元门开门的响声使晕倒的母鸡醒来，又沉沉睡去。

盛　琴　（画外音）小心楼梯。

牛　强　（画外音）儿子，到家了。

23.牛斯坦的卧室　日　内

【这是牛斯坦的房间，除了书、作业本，到处都是各种动物造型的玩具、图片。

【牛斯坦躺在被窝里。

【牛强、盛琴一道儿给儿子掖好被子。

盛　琴　（对牛强）这次早了一步，幸好没出大问题，如果下次……

【盛琴眼里有泪花。

牛　强　没有下次了。（颓丧地）我放弃了，再也不搞什么发明。虚度十几年，差点害死自己的儿子，我真混蛋。（对妻子）我会好好做个水电工，关心你，关心儿子。

【妻子盛琴眼睛里充满感动，她轻轻将头靠在牛强肩膀上。

牛斯坦　别放弃，爸爸，有志者，事竟成。

【牛强振奋，朝儿子竖起大拇指。

牛　强　（兴奋地）对，对，不能放弃，我要再买一些设备，重建实验室！

【妻子气极，狠扭牛强的耳朵，牛强被按倒在床上，疼得龇牙咧嘴。

24.牛斯坦的卧室　日　内

【早上，阳光照进来，牛斯坦从床上醒来，在阳光中睁开眼。

25.储藏室　日　内

【伏在仪器垃圾上的母鸡花斑醒来，储藏室里光线昏暗。

【花斑站起身，挺胸抬头，扫视周围。

【花斑用爪子翻了翻那些仪器和机械零件，又捡起那个残破的黄签瓶，看了半晌，慢慢放下。

【花斑翻出牛斯坦的那本作业本。

【花斑看了看作业本里那些没有写答案的算术题，找到一支笔，在算式后写了什么。

【花斑放下了笔，她看了看那扇破烂门，一步步走过去。她的眼中灼灼闪光，走路的姿态也发生了明显的变化。

【花斑用翅膀推开那扇破烂的门，大踏步走了出去。

【花斑走到单元门，她用翅膀推门，推不开，观察一下门锁，跳到锁上，用爪子扭开把手，拉开单元门，跳了出去。

26.屋外　日　外

【屋外，朝阳升起，温暖的光线铺在马路上。

【母鸡花斑抬头看太阳，眼中闪着神采。

花　　斑　（用人的语言说话）太阳！

【花斑朝太阳疾速奔跑，突然抬起翅膀升到空中，向远处飞去。

27.牛强家　日　内

【牛斯坦打开房门，来到客厅。

【二胡和大腿立刻从阳台跑来围住他。

牛 斯 坦　爸爸，妈妈，那只鸡呢？

28.城市的街道　日　外

【城市的街道交通拥挤，人群步履匆匆。

行 人 甲　（指天上）那是什么？

【天上，母鸡花斑展翅飞行，越过众多高楼大厦的屋顶。

行 人 乙 是鸽子吧。

29.储藏室 日 内

【牛强、盛琴、牛斯坦、二胡、大腿站在储藏室的门边朝里看着，花斑已经不见了。

【二胡看见地上的朝向门口的两行鸡爪痕迹，“喵”地叫了一声。

【大腿跑进去嗅了嗅母鸡曾伏卧的地方，又循气味一路探寻，一步一步走出门，然后朝单元门方向望了望，回头朝牛强他们“汪”地叫了一声，似在告诉他们，母鸡走出了单元门。

【牛强捡起那只残破的黄签瓶，发现里面的溶液已经所剩无几。

【这时儿子捡起那本作业本，翻开来递给牛强看。

【作业本上的算式“＝”号后面，都写上了正确答案。

【牛强吃了一惊，递给盛琴看，盛琴也惊讶。

盛 琴 不是我写的。

【牛强若有所思。

牛 强 （似有所悟）基因之门！

30.广场上 日 外

【电视台的一名记者（拿着话筒）和一名摄像师（扛着摄像机）正拍着什么节目。

记 者 （指着天上）快拍天上，有只母鸡在飞。

【摄像师拍空中。

记 者 跟上，跟上。

【两人朝母鸡飞行的方向跑去。

31.空中 日 外

【飞行的母鸡发现了那家超市。

【母鸡瞄准超市飞过去，降落。

32.超市门口 日 内

【母鸡落在超市门口，然后随着人流进入内部。

【门口的两个保安看到一只鸡的影子在人流中闪现，面露困惑。

【保安甲伸头去找，没看到，便作罢。

【这时，记者和摄像师匆匆跑来。

记　　者 你们看到一只母鸡吗？

33.超市内 日 内

【母鸡花斑来到禽蛋区。

【妖艳的女老板正把一盒鸡蛋递给一个顾客。

【花斑跳上去，抓住女老板的手。

女 老 板 又是这只疯鸡。

【女老板举手欲打母鸡。

【花斑朝女老板伸出一只爪子。

花　　斑 还我的孩子。

【听到母鸡的说话声，女老板和顾客都表情惊恐。

女 老 板 妖怪！

【女老板吓得跌倒在货柜上。顾客也慌忙走开。

花　　斑 （朝几个手拎鸡蛋的顾客）放下你们手里的蛋。

【顾客们呆住。

花　　斑 那是我们母鸡的孩子。想想如果你们的孩子被抓住，被吃掉，会是什么感受？

【母鸡扑到一个女顾客身边的小女孩身上，利爪抓住她的衣服，尖嘴对准她的脸。小女孩吓哭。

【女顾客吓得手一松，那盒鸡蛋掉下去，母鸡飞过去，张开翅膀把它们接住，然后轻轻放在货柜上。

【母鸡逼视其他顾客，其他顾客赶忙把手中的鸡蛋放到货柜上。

34. 超市中　日　内

【女老板疯狂地向门口的方向跑去。

女老板　（大喊）保安，保安！

35. 超市中　日　内

【母鸡跳到货柜上，捡起一只只鸡蛋观察，又摇摇头放下。

【两个保安、两个记者跑过来。

女老板　那只母鸡是妖精，快去抓！

【两个保安上前欲抓。

【母鸡啄他们的手，他们的手被啄流血。

【两个保安抽出电棍猛击母鸡，母鸡以利爪把两个保安的脸上抓出一道道血痕。

【两个记者把这些场景摄入镜头。

36. 牛强家　日　内

【牛强一家正看电视上播出的突发新闻。

【（电视中的画面）电视中正播放刚才花斑与保安搏斗的场景。

【牛强、牛斯坦、盛琴、二胡、大腿正惊讶地观看。

【看到母鸡胜利的表现，二胡兴奋地"喵"地叫了一声，大腿也兴奋地跳起来，"汪"地叫了一声。

【电视中切换到花斑在空中飞的画面。

【电视中切换为记者手持话筒在超市中做即时报道。

记　者　没错，这只奇葩的母鸡不仅与保安搏斗，还能在空中像鹰一样飞行。

【这时，有两只爪子站到记者肩上，原来是那只母鸡突然飞过来。记者抬头看鸡，护住脸，表情兴奋又惊慌。母鸡抢过他的话筒。

花　　斑　我只是要找回我的孩子！

【记者像见了鬼一样表情惊恐。

记　　者　还会说话。

【记者惊骇得晕倒在地。

牛　　强　（兴奋地）我的发明！改变历史的发明！

【牛强拨手机。

牛　　强　（对电话）总统府吗？我发明了一只会说话的鸡，这将改变人类历史。

电话里的人　（沉默片刻，然后说）你来自哪家医院？

牛　　强　不……不，我是个水电工，是个科学家。

电话里的人　总统很忙，不要再打骚扰电话，否则警察会抓捕你。

【电话挂断。

牛　　强　喂，喂。

37.超市　日　内

【围观的人群惊慌奔走。

群众之一　妖怪，妖怪！

【有人用土豆、萝卜扔向母鸡。

【母鸡接住，扔向人群。

【人群拥挤踩踏，有人哭叫。

【警察出现，竭力维持秩序。

【摄像师还在拍摄。

38.牛强家　日　内

【牛强在打电话。

牛　　强　喂，喂……总统府吗？

【牛斯坦紧张地看电视里的场景。

【（电视里的画面）很多人用各种东西砸向母鸡，母鸡躲闪、还击，但也不断被击中。

【牛斯坦往门口跑去。

盛　　琴　你去哪里？

【牛斯坦默默地看了看母亲。

盛　　琴　别去管那只奇怪的鸡，那里很乱。

【牛斯坦还是开门跑出去。

牛　　强　儿子，等等。（又急着打电话）这是地球大事，我叫牛强，请总统看电视。

39. 马路上　日　外

【牛斯坦、小猫二胡、灰狗大腿往前跑。

40. 超市　日　内

【一群警察围住超市的禽蛋区，与鸡蛋货柜上的花斑对峙。

【女老板躲在桌板下的角落里。

警察头目　用麻醉枪。

【一警察用麻醉枪向花斑射击。

【中了麻醉枪的花斑晃了晃，站住了，她在空中向射击的警察俯冲，夺过他的枪，向他射出麻醉子弹，警察中枪倒地。

【牛斯坦和小猫二胡、灰狗大腿到达现场。

41. 房前　日　外

【牛强出了门，东张西望。

【牛强向前跑去。

【牛强的手机响。

牛　　强　(接手机)喂!

手机里的人　喂,你叫牛强吗?

【空中,一架直升机飞来。

【直升机中,一个白发秃顶、气度不凡的老者(科学顾问霍格)正在打电话。

【直升机朝牛强所在的位置缓缓降落。

42. 直升机前　日　外

【直升机停在牛强面前,机舱门打开,两个壮汉将牛强拽入。

43. 直升机里　日　内

【直升机里的老者面色平淡地看了看牛强。

霍　　格　我是总统的首席科学顾问霍格。

牛　　强　(激动地)我向您寄过很多论文。

霍　　格　(冷漠地)因为你今天的电话,所以我让助手查了查,从废旧档案里找到了你寄来的东西。你用初中生的知识来反驳相对论。

牛　　强　(热切地)怎么样?

霍　　格　我的助手说,这样低级的东西出现在一位首席科学家的面前,是对科学的侮辱。

牛　　强　(涨红了脸)但这次,我真的打开了基因之门。

霍　　格　(愠怒地)全球最杰出的科学家努力了五十年,得出的结论是:打开基因之门,至少还需要一百年的时间。你用初中生的方式来实验,成功的概率是一百亿分之一。

牛　　强　你不相信我?

【霍格点点头。

牛　　强　那你为什么来了。

霍　　格　本来是不打算来的。可是我在电视里看到了那只鸡之后，想到一个算式:一百亿分之一不等于零。

44.超市中　日　内

【母鸡花斑站在鸡蛋箱上，与警察对峙。

【霍格与牛强一行已到现场。牛斯坦也发现了爸爸。

【霍格看看那只母鸡，母鸡也看见了霍格。双方对视。

【霍格看着母鸡的目光，脸色突然变得异常沉重，因他通过这一瞥的观察就已可确认:这是一个已打开基因之门的动物。

霍　　格　一百亿分之一发生了。

牛　　强　(兴奋地)你现在相信了?

霍　　格　(语气冰冷)这不是好事。

霍　　格　(对助手)我要和总统通话。

【助手递上一个形状特别的电话。

45.高尔夫球场　日　外

【总统美莱曼正和国防部长奥托打高尔夫球。一侍卫手持核密码箱在旁肃立。

【总统打出一杆球，却偏离很远。国防部长奥托打出一杆，正好落入球洞。

美 莱 曼　你又赢了，国防部长。

奥　　托　我在战场上也从来没有输过。

【另一侍卫送来手机。

另一侍卫　总统，首席科学顾问霍格的电话。

霍　　格　(在电话里)总统，你在哪里?

美 莱 曼　和国防部长在高尔夫球场。

霍　　格　那只鸡是真的。

美 莱 曼　哦？有什么科学价值？

霍　　格　我认为她极其危险。

46.超市中　日　内

【霍格走到警察头目面前，从口袋里掏出某种证件出示给他，警察头目看了一眼，立刻与霍格握手，对他说了什么，样子很恭敬。

47.超市中　日　内

警察头目　用真枪！

【众警察向母鸡开枪，母鸡飞来飞去，灵活闪避。子弹打到墙上和一些物品上。

牛　　强　不要开枪，不要开枪！这是我的发明，有重要的科学价值。

霍　　格　（严厉地盯着牛强）开枪是我的建议。

48.超市中　日　内

【一根电线被子弹射断，一警察在母鸡背后，把电线朝母鸡扔去。小猫发现了，警示地“喵”地叫了一声。母鸡急回头，以爪子抓住电线的断头，断头处电花闪耀。母鸡因有爪子的角质层保护，毫发无伤。母鸡将电线扔回，那警察被电线碰到，因触电而抽搐、大叫。

49.超市中　日　内

【拿话筒的记者又在对着摄像机，做现场报道。

记　　者　警察仍然未能抓住这只奇葩的母鸡。

50. 城市中心广场　日　外

【广场上的一块大屏幕正播放记者在超市的现场直播节目。

【（屏幕上的画面）正在说话的记者肩上突然出现两只爪子，母鸡花斑又飞了过来。这次，记者主动递过话筒。花斑接过话筒，对着摄像机准备说话。

【广场上的人们屏住呼吸聆听。

花　　斑　我是一只会思考、会说话的母鸡。

【听到母鸡说人话，广场上的人一阵惊呼。

花　　斑　因为吃了牛强先生研制的药物。

【花斑用翅膀指向牛强。

【摄影机立刻转向牛强。记者把话筒递给牛强。

牛　　强　（激动地）她是我发明的，我打开了基因之门。

花　　斑　他是地球上最伟大的科学家。

【牛强得意，他身边的霍格则面若冰霜。

牛 斯 坦　（向周围的人）他是我爸爸！他说过，有志者，事竟成。

花　　斑　我只是要寻找一个鸡蛋，它是我的孩子。我曾经生了很多蛋，都被人类抢走，成了你们的食物。

【花斑举起一只小小的带有若干斑点的鸡蛋。

花　　斑　现在，我找到了。我只想这次能把它孵出来，成为真正的母亲。

【花斑拔下身上若干根毛铺在桌板上，形成一个小窝，然后把鸡蛋放在窝上，母鸡轻轻伏在蛋上，她的眼中闪出母性的温柔光芒。

【广场上的人们静默。

51. 超市中　日　内

【躲在角落的女老板举起菜刀从身后向母鸡花斑砍去。花斑跳开，桌板上的一杯水洒到花斑身上，花斑身上湿了，她目光萎靡，倒在地上。

霍　　格　她怕水！

【女老板把整杯水倒在母鸡花斑身上。花斑晕倒在地。

【女老板打开桶盖，拎起母鸡花斑，欲把她扔进滚烫的热水中。

牛斯坦　（哭叫）不要！

牛　　强　（焦急地）别毁掉我的发明！

【这时，灰狗大腿如箭一般冲过去，顶开女老板的手，母鸡花斑跌落在鸡笼边。女老板被木桶绊了一下，木桶倾斜，女老板跌倒。

【小猫二胡跑过来，故意朝木桶踢了一脚，木桶歪倒，沸水浇到女老板腿上，女老板烫得惨叫。

【花斑慢慢爬起来，不停地咳嗽。

【她的眼里充满愤怒。

【花斑奋力打开鸡笼，鸡笼里的鸡逃出来，惊慌瑟缩。

【花斑不停地咳嗽。

【那些鸡也开始咳嗽，接着，突然都变得目光灼灼，神情振奋，欣喜地看着花斑。

众　　鸡　（齐声地说人话）谢谢你，花斑姐！

【众鸡一齐怒视四周的警察。

【霍格阴沉的脸上显出几分惊慌。

【众警察向众鸡开枪射击。

【众鸡在花斑的带领下左飞右突地闪避，然后相互配合地用尖嘴和利爪向众警察进攻，警察们脸上手上伤痕累累。

霍　　格　（对助手）我要再次和总统通话。

【助手递上那个形状特别的电话。

52. 高尔夫球场　日　外

【总统美莱曼打出一杆球。一侍卫手持核密码箱在旁肃立。另一侍卫送来手机。

53.超市中　日　内

霍　　格　（对电话）她们的呼吸中含有激活基因的物质，一旦咳嗽就会使同类受到感染，基因之门也同样打开，成为高智慧物种。（看着货架上的一箱箱鸡蛋）甚至那些还未孵化的鸡蛋，随着呼吸，基因也会发生变化。

【众警察持一根高压水龙头朝众鸡喷射，众鸡被淋到，一个个委顿地倒下，不住地咳嗽。

【小猫二胡和灰狗大腿也开始咳嗽。

【一警察欲向倒下的花斑开枪，二胡扑过去，抢走他的枪，把枪扔到木桶里。

二　　胡　（对警察说人话）你好，吃了吗？

警　　察　没有。

二　　胡　哼，别自作多情，我只是体验一下说话的感觉。

【灰狗拳打脚踢与警察格斗，将众警察一一打倒，警察头目也被摁在地上。

大　　腿　原来我的基因里有一部分是有关格斗术的。

54.高尔夫球场　日　外

【总统神情阴沉地继续接电话。

霍　　格　（在电话里）看来，这种感染不限于同类，也许可以激活所有动物，只除了人类。

美莱曼　这意味着什么？

55.超市　日　内

霍　　格　（对电话）我们需要采取最果断的措施。他们的能力会随着时间越来越强。

56.高尔夫球场　日　外

美 莱 曼　（对国防部长）霍格要求你调动军队，你的意见呢？

奥　　托　（嘲讽地）为了一只母鸡？

57.超市　日　内

霍　　格　（对母鸡花斑）我是总统首席科学顾问霍格，根据总统美莱曼的授权，对行动有监督之责。我们愿意撤离所有人员，希望与你们保持和平。

【花斑指挥众鸡放开众警察。

警察头目　疏散人群。

【众警察开始撤离，并要求所有人离开。

牛　　强　（对牛斯坦）儿子，跟我走。

霍　　格　（对牛强）你跟我去见总统。

【牛斯坦看了看小猫、灰狗和众鸡。

牛 斯 坦　我想跟他们在一起。

花　　斑　我们欢迎你。

【花斑和牛斯坦拥抱。

58.超市　日　内

【花斑伏在那枚带斑点的小鸡蛋上，幸福地闭着眼睛。

【众母鸡抢着伏在鸡蛋堆上。

【众母鸡翅膀上的羽毛在瞬间伸得很大，形成一个庞大的羽盖，足以覆盖货柜上所有的鸡蛋。

母 鸡 A　虽然不是我亲生的。我也能找到做母亲的感觉。

母　鸡 B　我有预感。出生后，我会很溺爱他们。

二　　胡　想到会有那么多可爱的小鸡诞生，我都等不及了。

大　　腿　我愿做他们的保护神。

牛 斯 坦　（饶有兴趣地）要二十一天才出壳吧。

花　　斑　啊，你很聪明。不过，这次，也许不用那么久。

59.超市门口　日　外

【灰狗大腿来到门口，门外情景使他惊愕不已。

【几十名警察已将超市包围，每个警察扛着一个肩扛式火箭弹发射器，上装一个粗大的火箭弹。

【大腿跑回去。

大　　腿　（对众鸡）人类在骗我们。

【花斑飞到窗前，看到了屋外的情景。

【花斑的眼中射出愤怒的光芒。

60.直升机中　日　内

【牛强看到包围超市、准备发射火箭弹的警察。

牛　　强　这……这是什么意思？

霍　　格　（讽刺地）如果让你发明的这些危险物种扩散，人类将成为地球上的弱势群体。而弱肉强食是生命的规则。所以，唯一的选择是就地毁灭。

【众警察调整好姿势，进入发射预备。

牛　　强　不行，我的儿子在里面。

霍　　格　这是你自作自受的代价！即便如此，也不能抵偿你给人类造成的危害。

【两大汉扭住牛强。

一 大 汉　你犯危害人类罪，现在逮捕你。

61.超市　日　内

【警察发射火箭弹。火箭弹一齐击中超市的墙体。

【超市起火，崩塌。

62.超市内　日　内

【屋顶垮塌，墙体崩裂。

【屋内的物品爆炸、撕开。

【货柜上的鸡蛋乱飞、碎裂。

【牛斯坦惊恐地看着屋顶垮下来。母鸡冲来一把将他拉开。

【又一面墙倒下，灰狗奋力撑住墙，牛斯坦得以躲开。

【墙体倒下，一切陷入黑暗。

63.超市的废墟　日　外

【超市已成一片废墟。

64.空中的直升机里　日　内

【牛强泪流满面。

牛　强　（悲号）我的儿子！

65.直升机上　日　内

【霍格透过直升机的舷窗看到超市的废墟，舒了一口气。

【废墟上的砖石瓦砾有摇晃的迹象。

【霍格脸色变得很难看。

66.超市的废墟上　日　外

【一截水泥柱被托起、移开，灰狗大腿从石堆中跳了出来。

【一阵“叮叮”的声音，一块石头被啄裂，接着被利爪抓成粉末，母鸡花斑从下面蹿出来。

【两片混凝土板挤在一起，形成细微的裂缝，一样薄薄的东西从裂缝中挤出，犹如一张纸，这张纸迅速膨胀、变形，竟恢复为小猫二胡。

【三只动物对视。

67. 超市的废墟上　日　外

【灰狗大腿、小猫二胡、母鸡花斑焦急地扒开那些砾石。

大腿、二胡、花斑　斯坦，牛斯坦！

【一个警察扛着火箭弹发射器冲过来。

【三个动物闪开，躲过火箭弹的袭击。

【霍格的直升机俯冲过来。

花　　斑　我们走。

68. 城市街巷　日　外

【母鸡花斑低空飞行，小猫、灰狗跟上。

【警察们骑着摩托车紧追不放，霍格的直升机在空中盘旋。

【花斑在一条川流不息的街道上空飞行，二胡、大腿在车流中灵活地穿梭腾挪，追到街道上的摩托车队被车辆堵住，难以为继。霍格的直升机继续追踪。

【花斑带领二胡和大腿拐进一个蜿蜒的窄巷，警察部队和直升机失去目标。

69. 街巷中　日　外

【小猫二胡、灰狗大腿随母鸡花斑在街巷中奔跑。

大　　腿　花斑，我们去哪儿？

花　　斑　动物园。

二　　胡　好想法!

70.动物园　日　外

【小猫二胡、灰狗大腿随花斑奔向城市边缘一座小山。远远可见山上的树木和围绕在山体四周的围墙和防护网。树木中斑马、猴子等动物的身影时隐时现。

71.废墟之下　日　外

【一片黑暗中,逐渐显出牛斯坦的面容。

【牛斯坦身体陷入废墟深深的夹缝中,竭力想移动,却无能为力,只有手可以轻微活动。头顶有一线阳光使他依稀可见周围的状况。绝望的处境使他神情惶恐。

【他突然发现手边石块和塑料混杂的孔隙中有个圆圆的东西,牛斯坦把它掏出来一看,是一只有斑点的鸡蛋。牛斯坦认出来它是花斑的蛋,不自觉地露出笑容。

【牛斯坦将鸡蛋塞进胸口,手捧胸口呵护着。

72.直升机中　日　内

霍　　格　(愤怒地打电话)行动失败,他们进入了动物园。

73.高尔夫球场　日　外

美莱曼　(不高兴地)霍格认为你没有派出军队是失败的主因。你的看法呢?

奥　　托　我愿意用接下来的胜利来回答。

74.动物园　日　外

【母鸡花斑飞过动物园的围墙。

【小猫二胡、灰狗大腿也敏捷地跃过围墙。

75.超市的废墟　日　外

【超市的废墟如一座小山，两台挖掘机正不紧不慢地清理。废墟四周已被警察拉了一圈红色警示带，并立有一牌，上写：禁止入内。

【牛强的妻子盛琴扯开条带来到废墟前，看到眼前的景象，惶恐焦急。

盛　　琴　（大声呼叫）牛强！牛斯坦，我的儿子！

【警察头目带着两个警察过来。盛琴迎上去。

盛　　琴　我找我的丈夫和儿子，他们在这儿不见了。

警察头目　（严厉地）你丈夫弄出个怪物鸡，引起骚乱，严重破坏公共安全，已被依法逮捕。这房子塌的时候，你的小孩……在里面没有出来。

【盛琴惊骇悲痛，发疯似的扒挖砾石堆。

盛　　琴　儿子！快救出我儿子。

警察头目　我们会用专业工具搜救，你这样是没有意义的，快离开。

【盛琴推开警察，继续扒挖。

【一警察欲上前拉开盛琴，警察头目摆摆手，示意随她去。

76.动物园的虎山　日　外

【母鸡花斑、小猫二胡、灰狗大腿来到动物园的虎山处。一只老虎懒懒地躺在虎山的大铁笼里晒太阳，它睁眼看见停在围墙沿上的花斑、二胡、大腿，双方对视片刻，老虎又闭上眼睛。

【花斑咳嗽了一声，二胡、大腿也开始咳嗽。三个动物连续咳嗽，老虎被惊动,再次睁开眼睛,它的目光变得机警。

77.动物园猴山　日　外

【动物园的猴山。猴子们在猴山上嬉闹。

【游客们围在环绕猴山的栏杆旁观看,有大人也有小孩。不断有人往猴山上扔香蕉、花生米等食物,引起猴子们争抢。游客们看着猴子们争抢的场面发出哄笑。

【有些猴子欲跳上栏杆,但由于距离太远,总是中途落下。

【二胡、大腿、花斑悄然来到。

78.动物园的表演馆　日　内

【这是一个游客们观看动物表演的屋子。阶梯状的观众席上坐满了观众。

【由幕布隔挡的舞台上,一只山羊正在饲养员的指挥下在平衡木上骑自行车。幕布合缝处,一只鸡钻出来扫视全场,但谁也没注意到这个小事件。

79.动物园的豹山　日　外

【豹山上,一只金钱豹正烦躁地跑来跑去。

80.

【(一组蒙太奇画面)

大象馆里,几只大象在用长鼻子卷东西玩。

熊猫馆里,两只熊猫在吃东西。

蛇馆里,游客们挤在一面面玻璃墙前,不时发出尖叫,玻璃墙内的断树枝上,缠绕着不同种类的毒蛇。

天鹅池中,几只美丽的天鹅游来游去。

孔雀馆中，一只绿孔雀在草地上开屏，展露出绚丽的尾巴。游客们发出欢呼。

81.动物园的表演馆　日　内

【饲养员举起一个大铁环，示意山羊从环中钻过去。山羊像往常一样走到铁环前，饲养员朝观众席扬手，示意大家鼓掌。观众们纷纷鼓掌。

【饲养员伸出两根手指，这是命令山羊的手势。山羊咳嗽起来。

【饲养员等他咳嗽停了，重新做出手势。山羊作势欲跳，却又停住，然后干脆坐在地上。

【饲养员再次伸出手指发出指令，山羊还是无动于衷。饲养员操起鞭子抽打山羊，山羊却伸蹄子踢开鞭子。观众哄笑。

山　羊　（朝观众，说人话）笑什么笑？看看你们自己，人类才是可笑的物种。

【全场观众呆住。

年轻女子　（打扮时髦）山羊说话了，我听错了吧。

中年男人　应该是人假扮的，一个噱头。

山　羊　（讥讽地）假扮？你全家都假扮！傲慢的人类。

青年男子　（与年轻女子走在一起）好像是真的，这只山羊说人话。灵异事件！

【饲养员惊慌得张口结舌、不知所措。

【山羊抢过他手里的铁环，举起来。

山　羊　（对饲养员）你来跳。

【山羊抬起一只蹄子，发出指令。

【饲养员吓得面如死灰。

山　羊　己所不欲，勿施于人！

【山羊抽了饲养员一鞭子，又踹饲养员的屁股，饲养员被踹得穿过铁环，摔在地上。

【观众中有人吓得“啊”地尖叫起来。

【观众们纷纷逃离现场。时髦女子牵着年轻男子逃跑。

年轻女子 （对青年男子）快向电视台爆料。

82.街道上　日　外

【一辆电视转播车在街道上奔驰。

记 者 甲 （画外音）灵异事件再次在动物园发生。我们将奔赴现场，为您做直播报道。

83.动物园的猴山　日　外

【猴子们咳嗽起来。

【一个戴礼帽打扮嬉皮街头混混似的男子拿出一只香蕉逗引猴子。他做出欲抛香蕉状，一大一小两只猴子跳过来欲接，男子却是虚晃一下又收回，看到猴子上当，他哈哈怪笑。

【两只猴子生气得龇牙低吼。男子又伸出香蕉。

男　　子 有本事来咬我呀，哈哈！

【两只猴子跳过来，却中途落下。男子又哈哈怪笑。

男　　子 再来，再来。你们的红屁股真难看，哈哈！

【两只猴子再次跃起，他们高高地腾到半空，准确地落到男子的身边，揪住他的胳膊。

【男子吓得面露惊慌，赶紧递上香蕉。

【小猴剥掉香蕉皮，掐一把香蕉肉抹到男子脸上。

【男子怒，欲拳打猴子，两只猴子一个抓他胳膊，一个抱他腿，将他举起，向猴山扔去。

【男子惊叫，众猴接住男子，然后一起往上抛，男子被抛到高空。

【男子重重下落，观众惊恐地呼叫，众猴又稳稳接住男子，再往上抛，如此反复三次。

【众猴接住男子，将男子口袋里的东西都掏出来，有钱、手机、钥匙等，都乱扔一气。已回猴山的大猴脱去男子的外衣穿到自己身上，小猴则戴上男子的礼帽。其他猴子效仿，脱下男子全身衣物穿上，有的穿衬衣，有的穿长裤，有的穿袜子。男子只剩下一条内裤，赤着身子，面如土色。

男　　子　管理员，管理员！

【众猴大笑。

【大猴拾起石头上男子的手机，滑动屏幕欲开机。屏幕上出现“请输入开机密码”的字样。

【大猴输入几个数字，屏幕上显示“密码错误，请重新输入”的字样。

【大猴闭上眼睛冥想片刻，然后睁眼，迅速输入一组数字，屏幕显示开机成功。

【大猴依次触动屏幕，找到拍照功能，对男子拍照。闪光灯闪烁，男子光着身子面露惊慌的狼狈相出现在屏幕上。

【大猴持手机给众猴看，众猴爆笑。

大　　猴　（轻蔑地）这就是人类。

【观众惊愕。

【大猴手持手机飞跃到栏杆上，让观众看手机上的男子照片。

大　　猴　看吧，这就是你们人类，自命为宇宙的精华，万物的灵长，其实猥琐、愚笨、贪婪，今天应该看清你们自己的真面目了！

【人群害怕地退后，逃离。

【大猴持手机追上去。

大　　猴　看啊，为什么要走？为什么不敢面对真实的自己？

【众猴也跃出栏杆，紧追人群。

众　　猴　（嬉笑着）看吧，看吧。

【人群惊叫着，四处逃散。

84.动物园蛇馆　日　内

【一面玻璃墙前，众游客挤在一起围观墙内树枝上的眼镜蛇，眼镜蛇盯着游客们，它的眼睛突然瞪得很大，眼中喷出怒火，一跃而起冲向玻璃墙，玻璃墙被撞得粉碎，眼镜蛇跑了出来。

【这时，各玻璃墙一个接一个地被撞碎，大量毒蛇跑出来，在地上游走。人群恐怖地尖叫着逃窜。

85.动物园内　日　外

【园内到处是恐慌逃离的游客，猴、蛇、大象、斑马、豹、鹤、孔雀……各种动物突破管制出现在园中地面和空中。

【那辆电视台的转播车停在一棵树下，摄像师正拍摄园内混乱的景象，记者拿着话筒准备出镜做直播。

【园内设置在各个角落的喇叭开始播公告。

（园内喇叭的画外音）

因园内发生意外，请所有游客迅速离园，请所有游客迅速离园。

86.动物园内　日　外

【记者持话筒在摄像机前播报新闻。

记　　者　现在动物园内一片混乱，所有动物突然冲破栏杆和围墙跑了出来……

87.某咖啡馆　日　外

【喝咖啡的客人都抬头看电视里直播动物园事件的画面。

88.总统府会议室　日　内

【总统美莱曼、科学顾问霍格、国防部长奥托等人也坐在椅子上看电视台的直播。

【（电视屏幕的画面）记者拿着话筒报道：

这些动物突然变得很冲动，而且表现出非凡的智力，有些会说人话。许多游客回忆，这些动物是咳嗽了一阵之后出现反常的。

霍　　格　显然，那只母鸡进入了动物园，通过咳嗽使激活基因的物质在空气中传播，造成连锁反应，很可能园里所有动物的基因之门都已打开。

美 莱 曼　（皱眉）传得真有这么快？

【（电视屏幕的画面）记者拿着话筒报道：

现在，动物们似乎在朝同一方向走。

所有动物汇成一个队伍，共同朝一个方向行进。记者和摄像师也紧跟他们。

89.动物园的虎山处　日　外

【动物们行进到虎山处停下来，他们共同仰望虎山的最高处。记者和摄像师也跟来。

【虎山峰顶，那个大铁笼的门已被撞垮。铁笼里的老虎现在站在铁笼顶上，居高临下，样子威严。

记　　者　看来，动物们是来朝拜这只老虎。

【这时，老虎移开身子，露出身后的三个动物：母鸡花斑、小猫二胡、灰狗大腿。花斑在中间昂首而立，二胡、大腿在左右护卫。

记　　者　不……不对，他们朝拜的是这只母鸡，（语气激动）就是在超市对抗警察的那只母鸡！

90.咖啡馆　日　内

【喝咖啡的客人都抬头看电视里直播动物园事件的画面。

91.广场上　日　外

【行人也纷纷抬头看电视里直播动物园事件的画面。

92.总统府会议室　日　内

霍　　格　(脸色阴沉)果然是那只母鸡。

美 莱 曼　他们到底想干什么?

93.动物园的虎山　日　外

【母鸡花斑指了指正对话筒讲话的记者。

【记者立刻朝花斑点点头。

记　　者　我明白她的意思。

【记者拿着话筒走向虎山,隔着围墙伸出话筒。一只仙鹤飞来,用嘴叼起话筒飞过围墙送到花斑手中。

【花斑接过话筒,看了一眼在场的所有动物。动物们目光热切地看着母鸡。

【花斑正面朝向摄像机,嘴对话筒准备讲话。

【摄像师调整好摄像机对准母鸡。

花　　斑　现在,我代表动物界向人类宣言。每个人必须聆听我的宣言,人类的代表——总统美莱曼必须聆听我的宣言,并在限定的时间内做出回应。

94.总统府会议室　日　内

霍　　格　(严峻地)总统需要仔细听。

【总统美莱曼板着脸盯着大屏幕。

【总统秘书立刻取出笔和笔记本开始记录。

【只有国防部长奥托不以为然地“哼”一声。

95.

【(一组蒙太奇镜头)

咖啡馆里，客人们停止动作看电视里母鸡讲话的画面。

广场上，行人驻足屏住呼吸看电视里母鸡讲话的画面。

各种机构和单位，人们停止工作看电视里母鸡讲话的画面。

一个个地球人的家庭也全家围坐看电视里母鸡讲话的画面。

（这些镜头在母鸡之后的讲话中也适时穿插出现）

96.动物园的虎山　日　外

花　　斑　几百万年前，人类属于动物界，同样生活在山林草木之中。那时他们叫猿猴。有一天，少数猿猴的基因之门打开，他们学会思考、说话，创造所谓的文明，自称人类。几百万年来，人类利用自己的智力无限地满足自己，逐渐忘记了自己的本原，开始剥夺同类权利，破坏山林。你们强迫马，驱使牛，囚禁鸡、鸭，杀他们，以他们为食。你们拿走每一颗鸡蛋，剥夺她们做母亲的权利，犹如你们抢来邻居家的孩子，并且吃掉。这座城市在几百年前就是我脚下的这座山，你们挖去山，挖去树，修筑道路，建起高楼，使动物失去家园。并且把动物关在笼子里，观赏他们的表演。在你们的语言里，动物是贬义词，是用来咒骂他人的词。几百万年来，你们就是这样做的，积累了几百万年的罪恶，越来越傲慢，自以为是。今天，一切都已改变，动物界将接管星球。你们不能再吃一颗蛋，也不能杀鸡、鸭、猪以及一切动物和他们的蛋或孩子。你们要解开系在动物身上的绳子，和动物分享食物，分享房子，分享地球上的一切。这就是我们的要求，限总统美莱曼一小时内做出回答，答案只有是或否，它将决定人类与动物之间是战争还是和平。

97.总统府会议室　日　内

美莱曼　如果不答应会怎么样？

霍　格　他们将把激活基因的物质传染给每个动物。地球上共有五万多种动物，个数达几百亿，光老鼠就有一百二十亿只，是人类的两倍，人类会成为弱势群体。

奥　托　消灭他们，他们不过是些会说话的畜生。而我们有那么多出色的武器。

霍　格　不可轻敌，激活基因的物质一旦扩散出去，他们就有惊人的数量与能量。

奥　托　那么，包围动物园，将他们就地消灭。

【总统美莱曼若有所思。

美莱曼　进入地下作战指挥室。

98.街道上　日　外

【坦克一辆接一辆在街道上行驶。

【记者和摄像师拍摄着这个场景。

99.动物园　日　外

【坦克群在环动物园一圈的道路上行进。

【园内一棵树梢上挂着一只小猴子，他看到了行进的坦克群。

100.动物园的虎山　日　外

【小猴气喘吁吁地跑来。

小　猴　人类的坦克包围了动物园。

【天上响起轰鸣声，多架战斗机组成编队飞来。

花　　斑　人类的答案出来了。战斗开始了。

【动物们的表情都变得愤怒和凶狠。

101. 动物园　日　外

【一辆坦克发射炮弹，炸倒围墙，冲进动物园。

【一架飞机俯冲下来，投下一串串炸弹。动物园各处响起爆炸声。

102. 动物园　日　外

【花斑带领孔雀、仙鹤等各种鸟类升空，组成类似人类飞机的飞行编队与飞机进行空战。

【大腿和二胡率领大象、虎、豹等各种动物组成陆地编队与坦克对抗。

【鸟类俯冲、急转做各种空中动作与飞机穿梭追逐。

【花斑飞到一架飞机的尾翼，伸出爪子把尾翼抓断一截，飞行失去平衡，不停震颤，只得掉头逃去。

【一头大象挡在一辆坦克面前，坦克加速冲锋，撞到大象身上，大象后退两步，站住了。

【坦克的履带在空转，不能向前移动。

【大象用鼻子缠住坦克的炮管，发力缠紧，炮管被扭出几道S形弯，犹如麻花。

【坦克发射炮弹，炮弹也呈麻花状轨迹旋转着射出，又呈麻花状轨迹落下。

【仙鹤飞到空中，追上一架战斗机，停在机翼上，仙鹤用长嘴啄机翼的金属板，金属板被凿出两排整齐的洞。飞机开始摇晃，像喝醉酒一样起伏翻滚，掉头逃走。

【一只穿山甲蹿到一辆疾驶的坦克前的道路上，迅速挖出一个大坑。坦克刹车不及，轰隆一声掉进坑里，动弹不得。

【一只孔雀站在飞机头部，朝驾驶舱里的飞行员开屏，尾上彩色的斑纹让飞行员眼睛迷乱。

飞 行 员　啊，晕了！

【飞行员驾机逃离。

【一架飞机俯冲下来，灰狗大腿一跃而起，飞到空中，竟攀到机翼携带的导弹上。

【导弹被发射出去，大腿骑在导弹上随导弹飞去。

【导弹即将射中虎山上正指挥战斗的花斑，大腿最后时刻将导弹猛往上拽，导弹避开虎山向上飞行。大腿站到导弹上像踩滑板一样控制它或左或右地滑行，并摆出各种潇洒的姿势。

【大腿踩着导弹向另一架飞机冲去，导弹射中飞机的翅膀，掉下一截。飞行员勉强驾机逃去。在导弹射中飞机的一瞬间，大腿跳下，被一只飞来的鸵鸟驼到背上，安全着陆。

103.动物园　日　外

【多辆坦克损毁，残骸停在草地和道路上。

【空中仅剩的几架飞机也发生故障，拖着黑烟逃离。

【众动物簇拥着花斑欢呼胜利。

104.总统府地下作战指挥室　日　内

【屏幕里播放着坦克编队和飞机编队溃败的画面，动物们在欢呼。

【总统等人看着屏幕，神情沮丧。

美 莱 曼　（对国防部长奥托，愤怒地）你搞砸了一切。

【国防部长羞愧脸红。

霍　　格　他们一定会很快离开，与更多的动物接触，如果现在不能阻止，人类就大难临头了。

奥　　托　我们还有核武器。

美 莱 曼　啊？那会造成核辐射，这是可怕的想法。

奥　　托　微型核武器可以把危害减小到最低，可以让这些畜生全部消失。

【总统紧张地思考着。

美 莱 曼　命令立刻疏散周围的人群。

105. 总统府地下作战指挥室旁一密室　日　内

【这是总统府警卫队的一个封闭的房间，房间为双层，里层的铁栏门外又加了一道木门。犹如监牢。牛强被关在房间中。

【牛强不停地拍门。

牛　　强　放我出去，我是地球上最伟大的科学家。

106. 超市的废墟　日　外

【盛琴还在疯狂地扒挖砾石。她的手已磨破，头发散乱，衣衫不整。

107. 地下作战室　日　外

【总统助手将核密码箱打开。

总统助手　请输入密码1。

【总统在密码箱中的键盘上按下一组键。

总统助手　（画外音）请国防部长输入密码2。

【国防部长在密码箱中的键盘上按下一组键。

总统助手　（画外音）连接DH21317号阵地。

108. 某荒山　日　外

【隐秘的山脚处，一个由草皮伪装成的地面缓缓打开，露出一个发射井，一枚草绿色导弹慢慢伸出地面。

109. 太空　日　外

总统助手　（画外音）连接卫星。

【一个太空中的卫星，在它下方是蓝色的地球。卫星突然发生倾斜，改变姿态。

【模拟推镜头的模式，使地球的画面不断放大，最后聚焦到地球上动物园的俯瞰画面，可以看见动物们在欢呼庆祝。

美莱曼　（画外音，声音颤抖地）发射！

110. 荒山　日　外

【那枚导弹点火，尾部喷出火焰，顺利升空。

111. 动物园上空　日　外

【一个火球飞来，在动物园上空爆炸，白炽的火光占满屏幕。

112. 城市街道　日　外

【一阵巨响传来，大地震撼，街道上的行人纷纷趴在地上。他们抬头看见城市边缘升起一团蘑菇云。

113. 总统府地下作战室　日　内

奥　托　（兴奋地）爆炸很成功，核辐射局限在动物园的范围，那些畜生应该都已成为一堆垃圾。

【总统美莱曼等人看大屏幕。屏幕放映高空摄像所得的画面。

【动物园已是一片残破的景象。

114. 动物园　日　外

【动物园内，一切绿色都已消失，树木、草地都枯死，变成黑色，房屋破败，似已风化了数百年。

【镜头慢慢移至虎山处，可见无数动物互相累叠，倒伏在地。

【虎山上，母鸡、小猫、灰狗也倒在一起。

【半晌之后，母鸡突然慢慢抬起头，挣扎着站了起来。接着，小猫、灰狗及所有动物都慢慢爬起来。

【母鸡领头，动物们形成浩浩荡荡的队伍，向大门走去。他们的目光是同样的阴冷，阴冷之中隐藏着愤怒。

115. 总统府作战室　日　内

【众人发现屏幕上画面中，有物体在移动，似为动物，脸色变得惊惧。

奥　　托　（手和声音都在颤抖）这……这不可能……

霍　　格　这是事实，他们的基因已发生了巨大的改变，甚至能抵抗核辐射的伤害。

奥　　托　我们还有激光武器，还有超声波……

116. 街上　日　外

【花斑领头，动物们组成浩浩荡荡的队伍，行走在大街上。

【行人纷纷逃避到路旁。众猴从行人身边经过，行人们的帽子、手表、丝巾、鞋子等瞬间消失了，原来已穿戴到猴子们的身上。

【迎面而来的车辆也赶紧调头。有的车辆来不及转弯，堵在路中间，小松鼠、土狼、灰兔等动物从车顶上踏过去，接着肥硕的大狗熊也从车顶上踏过去，车顶凹下去一块。

【接着，大象也走过来，抬腿似欲将车顶踩塌，车里的一男一女吓得哭叫起来。好在大象腿长，从车顶上跨了过去。

【老虎过来，一只手拎起这辆车，像扔一块巧克力一样将它扔到中央隔离带上。

【一个胖男人牵着一条斑点狗闪在一边。斑点狗挣脱绳子加入动物的队伍。

【一个小女孩抱着一只波斯猫站在路边观看。那只猫跳到地上，也加入队伍。

【一棵树上的几只麻雀也飞下来加入队伍。

【一辆货车穿过十字路口，车厢里装着几十只肥猪，有粗绳结成网，罩在车厢上。货车开过，片刻之后，几十号肥猪跑来，显然是挣脱了绳网，跳了下来。肥猪们加入队伍。

【队伍已壮大了很多。

117. 街上　日　外

【街道上的动物队伍继续往前进发。

【路边一只大垃圾桶，堆满了垃圾。一只肥硕的大老鼠从垃圾中钻出来，一只长尾巴的小老鼠也从垃圾中钻出来。两只老鼠站到桶沿上，好奇地看着动物队伍。这时，第三只老鼠从垃圾中钻出来。

【三只老鼠加入队伍。

【队伍继续往前走。

【队伍尾部，已有成千上万只老鼠加入队伍。

【队伍中出现了更多的动物物种，有蜘蛛、蝙蝠、蚂蚁、跳蚤、青蛙……数不胜数。

【行人和车辆都已提前躲开，队伍前方空荡荡的。

118. 中心广场　日　外

【动物队伍涌至中心广场。

【前方出现一支奇怪的人类部队，每个军人手持一把奇特的武器，像超大的冲锋枪，枪口处则似一块棱镜。中间的军人是队长。

【花斑挥手示意动物队伍站住。

花　斑　这是人类的激光武器。

【四周的高楼大厦的各个窗口打开，一支支激光枪从中伸出来，对准动物队伍。

队　　长　发射!

【无数激光枪射出紫色强光,动物们卧倒躲避。

【有的激光束打中广场的石雕,石雕化为粉末。有的激光束打到喷水池,喷水池的水都化为蒸汽,完全干涸。

【动物队伍中一只大蜘蛛立起来,显出它庞大的身体。

【激光枪都瞄准蜘蛛发射,无数激光束打到蜘蛛身上,蜘蛛无动于衷。众军人惊愕。

队　　长　它能吸收激光!

【蜘蛛的身上喷出无数条细丝,沿着每一条激光束反向延伸,到达激光枪,再沿着激光枪延伸,到达每个军人的身上,蜘蛛丝缠绕军人的腰部,将军人绑住,蛛丝回收,军人被拽到动物身边。

【蜘蛛迅速结出一个个笼子形状的网,所有激光部队的军人都被囚禁到笼子形状的网中。

119.总统府作战室　日　内

【总统美莱曼、国防部长奥托、科学顾问霍格及其他幕僚正紧张地看着控制台上的屏幕。

【屏幕上,更加庞大的动物队伍正在街道上行进。

【(控制台传来声音,语气紧张、急促)报告,激光警卫部队和超声波警卫部队都已失利,所有将士不幸被俘。

【作战室的诸人都面色凝重。

美莱曼　他们下一步想干什么?

霍　　格　到这里来,俘虏我们。

奥　　托　这里是地下指挥中心,是个可以抵御包括核武器、激光武器在内的任何武器的军事工事,他们不可能进来。

120.总统府前　日　外

【动物们来到总统府前。

【大蜘蛛身上放射出激光，比人类的激光枪放射的激光束更宽更亮，激光束照射到总统府建筑的屋顶、墙面建筑开始汽化。

【屋内的人和各种设备暴露出来，屋内的人惊慌地四散逃离，却都被蜘蛛用蛛丝捕获。

121. 总统府的某个房间　日　内

【动物们四处寻找总统美莱曼。

【母鸡花斑、灰狗大腿、小猫二胡来到一个房间，这个房间也已失去屋顶和墙体，只剩下地板和屋内的一些办公陈设以及镶在墙上的一个密码箱。

【小猫二胡盯着地板看了看，眼中放射出蓝色的异光。小猫似有所悟。

二　　胡　这块地板与别的地板不同。

花　　斑　有机关。

【花斑注意到墙上的密码箱。她走到密码箱前。

花　　斑　谁是密码专家？

【大猴走过来。

【大猴闭上眼睛，过了片刻，他旋转了几次密码箱上的按钮。密码箱被打开。

【地板朝两边分开，露出一道铁门。

【密码箱里还有一个键盘式仪器，显然也是个密码仪。

【大猴闭上眼睛，过了更久的时间，然后他睁开眼睛，在键盘上按下一长串数字。

【十几道厚达数十米的铁门一道道自动打开，露出一条有楼梯的地道曲曲折折通向深处。

【小猫看了一眼地道口，她的目光是蓝色的，这蓝色的目光沿着地道往前，竟能随地道转弯，一直追踪到尽头，到达总统府地下作战室。

122.总统府作战室　日　内

【总统府作战室的门突然自动打开。总统等人愕然。

奥　　托　怎么回事？

【一群卫兵从另一个门匆忙进来。

卫兵头目　报告，通向作战室的十五道铁门都被打开，有外敌侵入。

霍　　格　他们来了。

美 莱 曼　怎么办？

奥　　托　我们可以执行预案第60号——最终预案，乘航天飞机离开地球，建立太空指挥所。

美 莱 曼　时间来得及吗？

霍　　格　到了使用我们最大筹码的时候了。

123.某密室　日　内

【牛强还在愤怒地拍打铁门。

牛　　强　你们不能这样对待一个科学家！

【铁门打开，两壮汉迅速进来拉牛强。

124.作战室　日　内

【花斑、二胡、大腿领头的动物们来到了作战室，卫士们大都已被蜘蛛缚住。

花　　斑　（对总统美莱曼等）轮到你们了。

美 莱 曼　我们愿意做个交换。

【国防部长让开，露出身后的牛强。

【牛强被两壮汉用枪挟持着。

花　　斑　交换什么？

美 莱 曼　交换我们离开这里。

动 物 们　（鼓噪）不行，不许讲条件，低贱的人类！

【花斑举起一只翅膀，示意大家安静。

花　　斑　人类微不足道，只除了两个有价值的人。他是其中之一。（对总统等）你可以走了。

【一道暗门打开，两壮汉侍卫放开牛强。总统、国防部长、霍格及几个卫士迅速进入暗门。沿着另一条地道跑去。

125.山体的秘密出口　日　内

【总统府后的一座小山是挖空的军事某地，与作战室通连。中间藏着一架航天飞机。

【后山脚伪装成草皮的出口大门突然打开，一架航天飞机缓缓开出，滑行一段后垂直上升，尾部喷出火焰，直冲云霄。

126.航天飞机中　日　内

【航天飞机悬停在太空。

【航天飞机上，美莱曼、奥托、霍格等待在仪器密布的控制室。

【奥托打开各种仪器。

【好几个屏幕上显示出太空中的卫星及地面上秘密导弹基地的图像。

奥　　托　太空指挥室建立成功，与卫星和秘密导弹基地通讯顺畅。

127.作战室　日　内

【作战室控制台。花斑、大猴等在测试控制台的各种按钮。

【屏幕上显示出几颗卫星及那架航天飞机在太空中的图像。

【屏幕上的图像突然消失，变成雪花点。

花　　斑　怎么回事？

大　　猴　他们的太空指挥系统已经建立，获得了控制权。

花　　斑　怎么破解？

大　　猴　发射无线电波，侵入航天飞机的控制系统，植入程序病毒，夺回控制权。只是，这需要破解复杂的密码。

花　　斑　有多难？

大　　猴　地球人类用一千台最先进的电脑同时工作，两百年后才能破解。

花　　斑　你不是地球人类。

大　　猴　所以我需要睡一觉。

【大猴趴在控制台上呼呼大睡。

128.超市的废墟　日　外

【黑暗的废墟夹缝中，只有头顶一丝微光射入。

【牛斯坦已经气息奄奄。他用最后的力气奋力扒拉了一下头上的砖石，却不想，一块大石因此坍塌下来，连头顶的微光也消失了。

牛 斯 坦　（喃喃地）爸爸，妈妈。

【牛斯坦垂下手，闭上眼睛，似已放弃，即将死去。

【“得得，得得……”他的胸前响起微弱的声音。

【牛斯坦又动了动，艰难地将手伸进衣服里，掏出一样东西，正是那只带斑点的鸡蛋。

【鸡蛋里似有什么东西在啄蛋壳，声音越来越响。牛斯坦终于睁开了眼睛。

【蛋壳被啄开了，一只头上有花斑的小雏鸡跳了出来，他的眼睛能放光，像两盏灯，照亮了小小的缝隙。

【雏鸡小花斑好奇地看着牛斯坦，牛斯坦捧着小雏鸡，朝他笑了。

小 花 斑　你是什么？

牛 斯 坦　我是人类。

小花斑　我是什么？

牛斯坦　你是动物。

小花斑　这里好小。

牛斯坦　这里是地下。

小花斑　上面有什么？

牛斯坦　上面有个世界。

小花斑　世界有什么？

牛斯坦　有人，还有动物。

小花斑　世界好吗？

牛斯坦　好。

【小花斑笑了。

小花斑　那么我们一道去世界吧。

牛斯坦　去不了。

【牛斯坦难过地低下头。

【小花斑一挥翅膀，埋住他们的砖石瓦砾立刻被高高地抛到空中，废墟豁出一个大口子，小花斑拉着牛斯坦跳上去，轻松地落到地面。

牛斯坦　（满脸兴奋）这下可以去找妈妈了。

小花斑　我有妈妈？

【这时，牛斯坦看见旁边有个女人趴在废墟上，她满脸灰土，与血痕混在一起，使她面目模糊不清。她气息微弱，近乎昏迷，却还在机械地扒拉着砾石垃圾。

【牛斯坦慢慢认出来她是母亲盛琴。

牛斯坦　妈妈！

【盛琴费力睁开眼睛，也认出了儿子。

盛　琴　（惊喜地）儿子！

【牛斯坦扑到盛琴怀里，母子两人都流出眼泪。

【雏鸡小花斑也睁大眼睛看着这个场景，眼中泪光闪烁。

129.作战室　日　内

【大猴醒来，嘴角的口水流到地上。

【大猴开始在控制台上飞快地操作各种按钮。

【突然，屏幕上再次出现航天飞机的图像。

130.太空中　日　外

【航天飞机开始掉转机身，在太空中移动。

131.航天飞机中　日　内

【霍格觉察到航天飞机的异常。

霍　　格　航天飞机在移动。

【国防部长惊愕。他反复操作按钮，都似乎无效。

132.太空中　日　外

【航天飞机尾部点火，向前飞行。

133.作战室　日　内

【大猴继续有条不紊地操作按钮。

134.航天飞机中　日　内

【国防部长沮丧地放弃操作。

【屏幕上的地球影像越来越大。

美莱曼　飞机正飞向地球吗？怎么回事？

奥　　托　飞机控制系统已经被他们掌握。

美莱曼　可是密码？……

霍　　格　他们已破解。

【国防部长用拳头疯狂砸一些仪器。

美莱曼　你在干什么?

霍　　格　他在破坏与地面秘密导弹基地的通信系统。

奥　　托　这样他们就找不到导弹基地的位置,即便被俘,这些基地也会成为我们未来反击的工具。

135.总统府废墟　日　外

【总统府已成废墟,只留下一面残破的高墙。母鸡花斑站在高墙上,俨然是动物世界的最高领袖。靠高墙而立的一队动物是动物世界的高级领导层,包括大猴、大蜘蛛等。大猴站在最靠近母鸡的位置,手里提着曾属于人类总统的核密码箱。

【废墟上呈现出一副骇人的景象:地上摆着无数由蛛丝结成的笼子。总统美莱曼、国防部长奥托、首席科学顾问霍格被装在最靠前的三个笼子里,在其后的笼子则装着那些在战斗中被俘的军人。

【另一个方向,是人类与动物构成的群体队列,浩浩荡荡,一望无际。每个人类的手腕上、脚上或脖子上都结着一根蛛丝,蛛丝的另一头攥在他身旁的一个动物手里。有鹰、鹫、孔雀、火鸟等鸟类动物在群体上空穿梭飞行以巡视。

【有的老人、小孩、妇女因体弱而瘫倒在地上,被动物们呵斥、殴打。人类脸上都表情悲苦、恐惧。小孩和许多大人在哭泣。

【母鸡开始说话,她的样子透出一种不可挑战的威严,声音洪亮,响彻全场,似乎在天地之间产生了回声。

花　　斑　人类几百万年的统治结束了。今天,动物是地球的主人。此刻,动物对人类进行最后的审判。几百万年来,人类凭借高出一筹的智力对动物进行压迫,破坏山林、破坏草原、破坏天空、破坏海洋、破坏动物生存的环境,剥夺我们生存的机会,人类有罪,应受惩罚。你们每个人都会成为动物的奴仆，在工厂、田野和每个必要的岗位上为动物劳动，正如你们曾要牛为你们耕田，马为你们拉车。罪行深重的人被关在笼子里，每个人身上系一根绳索，不可逃跑，不可拒绝，正如你们曾经对待动物那样。这就是未来所有人类的命运。幸运的是，你们有自己的领导人。

【母鸡朝高墙点头示意。小猫二胡、灰狗大腿陪着水电工牛强从高墙后绕出来。

花　　斑　（提高声调）牛强，他打开了基因之门，他是我们的恩人。

动 物 们　（高呼）恩人，恩人！

【牛强走到场地中央，孤零零一个人，不知所措，表情茫然。

花　　斑　（对牛强）你是人类中唯一有价值的两个人之一，可惜另一个已被他的同类害死。我授予你与动物同等的特权，管理你的同类，让他们好好为动物劳动。

【牛强走近笼子，看到笼子里的总统、霍格等人。

【牛强走向那些被蛛丝缚住的人类队伍，他看到了一些熟悉的人，如追逐他的木马飞车的胖警察，超市的女老板，做现场直播的记者等，每个人都对他怒目而视，目光鄙夷。

牛　　强　（口中喃喃）怎么会这样，怎么会这样？

【一个老者厌恶地朝牛强身上吐了一口痰。他身边的动物土狼立刻把他一脚踢得跪倒在地。

【牛强痛苦得脸上肌肉抽搐变形。

【牛强跑回场地中央。

牛　　强　（自责地大喊）我从来没有成功过。基因之门，是我最失败的发明！

【牛强转身，面向母鸡。

牛　　强　我放弃特权。我是人类。

【牛强自己举起手。

【小猫二胡厌恶地瞪了牛强一眼。

二　　胡　人类真不知感恩。

【灰狗大腿也恶狠狠地朝牛强“汪”地叫了一声。

花　　斑　（脸色冰冷）最后一个人类也让我失望了。

【大蜘蛛喷出蛛丝缚住牛强的手，押着他插入人类队伍。

霍　　格　（在笼子里，抗议）这不公平，人类也用才智为地球的发展做出了贡献。

花　　斑　才智？人类最先打开了基因之门，可你们呢？直到今天还在纠结相对论、哥德巴赫猜想、核聚变这样低级的问题。解答这些问题，我们动物需要的时间是……

【母鸡看看大猴，大猴会意，连眨三次眼。

花　　斑　对，就这么长的时间。

奥　　托　（在笼子里）低贱的畜生，人类最终会赢你们！

【听到国防部长的话，动物们的目光中都燃烧着怒火。

母　　鸡　哈哈，你不会还在想那些秘密基地吧？

奥　　托　（尴尬地）啊！这……

母　　鸡　知道我们想什么吗？造出超光速飞船，到银河系外的X781693星球，用反物质武器夺取那里的资源。我终于明白为什么我那么厌恶人类了，人类最大的问题就是——弱智！

动物们　（齐声大喊）弱智！弱智！

大　　猴　（冷酷）审判结果应该改变。

大　　腿　这些笨人类用起来影响效率。

二　　胡　刚才我已想出一个精巧的机器人设计方案。

花　　斑　就用人类秘密基地的核武器吧，都拿出来，给地球放个大烟花。

奥　　托　那足以毁灭地球！

花　　斑　你对地球的理解太幼稚了。毁灭的只会是人类，而我们的基因喜欢核辐射!

【大猴打开核密码箱,母鸡花斑在键盘上按密码。

136.野外　日　外

【伪装的地面打开,十枚核导弹探出来,指向天空。

137.大山　日　外

【伪装的山体打开,开出导弹运载车,上有二十枚导弹,几只老鼠走着整齐的队列站在运载车两侧。

(以上两组镜头画面重复穿插几次,细节略有变化而大同小异)

138.总统府废墟　日　外

【大猴手里的密码箱打开了,密码已输入完毕,几千枚核武器也已就位,只等花斑按下确认键就可发射。

【花斑的爪子伸到确认键上方正欲按下……

小花斑　妈妈!

【花斑停住爪子。

【小花斑、牛斯坦、盛琴从高墙后绕过来。

小花斑　(又叫一声)妈妈!

【花斑看着小花斑。

花　斑　(喃喃地)妈妈?

小花斑　我是那只鸡蛋,你的儿子,叫小花斑。

【小花斑边说边比画着,低下头,让花斑看他头上的斑纹。

【花斑看清了小花斑头上和她一模一样的斑纹。

花　斑　(激动地)儿子,小花斑!

【花斑扑过去抱住儿子,连续亲吻,又把他抱到空中,翻滚,跳舞,表现得像个孩子，已全然不像动物的冷血领袖。

全体动物　（齐声，兴奋地）小花斑！小花斑！

139.总统府废墟　日　外

【牛强看到了妻子和儿子。

牛　　强　（激动地喊）老婆！斯坦！

【牛强欲奔过去，却被身后的大蜘蛛用蛛丝拉回。

【盛琴和牛斯坦也看到了牛强。

盛　　琴　牛强！

牛 斯 坦　爸爸！

【二人欲奔向牛强，却被一只飞来的鹰中途拦住。

140.总统府废墟　日　外

【这时，已平静下来的花斑来到牛斯坦的面前。花斑目光温柔。

【二胡和大腿也笑盈盈地走过来。

花　　斑　（感激地）你又救了我儿子。

【花斑轻轻伸出翅膀。

花　　斑　（目光热切地望着牛斯坦）我们是朋友！

【（闪回）

储藏室中，牛斯坦与那只鸡对望，母鸡轻轻啄牛斯坦的手，牛斯坦灿烂地笑了。小猫“喵”地叫了一声，灰狗伸出长舌头，摇了摇尾巴。牛斯坦、母鸡、小猫和灰狗相互对视，眼神相交，似乎相互懂对方的意思，在交流沟通着什么。牛斯坦的眼睛闪着神采。

（闪回结束）

【母鸡的翅膀伸近牛斯坦，欲和他像当初一样地拥抱。

【牛斯坦退后一步，他慢慢地扫视全场，看着笼子里和被缚着蛛丝的人类，看着监押人类的动物，看着大猴手中张开的密码箱，还有热切望着他的小猫、灰狗，牛斯坦垂下头。

牛斯坦　（对花斑，冷淡地）我不喜欢你。

【花斑表情僵住。

花　斑　为什么？

牛斯坦　你们都像人类，不像动物了。

【花斑的眼中闪着惊愕的目光。

牛斯坦　（画外音）你们都像人类，不像动物了。你们都像人类，不像动物了。

【镜头扫过全场的动物，穿插动物们耳朵的特写和惊愕的表情。牛斯坦的话反复在他们耳边回响。

【只有大猴无动于衷。

花　斑　（若有所思地）是吗？

【小花斑走过来。

小花斑　是的。妈妈，你有更聪明的做法……

【大猴捧着密码箱过来了。

大　猴　还有一步没有完成。

【花斑看着确认键，犹豫着。

花　斑　那么……放弃核攻击。

【大猴自己按下了确认键！

花　斑　（惊愕地看着大猴）你……！

大　猴　犹豫不该属于领袖。

【花斑怒视他。

大　猴　（尴尬地）呃……这个操作已经不可取消。

141.

【（一组蒙太奇镜头）

野外，伸出地面的多枚导弹点火，飞入空中。

大山旁，运载车上的多枚导弹点火，飞入空中。

(类似镜头重复多次)

142.总统府废墟　日　外

【花斑飞到高墙上。

花　　斑　核攻击已经启动!

美 莱 曼　(在笼子里,激动地)不!

花　　斑　十分钟后,两万枚核弹将在上空爆炸。我们也不能为人类提供有效的保护。

143.

【(一组蒙太奇镜头)

多枚导弹在空中平行飞行后开始下落。

(类似镜头重复多次)

144.总统府废墟　日　外

花　　斑　现在的时间只能用来告别。我想对你们说,……(表情愧疚地)我感到后悔,但已太迟。

【小花斑闭上眼睛,似在悲伤。

【人类群体悲号、痛骂,哭泣着相互拥抱,一片绝望。

小 花 斑　(大声地)不算太迟!

【小花斑高高地飞到空中。

【全场愕然,目光聚焦小花斑。

小 花 斑　我刚才有个发现:宇宙是个统一的场。我的一个基因可以利用这个场,将核弹头分解为无能量的虚空。所以……

【花斑欣慰地微笑。

145. 大气层中总统府废墟　日　外

【多枚导弹突然剧烈闪亮，化为一道彩虹般美丽的光带，然后消失。

146. 大公园　日　外

【若干日子后。一道美丽的彩虹挂在碧蓝的天上。

众小鸡　（画外音，争先恐后地喧闹）太酷了！我要到彩虹上去。我也要去！我也要去！

【众小鸡出现在镜头里。

【这里原是是总统府废墟，现在已改造为一个大公园，绿树成荫，花草繁茂，草坪宽阔，道路洁净。附近还有片森林，一个小湖。

【无数动物和人在公园里休闲、游乐。

【超大的草坪上，恐龙、小熊、豹子、山羊及人类的少年正一道踢足球。

【空中，两只鸽子尝试把一只乌龟带到空中让他俯瞰风景。

【平坦的铺石空地上，鸵鸟与几个女孩一道练习滑旱冰。

【小湖中，两只松鼠递给一条鲤鱼两根树枝，让他练习以树枝为脚爬上陆地。

【森林中，几个人类运动员正跟猴子学习体操。

147. 草坪上　日　外

【镜头对准草坪一角，十几只小雏鸡正吵着要到彩虹上去。他们是正读幼儿园的小朋友。两个女老师在看他们，一个是带班老师，就是超市卖鸡的那个妖艳的女老板，如今已变得温柔亲切。另一个是保育员盛琴。

【旁边有人正在修草坪上的水龙头。另一边的长椅上，一只猫、一只狗在陪一个小孩做作业。

【对面还有一个户外大屏幕显示屏。

女 老 板　不可以哦。这节课的主题是地面游戏。

【一个小鸡悄悄扑腾翅膀，翅膀上立刻长出长长的羽毛，升到空中，眼疾手快的女老板立刻过去把她拉下来。

女 老 板　不可以使用超能力。

【盛琴拿出一块彩色的饼。

盛　　琴　谁来吃海洋饼？这可是乌贼叔叔从深海采的海藻做成的。

【众小鸡都跑来啄饼吃。

【两只小鸡躲在草丛里。

两只小鸡　我们不见了，老师来找吧。

女 老 板　（假装地）那我可要找警察了。

【一个警察骑着一个奇特的坐骑过来。原来是当初追踪牛强的胖警察。他骑的正是牛强发明的木马飞车。

胖 警 察　（对草丛中的小鸡）在这儿，失踪人员找到了。

【两只小鸡笑嘻嘻地出来，看到木马飞车，兴奋起来。

两只小鸡　木马飞车！我要骑！我要骑！

【众小鸡都围过来，爬上飞车。

众 小 鸡　我要骑！我要骑！

【胖警察慌了，赶紧拉下小鸡，骑车离开。

【他看到草坪上修水管的人。

胖 警 察　这不是我们伟大的发明家吗？

【修水管的人抬头，原来是牛强。

牛　　强　（不好意思地）我现在只是个水电工。

胖 警 察　警队配备的木马飞车确实是好用。你那业余爱好应该保持。

牛　　强　嗯……我最近在尝试发明一种会喷数字的水龙头，启发小草的数学意识。

【两只小鸡跑来偷按水龙头，水龙头喷出水，把牛强的衣服淋得全湿了。牛强狼狈躲开。

【水龙头喷出的水形成“5、8、9、1”等数字的形状。

众小鸡 啊，酷！

148. 草坪另一角　日　外

【镜头移到另一角的长椅，原来是小猫二胡和灰狗大腿正辅导牛斯坦做算术题。

【牛斯坦拿铅笔对作业本上的算式犹豫不决。大腿目光严厉地督促着他。

【二胡的眼睛射出粉色的目光，目光扭曲成3、6两个数字的形状。牛斯坦会意，在作业本上写下“36”这个答案。

【大腿一把抓住二胡的目光。

大　腿 不许提示！

【二胡不满地噘起嘴。

牛斯坦 （沮丧地）数学太难了。

大　腿 （严肃地）别忘了你的座右铭。

【这时有音乐声从显示屏方向传来。

149. 草坪另一角　日　外

【另一角的大显示屏上播出直播节目。那个直播记者又手持话筒出现在显示屏上。她身后是个样式奇特的露天舞台。舞台上灯火辉煌，天上繁星灿烂。

【（显示屏的画面）记者甲激动地说：

现在我在银河系外的X781693星球进行现场直播，地球人与X781693星球人的联合舞蹈“星与星”即将开始演出。让我采访一下外交使团的团长小花斑。

【草坪上，牛斯坦、牛强等所有人与动物都停下来注视显示屏。

【(显示屏的画面)小花斑出现在显示屏上，演讲：

经历那么多的挫折和艰难时刻，我们终于到达 X781693 星球。令我想起我的朋友牛强和牛斯坦的座右铭：有志者，事竟成。真希望此刻他们也在这里，亲眼见证这句话的意义。

【掌声起。镜头转向观众席，规模惊人宏大的露天观众席上坐满形态奇特的外星人。

【舞台边的指挥席，母鸡花斑一挥手，表演随之开始。

【几个人类少女上台跳起芭蕾舞。

【接着几只天鹅上台与人类共舞。

【一队外星人上台与他们共舞。

【镜头回到草坪，草坪上的人与动物都兴奋地注视显示屏。

【这时，传来叫喊声。

女老板、盛琴 下来，快下来！

【原来是众小鸡偷偷发动了胖警察的木马飞车，跳到车座上，随木马飞车歪歪扭扭地往前跑去。

【胖警察欲追，却摔倒在地。女老板、盛琴远远追来。

【修水管的牛强也追上来。飞车行至长椅，牛斯坦赶上去，与牛强按住飞车。

【牛强习惯性跨上座位，牛斯坦也跨上后座。小鸡们跳入两侧兜篮。

小 鸡 们 那么，开吧，去彩虹上。

【女老板和盛琴也赶到。

小 鸡 们 老师，可以吗？

【牛强朝她们眨眨眼。

女 老 板 可以，现在是空中游戏时间。

150. 空中，飞车上　日　内，外

【牛强发动飞车，飞车疾奔，然后伸出木翼，升空飞去。小鸡们欢呼。

牛　　强　不许使用超能力。

【飞车飞近彩虹。

一 小 鸡　不如去 X781693 星球。

牛　　强　不行。

另一小鸡　可以去的，小花斑已找到了正确的航线。

又一小鸡　飞得快还赶得上“星与星”的演出。

众 小 鸡　去吧！去吧！

牛　　强　这……

一 小 鸡　使用超能力！

【众小鸡突然长出长长的翅膀，众翅膀合并，形成两个长翼。

【木马飞车转弯，迅疾地飞向太空……

【全片结束。